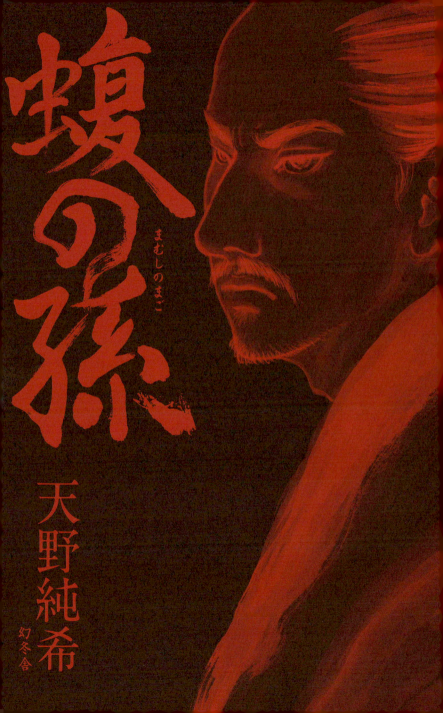

蝮の孫《まむしのまご》

天野純希

幻冬舎

蝮の孫

まむしのまご

目次

主な登場人物

斎藤龍興……「美濃の蝮」の異名を持つ斎藤道三の孫。父義龍の死後十四歳で美濃国主になる。道三の娘帰蝶が織田家へ嫁いでいるため信長は叔父にあたる。

竹中重治……通称は竹中半兵衛。初め斎藤龍興に仕えるが、龍興の居城稲葉山城を奪取。その後は織田信長に仕え、木下秀吉（後の豊臣秀吉）のもとで軍師として活躍する。

小牧源太……龍興に仕える、馬廻衆筆頭。

長井道利……斎藤道三、義龍、龍興と三代にわたり斎藤家に仕える重臣。

可児才蔵……龍興に仕える槍の名手。

雑賀孫一……鉄砲傭兵・地侍集団のひとつである雑賀衆を率いる。

戦国大名勢力図

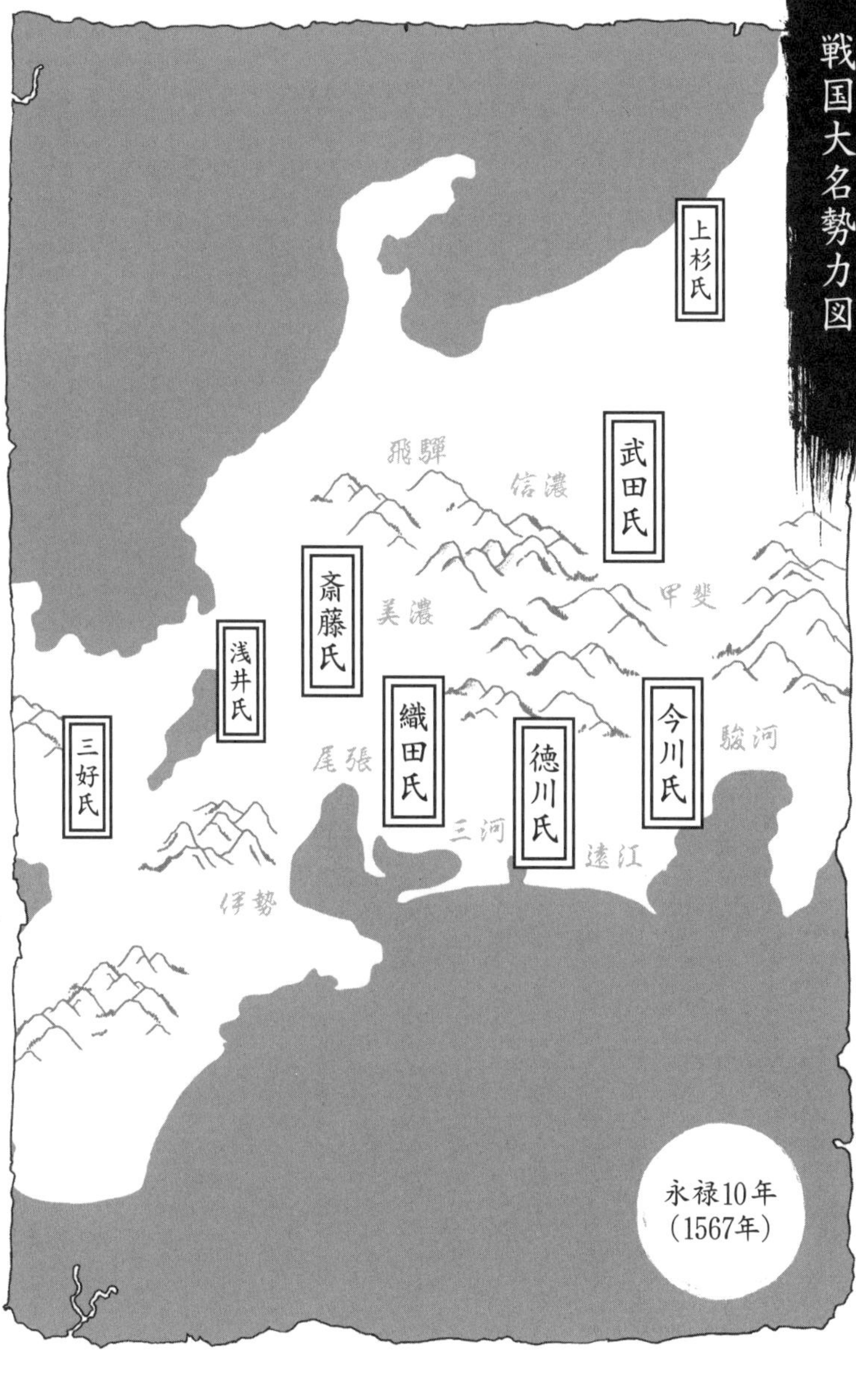
上杉氏
武田氏
斎藤氏
浅井氏
三好氏
織田氏
徳川氏
今川氏
飛騨
信濃
美濃
甲斐
尾張
三河
遠江
駿河
伊勢
永禄10年
（1567年）

第一章　蝮の孫

一

目の前の男が発する気に圧《お》され、斎藤龍興《たつおき》は一歩も動くことができなかった。習った通りに木刀を構えてはみたものの、前へ出ることも後ろへ下がることもできない。

それに対し、相手は片手に木刀をぶら下げたまま、構えを取るでもない。それでも、どこにも隙は見えない。

永禄《えいろく》六年（一五六三）春。美濃、稲葉山城。

高さ百十丈を超える金華山に築かれた、難攻不落を誇るこの城も、住居としては使い勝手が悪い。そのため、平時は山麓の井ノ口にある屋敷に居住し、政務もそこで執る。といっても、龍興が政務に携わることなどほとんどないが。

背後にそびえる金華山から時折吹く風が、早朝の庭に満開の梅を舞い散らせる。本来なら和歌のひとつも詠んでみたいところだが、とてもそんな余裕はない。そもそも、龍興にそんな典雅な趣味はない。

庭に舞う花びらの代わりに、正面のむさ苦しい男を見据える。

小牧源太は、当年とって三十二。身の丈六尺（約百八十センチメートル）に近い龍興よりもさらに頭半分ほど大きいが、どこか鈍重そうな印象を与える。顔つきも実に人が好さそうで、瞳は生まれたての仔犬のようにつぶらだった。ただ、そんな見かけとは裏腹に、家中きっての槍の遣い手として知られていた。戦場で立ててきた武勲も枚挙に遑《いとま》がないが、祖父道三《どうさん》が死んでからはなぜか自ら望んで龍興に近侍し、めったに戦場にも出なくなっている。その代わり、事あるごとに龍興に武芸を仕込もうとしていた。

実際の戦から離れているとはいえ、こうして向かい合っているだけで、源太は威圧するような気を放ってくる。ただ、足が前に出ない理由のほとんどは、昨夜呑み過ぎた酒のせいだった。

頭痛と胸焼けに苛《さいな》まれ、じっとしているだけで背中にじわりと汗が滲《にじ》んでくる。剣の稽古などさっさと終わらせて、もうひと眠りしたかった。

「さあ、どこからでもまいられよ」

構えも取らず、源太が言う。自分が不覚を取ることなど万に一つもない。そう確信しているかのような態度に、腹の底が熱くなった。

「おのれっ！」

木刀を振り上げ、裂帛《れっぱく》の気合いとともに打ちかかった。

が、力任せに振り下ろした木刀は空を切り、勢い余った龍興は地面に倒れ込んだ。顔面を強打し、砂の味が口の中に広がる。

「ええい、なぜよける！」

「なぜと仰せられても。それがしとて、木刀で叩かれるのは痛うござる」

木刀をぶら下げたまま、源太は困り顔で答える。

「打ちかかる時は、もそっと相手をよく見るのです。お館《やかた》さまは、お父上に似て恵まれた体格をお持ちにござる。生まれつき膂力《りょりょく》も強うござるゆえ、あとは技を身につけられれば……」

「ええい、ごちゃごちゃうるさいっ。もう一本じゃ！」

顔についた砂を払い、再び打ちかかった。が、そのたびに木刀は空を切り、あるいは軽くいなされ、一度も源太の体に触れることはなかった。何度か同じことを繰り返しただけで息は上がり、全身が汗と土に塗《まみ》れていた。

「うう、気持ち悪い。もう限界だ」

源太の言葉を遮って木刀を投げ棄てると、縁で稽古を見守っていた壮年の男が立ち上がり、苦言を呈した。

「何を仰せられます。まだはじめて四半刻も経っておりませぬぞ」

美濃関城の城主にして斎藤家宿老、長井隼人佐道利《はやとのすけみちとし》。龍興の祖父道三の弟に当たる人物だった。京で油商人をしていた曽祖父が若い頃、身分の低い女に産ませた子で、幼くして美濃の名門長井家に養子に出されていた。知命《ちめい》をいくつか過ぎ、髪に黒いところはほとんど残っていない。歳のせいか、このところますます小言が多くなっている。

「尾張の信長めは、今も虎視眈々《こしたんたん》とこの美濃を狙うておるのですぞ。そのようなことで、美濃国主として家臣や領民を守れるとお思いか？」

隣国の尾張織田家とは、道三の代には同盟を結んでいた。道三の娘帰蝶《きちょう》が織田家に嫁いでいるので、信長は龍興にとっては義理の叔父に当たる。だが、龍興の父義龍《よしたつ》が不仲となった道三を討って以来、両家は不倶戴天の敵と言ってもいい間柄にあった。

そして、二年前に名将と謳《うた》われた義龍が没すると、織田の軍勢はたびたび国境を越えて侵入を繰り返すようになった。新国主龍興を若輩と侮ってのことであるのは明白だった。

「私が稽古をつけてくれと頼んだわけではないぞ。そなたたちがどうしてもと申すゆえ、付き合うてやっておるのではないか。だいたい、足軽雑兵《ぞうひょう》でもあるまいに、剣の稽古など不要であろう。国主自らが剣を振るうようでは、すでに戦は負けておる」

「剣の稽古は、戦のためのみにあらず。剣を通して身も心も鍛錬し、強き大将になっていただくためのもの」

「木曽義仲も新田義貞も、たいそう強い大将であったというぞ。だが、その最期はどうだ？　漢の高祖に敗れた項羽はどうじゃ？　呂布は、関羽は？」

「むむむ……」

道利が考え込んだその隙に踵《きびす》を返し、走り出した。

「あ、お待ちあれ。源太、追え、追うのじゃ！」

「承知！」

後ろから、どすどすと足音が響いてきた。

「待たれよ。誰ぞ、お館さまをお捕らえせよ！」

臣下にあるまじきことを叫びながら、源太が追いかけてくる。込み上げる吐き気を堪《こら》えながら、必死に駆けた。草履履きのまま本丸御殿に上がり、廊下を雑巾がけする下女の背中を飛び越えて角を曲がる。再び外に出て別棟に上がり、台所脇にある什器《じゅうき》をしまう納戸に逃げ込んだ。馬廻《うままわり》衆《しゅう》筆頭の源太であっても、このあたりには詳しくはあるまい。上手くまけたと胸を撫で下ろした時、先客がいるのに気づいた。

「これは、お館さま。またご家来衆からお逃げになってきたのですね」

苦笑混じりのやわらかな声音が、龍興の耳に触れた。

「うん、まあそんなところだ。すまぬが邪魔するぞ」

狭く薄暗い納戸の奥で皿の整理をしていたのは、りつという端女《はしため》だった。前にも一度、この納戸で出会っている。その時は、軍学の講義に飽き飽きしてここに逃げ込んだ龍興を、何も言わずに匿《かくま》ってくれた。

「お館さまは、お若いながらも美濃一国を背負う身。いろいろとお疲れになることもございましょう。ごゆるりとなされませ」

「う、うむ。そなたも役目があろう。私に構わず続けよ」

さすがに、剣の稽古が嫌で逃げ出してきたとは言えなかった。龍興のうつけぶりは、城中でも公然と噂されている。今さら否定するつもりもないが、自分から恥を晒《さら》して恬淡《てんたん》としていられるほど、肝は太くない。

「そなた確か、りつと申したな。いくつになる」

「この正月で、十九になりました」

「私の三つ上か」

龍興は、皿の整理を続けるりつの横顔をまじまじと眺めた。歳のわりに顔立ちは幼い。それなりに整った容姿だが、これまで夜伽《よとぎ》を命じてきた女たちには敵わない。ただ、龍興に見え透いた媚を売るようなところがないのが新鮮に思える。

「あのう、何か？」

視線を感じたのか、不意にりつが振り返る。

「ああ、いや……あれだ、そなたは働き者だと感心しておったのだ。ほ、本当だぞ」

「まあ。私のような端女には、もったいなきお言葉にございます」

そう言って微笑み、頭を下げる。心の臓が大きく波打つのを感じて、慌てて口を開く。

「そろそろ、源太も諦めただろうな。それにしても、主君を捕らえろなどと、なんたる不忠者だろう。そうは思わぬか？」

喋《しゃべ》り過ぎている。自分でもそう思ったが、りつは答えるでもなく、口元を袖で隠し、くすくすと笑っている。どうにも落ち着かない心地で、龍興は腰を上げた。

「今宵、私の寝所にまいれ。そなたと、もう少し話がしてみたい」

ひと息に言うと、りつは一拍の間を置き、何かを諦めたように小さく頷《うなず》いた。その顔に一瞬だけ差した暗い翳《かげ》には気づかぬふりをして、龍興は納戸を出た。

二

織田信長の軍勢、清洲《きよす》城を発し北上中。

その報《しら》せを受けた時、龍興は完全な宿酔《ふつかよい》で床に臥《ふ》せっていたが、長井道利に無理やり起こされ、具足をつけさせられた。

「どうせいつもの小競り合いだろう。私が具足をつける必要などあるまいに」

「何を仰せられます。物見の報告によれば、敵は数千に及ぶ大軍。此度《こたび》こそ、お館さま自ら出陣していただきますぞ」

「出陣だと？」

「左様。形ばかりの初陣を済まされただけで、お館さまは一度も戦場に身を置かれたことはございませぬ。それでは、将兵の士気は保てませぬ。ここはぜひ、お館さまにご出陣願いまする」

龍興の脳裏に、初陣の記憶がまざまざと蘇《よみがえ》ってきた。

あれは二年前、家督を継いだばかりの頃だ。木曽川を越えて侵入してきた織田勢を迎え撃つため、龍興は自ら出陣した。正確には、出陣しようとした。

慣れない具足に身を包み、出陣の儀式も済ませた。だが、乗馬していざ出陣、というところで龍興は尻込みした。なんとなれば、武芸全般が苦手な龍興だが、馬術は特に不得手だったのである。しかし衆目の中、総大将が馬に乗るのを躊躇《ためら》うわけにもいかない。ままよ、と勢いをつけて鐙《あぶみ》に足をかけて鞍に尻を乗せた刹那、龍興は具足の重みに耐えきれず、反対側へと見事に落馬した。

結果、右腕と鼻骨の骨折に顔面打撲、その他もろもろという重傷を負った。戦に出ても、これほどの怪我をする者はめったにいないだろう。結局龍興の出陣は取りやめとなり、しばらく床に臥せる羽目になったのである。

指揮を引き継いだ道利がなんとか織田勢を撃退したものの、総大将が城を出る前に負傷するという失態は、美濃新国主が暗愚であるという噂を一気に広める結果となった。

「嫌じゃ。嫌じゃ嫌じゃ嫌じゃ、私は戦になど出ぬ！」

「我儘《わがまま》を仰《おつしや》いますな。此度こそはなんとしても出陣していただきますぞ！」

童《わらべ》のようにじたばたと暴れる龍興の腰に、道利がしがみつく。

「離せ！　私がまた落馬して、打ちどころが悪くて死んでもよいのか？」

「ご安心召されませ。近習《きんじゆ》たちにはお館さまを受け止める稽古をさせておりますゆえ」

「無礼な。私が落馬するのが前提ではないか！」

「ならば、輿《こし》を用意いたしますゆえ、それにお乗りください」

「嫌じゃ。それでは私が馬にも乗れぬみたいではないか」

「実際そうでござろう」

「うるさいうるさい！　とにかく、私は戦には出ぬ！」

「ええい、聞き分けのない。源太、お館さまをお連れいたせ！」

「承知」

無断で部屋に入ってきた源太に軽々と担ぎ上げられた。

源太に抱えられたまま本丸大広間に辿《たど》り着くと、すでに具足に身を固めた家臣たちが揃っていた。無理やり床几《しようぎ》に座らされると、あちこちから白々しい咳払いが聞こえてきた。龍興の醜態を、誰もが見て見ぬふりをしている。

「皆の者、参陣、ご苦労である」

道利が威儀を正して言っても、頭を下げたのはほんの数人だった。

やがて、物見からの報せが続々ともたらされた。敵はおよそ八千。河田の渡しから木曽川を越えるものと思われる。

永禄三年（一五六〇）、桶狭間《おけはざま》で今川家の大軍を打ち破った信長は、三河の松平家康と同盟を結び、美濃攻略に向けて後顧の憂いを絶っていた。しかし、八千という大軍で攻め入ってくるのははじめてだ。居並んだ諸将が、あからさまに不安げな目で龍興を見る。

「道利、我が軍は何人いるのだ？」

「はっ。今、この城に集まっておるのは、およそ六千にございます」

「敵よりも少ないのか。しかし、城に籠っておれば敵も諦めて兵を引くのではないか？　確か、城攻めには敵の三倍の兵が必要だと聞いたぞ」

「しかしながら、我らが打って出なければ、敵は領内の村々を荒らし回りましょう。さすれば、我らに対する領民の信頼は地に落ち申す。ここは先手を打ち、城を出て迎撃いたすべきかと」

「それがしに、策がございまする」

広間の一角で、戦場嗄《が》れした大声が響いた。その主を見て、龍興は内心嘆息した。頭髪はほとんど抜け落ちているが、大きく角張った顔の下半分を、真っ白な髭が覆っている。吊り上がった両目に猛禽を思わせる眼光を湛《たた》え、龍興を真っ直ぐ見据えていた。

西美濃三人衆と呼ばれる有力国人のひとり、安藤伊賀守守就《もりなり》。とうに還暦を過ぎているはずだが、戦となれば血が騒ぐのか、真っ先に城へと駆けつけ、軍議にあれやこれやと口を出す。主君にも遠慮なくずけずけと物を言うこの老人が、龍興は昔から苦手だった。

「申してみよ」

投げやりに言うと、守就は得たりとばかりに策を披露した。床に広げた絵図を示しながら身振り手振りを交えて説明するが、兵法に疎い龍興にはいまいち理解できない。しかし、諸将がそれなら勝てるというので献策を容れることにした。

城の備えに一千を残し、五千の兵力で稲葉山を発った。龍興はなんとか城に残ろうとしたものの、抵抗虚《むな》しく出陣する羽目になった。国主とはいっても、意のままにならないことのほうがはるかに多い。

稲葉山城から南東へおよそ一里（約四キロメートル）。新加納《しんかのう》にある小高い丘に本陣を置いた。

午《うま》の刻（昼十二時）、木曽川を越えた織田の軍勢が姿を現した。織田軍が使うのは、かつて善徳寺の会盟で道三を驚嘆せしめたという、三間半の長槍である。それを携えた軍が移動する様は、林が動いているようにも見えた。

合図に法螺《ほら》が吹かれ、楯を前に押し出した敵の先鋒が、前面を流れる境川を渡りはじめた。合わせて、味方の法螺や鉦《かね》も打ち鳴らされる。

川の半ばまでさしかかったところで、先陣の安藤隊八百が攻撃を開始した。無数の礫《つぶて》と矢が、渡河中の敵の頭上に降り注ぐ。だが、たった八百の安藤隊で防ぐにはおのずと限界がある。川を渡りきる敵が次第に増え、安藤隊は押されはじめた。やがて、馬上の守就が采配を振ると、敵に背を向けて後退をはじめた。

「道利、まこと勝算はあるのであろうな？」

「安心召されませ。安藤殿は歴戦のつわもの。よもや、しくじるようなことはありますまい」

敵は、崩れ立った安藤隊になおも攻めかかる。やがて、算を乱しての敗走がはじまった。敵の先鋒は織田家中随一の猛将、柴田修理亮《しゅりのすけ》勝家だという。安藤隊が崩れるのを見て取るや、すかさず追撃に移った。

追い討ちに逸《はや》る柴田隊の先頭が、安藤隊の最後尾に追いついた刹那、不意に喊声《かんせい》が上がり、左右の林や茂み、付近の百姓家から兵が飛び出してきた。数百の伏兵に側面を衝かれ、柴田隊は瞬く間に大混乱に陥った。

「よし。全軍、押し出せ！」

道利が下知《げち》を飛ばし、陣太鼓が乱打された。本陣の周囲が慌ただしくなる。

柴田隊に続く敵勢にも、伏兵が襲いかかっていた。四方八方から湧き出す伏兵に、敵はかなりの犠牲を出している。馬上の将たちが必死の形相で兵を叱咤している様は、本陣からでもはっきりと見えた。

『十面埋伏《まいふく》の陣』。軍議の席で、守就は得意げにそう説明したが、まさにその名が相応《ふさわ》しい策だった。聞けば、唐土《もろこし》の兵法書にある戦法なのだという。

やがて柴田隊が崩れ、二陣の森可成《よしなり》隊が敗走するに及び、大勢は決した。守就らは深追いはせず、全軍で稲葉山に凱旋した。

勝利を祝う宴の席で、道利が手柄を褒め称えると、守就は頭を振った。

「実を申さば、此度の策は、我が婿に当たる竹中重治の立てた策にござる」

その答えに諸将は顔を見合わせる。それほど、意外な名だった。

「重治、前へ」

守就に促され、広間の隅にいた若い男が進み出た。

竹中半兵衛重治。確か、まだ二十歳になったばかりのはずだ。美濃不破郡菩提山《ぼだいさん》城を領する竹中家の当主だが、家中では『青びょうたん』という渾名《あだな》のほうが通りがいい。

長身でよくよく見れば眉目秀麗だが、線は細く、蒲柳《ほりゅう》の質《しつ》であるという。誰が名付けたか知らないが、渾名はぴったりだと思えた。性格は大人しく控え目で、家中では侮りを受けることも多いと聞く。龍興は、話に出るまで重治が参陣していたことすら忘れていた。諸将の多くも同じだろう。それほど、印象の薄い男だった。

重治の弟久作は、人質の意味もあるが、龍興の近習に名を連ねている。こちらは兄に似ず、闊達でたくましい若者だった。重治が家督を継ぐに当たって、竹中家内部でも異論を唱える者は多かったという。

その重治が今回の戦の絵図を描いたとは、俄《にわ》かには信じがたかった。

「なるほど、能ある鷹は爪を隠すと申す。我ら一同、これまでまんまと騙されておったわ」

道利が周囲の戸惑いを吹き飛ばすかのように言うと、それを潮に、他の諸将も口々に重治を褒めそやす。

だが、当の重治は浮かれるそぶりも見せず、口元に微笑を湛えているだけだった。周囲の者が掌《てのひら》を返すのを醒めた目で眺めているような、嫌な笑み。この男はきっと、周りの人間が全て愚かに見えて仕方ないのだろう。そして、他人など誰ひとりとして信頼していない。龍興には、そのことが手にとるようにわかった。

なぜ、重治の心の中がわかるのか、ちょっと考えて苦笑した。

なんのことはない。自分も同じだからだ。

三

竹中重治は腕を組み、舅《しゅうと》の話に耳を傾けていた。

「やはり、容れられませんでしたか」

聞き終え、重治は言った。北方城の本丸広間には、重治と城主安藤守就の他に、人の姿はない。

「して、お館さまはなんと？」

「こちらから尾張を攻めるなどもってのほか。そう仰せられたきりで、話もろくに聞いてはもらえなんだ」

呆れたように、守就は首を振る。

「だがのう、重治。そなたがどうしてもと申すゆえお館さまに献策してはみたが、わしもそれほど気乗りはせぬ。尾張に攻め入るとなれば、相当の犠牲を覚悟せねばならぬ。首尾よく信長を討ち、尾張を版図《はんと》に加えたところで、失う物が大き過ぎよう。わざわざ火中の栗を拾うことはあるまい」

「しかし、今を逃せば、我らが攻めに出る機は二度と訪れますまい」

「あえて攻めることはない。敵が性懲りもなく美濃に攻め入ってきたら、その都度打ち払っていけばよかろう。そなたの軍略の冴えをもってすれば、簡単なことよ」

「されど」

「考えてもみよ。尾張を攻めるとなれば、総大将はお館さまが務められるしかあるまい。あのお方の采配に従いたいと思う者など、いったいどこにおる？」

確かに、宿老の長井道利や、一介の国人にすぎない守就では、寄り合い所帯の美濃勢をまとめるには格が足りない。だが、龍興にはまとめる力量も意欲もない。相変わらずの酒浸りで、暗愚という評判は他国にまで広まっている。

やはり、無駄だったか。内心嘆息し、重治は菩提山城へ戻った。

新加納での合戦から十ヶ月。あれ以来大きな合戦はなく、美濃には平穏が訪れていた。だが、所詮はうわべだけのものにすぎない。

信長は、犬山城に拠《よ》って叛旗を翻した織田信清の討伐に手間取っているという情報もあったが、それだけではあるまいと、重治は思っている。

新加納で敗退した後、信長は居城を清洲から、美濃により近い小牧山城に移していた。家臣団はおろか、城下に住まう商人や職人までも引き連れて本拠地を移すなど、聞いたことがなかった。今や、小牧山の城下には清洲を上回る規模の町が築かれつつあるという。

本拠地の移転を通じ、家臣や領内の商人、職人に対する統制を強める。さらには家臣団、すなわち将兵を土地から切り離し、自在に動かせるように再編成する。そうした意図が、小牧山築城には隠されている。各地に有力な国人が割拠する美濃では、とてもできない芸当だった。

尾張攻めを決行するなら、移転が完了する前しかない。そう守就に献策し、龍興に進言してもらったが、やはり却下された。龍興に直接会って説得することも考えたが、極度に戦を嫌うあの主君が頷くとも思えなかった。それに、これ以上目立てば、家中の無駄な嫉視を買うばかりだ。手柄を立てたことで、重治を憎んでいる者も多い。

このままでは、熟した柿が落ちるように、美濃は信長の手に落ちる。それならそれで構わない。斎藤家に対する忠誠心など、欠片《かけら》も持ち合わせてはいないのだ。

尾張攻めを進言したのは、斎藤家のためでも、恩賞のためでもない。ただ単に、大きな戦をしたかったからだ。書物で学んだ計略が次々と決まっていく。新加納の合戦で味わったあの快感が、今も忘れられない。もう、野伏せり相手の小戦や、国境での小競り合いなどでは満足できない。戦の規模が大きければ大きいほど、快感は増していくはずだ。

ちっぽけな領地に執着はなかった。それよりも、軍略家として認められたい。天下に向かって、自分はここにいると叫びたい。年に何度も熱を出し、幾度も生死の境を彷徨《さまよ》っていた幼い頃、そんな夢に取りつかれた。どうせ明日をも知れぬ命なら、史書に名を残すような大事を成し遂げたかった。美濃の片隅の小領主で生を終えるつもりなど、毛頭ない。

結局、斎藤・織田双方に目立った動きのないまま迎えた永禄七年（一五六四）正月、安藤守就が蟄居《ちっきょ》を命ぜられた。

家督相続以来、政《まつりごと》を顧みず酒色に耽《ふけ》る主君に、守就は事あるごとに諫言《かんげん》をぶつけてきた。おそらく、龍興の堪忍袋の緒が切れた、といったところだろう。

「直垂《ひたたれ》を用意いたせ。お館さまにお目通りし、舅殿の蟄居を解いていただく」

重治は、報せを受けるや城を飛び出した。舅である守就の失脚は、自分の身にも深く関わってくる。

だが稲葉山城を訪れてみても、許しを請うどころか、近臣たちに阻まれて龍興との目通りさえ叶わなかった。

やむなく下城しようと大手門にさしかかった時のことだった。不意に、直垂の肩のあたりが何かで濡れた。空には雲ひとつなく、雨など降るはずもない。見上げると、門の楼上には袴をはだけ、一物をぶら下げた龍興の近臣、斎藤飛驒守《ひだのかみ》とその取り巻きたちの姿があった。

「やあ、これは竹中殿であったか。これは失礼仕《つかまつ》った。何せ、向こうからひょうたんが歩いてくるなどと家来が申すゆえ、確かめてみようとここに上ったはいいものの、尿意に耐えかねましてな。いやはや、我ながら粗忽にござった」

昼間だというのに明らかに泥酔した口ぶりで言うと、取り巻きがどっと笑った。激昂し、刀の柄《つか》に手をかけた供の者を制し、無言のまま一礼した。そのまま歩き出す。

「あれでも武士か。怒ることもできぬとは」

「やはり、前回の手柄はまぐれよ。あんな腰抜けに軍略など立てられようはずもないわ」

背後から追ってくる嘲笑の声に耳を貸さず、重治は歩き続けた。

いいだろう。腹の底で呟《つぶや》き、策を練りはじめる。

軍略というのがどういうものか、貴様らの腐りきった頭でもわかるよう、とくと教えてやる。愚かさが罪だということを、身をもって知るがいい。

その足で、重治は密《ひそ》かに舅の居城を訪れた。道中で練り上げた策を打ち明けて助力を仰ぐと、守就は一瞬啞然とした後で、兵を貸すことを承諾した。守就も老いたりとはいえ、道三や義龍の下克上の只中にいた男だ。主家に対する過剰な忠誠など抱いてはいない。

守就の賛同を得られたことで、重治は成功を確信した。

二月六日、夕刻。菩提山城に緊急の使者が訪れた。龍興の近習を務める重治の弟久作が、急な病で床に臥しているという。

「他の近習が言うには、どうやら瘧《おこり》の病かと。容態はかなり悪く、あるいは一刻を争うやもしれませぬ」

使者が沈痛な面持ちで述べた口上に、重治は身を乗り出し、狼狽の体《てい》で答えた。

「なんと、それはまことにござろうか！」

「尋常な苦しみようではなく、呻《うめ》き声を上げながら床の中でのたうち回っておられるとの由」

「承知いたしました。これより我が家の侍医を連れて稲葉山に向かいとうござるが、今すぐここを発っても、到着は深夜となってしまいまする。夜間の入城をお許しいただけるであろうか？」

「火急の時にござる。きっとお許しいただけましょう」

疑うことなく頷いた使者に、重治は感謝の意を述べて頭を下げる。役目を終えた使者を送り出すと、家中からかねて選《え》りすぐってあった十四名を供に、重治も出立した。そのうちの三名は、竹中家の侍医と従者に扮している。

稲葉山城の大手門まで来た時には、すでに深更近かった。

「竹中半兵衛重治、弟久作の病気見舞いのため、医師を伴ってまいった。ご開門願いたし」

しばしの間待つと、門はゆっくりと音を立てて開き、中へ招じ入れられた。変装が疑われることはなく、大きな長持ちも、看病に使う品々だと言うと門番は納得した。甘い、と重治は思う。当主がうつけだと、門番までもたがが緩むらしい。

「兄上」

久作の居室に入ると、弟は夜具から体を起こした。兄に似ず、体つきはがっしりとしている。顔が死人のように青白いのは、化粧を施しているせいだろう。

「上手く騙しおおせたようだな」

小声で言うと、弟はにやりと笑った。

それから息をひそめ、八つ（午前二時）まで待った。供に命じ、長持ちを開けさせる。中から取り出した胴丸や鎖帷子《くさりかたびら》を着込み、それぞれに手槍を持たせた。

立ち上がり、障子を開いて部屋を出る。あとの十五人もそれに続いた。人の姿もなく静まり返った廊下を、足音を殺して進む。城番衆の詰所の前まで来ると、中から賑やかな男女の嬌声が聞こえてきた。今日の城番は、あの斎藤飛驒守だと聞いている。役目も満足に果たさず、遊女を揚げて酒宴に興じているらしい。

「飛驒守は殺すな。あとは、男女を問わず撫で斬りにせよ」

戸障子が荒々しく開かれ、久作を先頭に配下の兵が駆け込んでいく。

まったく不意を打たれた番衆は、ほとんど為す術もなく斬り伏せられていった。悲鳴が嬌声に取って代わり、床は一面血の海と化していく。

十数体に及ぶ死骸の中、飛驒守は呆然とした様子で座り込んでいた。目の前で何が起きたのか、まるで理解できていないらしい。

「お久しゅうござるな、飛驒守殿」

見上げた飛驒守の顔が、驚愕に歪む。

「あ、あの時のことならば謝る。ひどく酔っておったのだ。酒での失態など、そなたも一度や二度はあろう？」

「兄上、いかがいたします？」

久作が、汚物でも見るような顔つきで飛騨守を見下ろしながら訊ねる。無言のまま、重治は刀を抜いた。ゆっくりと飛騨守に歩み寄り、蹴り倒す。仰向けになった体を足で押さえつけ、腹に切っ先を突きつける。

「生憎《あいにく》、それがしは下戸ゆえ、わかりませぬ」

残酷な衝動が込み上げ、かすかな快感さえ覚えた。

「少しでも悔いる気持ちがおありなら、己の愚かさをとくと後悔しながら冥土に旅立たれよ」

少しずつ、切っ先を突き入れていく。絶叫とともに、血が溢れ出してきた。即死しない程度で、切っ先を抜く。

「苦しみ、恐怖に足搔《あが》きながら死ね」

のたうち回り、叫び声を上げ続ける飛騨守を残して、詰所から庭に出た。早鐘が打ち鳴らされている。あらかじめ城下に潜伏させていた兵が、町に火を放っているのだ。

「手筈通り、三手に分かれる。一手は大手門を制圧し、城外の味方を引き入れよ。一手は、山頂の城へ続く大手道へ。残りは俺とともに、龍興の寝所へ」

龍興は、生かして捕らえるつもりだった。いくら下克上の世とはいえ、主君を殺して国を奪えば相当の批難にさらされる。まして、重治と守就には、美濃の侍たちを納得させ得る大義も家柄もない。

龍興を傀儡《かいらい》とし、重治が美濃一国の政を差配する。そして機会を見て、龍興は暗殺なり放逐なりすればいい。土岐《とき》家を追って美濃を乗っ取った斎藤道三も、同じやり方をしている。我が子に首を奪《と》られるような愚か者にできて、この自分にできないはずがない。

竹中半兵衛重治の名は後の世の史書に、難攻不落の稲葉山城をわずかな手勢で落とした男として記されるだろう。

だが、それで終わりではない。全ては、ここからはじまるのだ。

四

龍興は、母の顔を知らない。

物心つく前に病で他界した母は身分が低く、龍興は庶子として、父にも家臣たちにもほとんど顧みられずに育った。義龍の正室が産んだ菊千代という弟が早世しなければ、家督を継ぐこともなかっただろう。

父は六尺を超える巨漢で、病などとは縁がなかった。その父が、三十五という若さで、突然大量の血を吐いて死んだ。織田家の間者による毒殺と言われているが、真相は定かではない。死因など、別に興味もなかった。

斎藤義龍という男のことも、龍興はほとんどと言っていいほど知らない。言葉を交わすことはおろか、顔を見ることさえめったになかったのだ。世間でどれほど名将と讃えられようと、義龍の子であることを誇りに思ったこともない。

祖父と叔父たちを殺した男。龍興にとっての父は、それ以上でも以下でもない。だから、死んだと聞かされた時も心は動かなかった。むしろ、国主の座を自分に押しつけて勝手に死んだという怒りのほうが大きいくらいだったのだ。

「だから私は、母に抱かれることも、父に褒められることもないままに育った」

言って、龍興は盃を差し出す。もう一刻以上、寝所で盃を酌み交わしている。

静かな夜だった。りつが銚子から酒を注ぐ間、寝所には灯心が燃える音以外、何も聞こえない。

このところ、夜はりつを呼んでともに過ごすことが多かった。百姓の出で、近臣たちはあまりいい顔をしないが、他の女よりもなぜか心が安らぐ。

「家督を継ぐのが、それほどお嫌だったのですか」

頬をかすかに赤く染めたりつが訊ねた。

「私は幼い頃から、剣も馬も弓も、からきし駄目だった。元々、武士には向いていないのだろうな。だが、菊千代が早世せず、父上がまだ生きていたとしたら、私はきっと殺されていた。庶長子など、争いの種にしかならんからな」

「まさか、我が子を手にかけるなど……」

「実の父と弟を討ち、美濃の実権を握った男だぞ、父上は。我が子であろうと、邪魔になると思えばいとも簡単に殺す」

「先代さまは、道三さまの実のお子ではないと伺いましたが」

「実の親を討ったとあっては外聞が悪い。あの噂は、そのために流した根も葉もない作り話だ。父上はまぎれもなく、祖父《じい》さまの子だ」

燭台のか細い灯りの中、りつが息を呑む気配が伝わってきた。束の間、重苦しい沈黙が下りる。

努めて明るい声で、龍興は話題を変えた。

「りつは、どのようなところで生まれ育ったのだ？」

訊ねるとりつは、龍興の知らない村の名を挙げた。長良川に程近い、小さな村らしい。

「父は早くに病で他界しましたが、貧しいながらも祖父と母と兄ふたり、力を合わせて生きておりました。ですが四年前、嵐で長良川が氾濫し、村の家々と多くの人が押し流されてしまいました。私の母と、ふたりの兄も」

「それほどの大水だったのか」

「村人が造った堤はございましたが、とても防げるものではありませんでした。嵐が来るずっと前から、新たに堤を築いてくださるようお代官さまに幾度となく訴えていたのですが、今はそのような余裕はないと先延ばしにされるだけで」

四年前といえば、父は近江に攻め入って浅井家との戦に明け暮れていた。自国の民のために堤を築く余裕はなくても、他国に攻め込む余裕はあったらしい。

「働き手の兄を失ったせいで食べていくこともできず、私は伝手《つて》を頼ってこのお城で働かせていただくことになり、以前とは比べ物にならないほど暮らしは楽になりました。お館さまにはなんとお礼を申し上げたらよいか」

「私が礼を言われる筋合いでもあるまい。むしろ、恨まれても仕方ないと思うが」

「恨むなどと。こうして飢える心配もなく暮らせるのは、お館さまのおかげです。毎日食べる物があるというのは、私たち下々の者にとってはありがたいことにございます」

りつは皮肉ではなく、本気でそう思っているようだった。この女子《おなご》はきっと、家を失う辛さも、飢えの苦しみも知らない自分などよりずっと強い。酔いの回りはじめた頭で、龍興は思った。

「祖父さまはまだ健在か？」

「はい。体だけは丈夫ですので」

「そうか。大切にしてやるがよい」

龍興の空いた盃に酒を注ぎながら、りつが訊ねた。

「道三さまとは、いかなるお方だったのでしょう」

「そうだな。世人には蝮《まむし》などと呼ばれ恐れられておったが、私にとっては、どこにでもいる孫に甘い好々爺《こうこうや》だった。祖父さまは、父上に家督を譲って鷺山《さぎやま》城で隠居なされたが、私が訪ねると相好《そうごう》を崩して手ずから菓子などをくれたものだ。孫四郎、喜平次というふたりの叔父も、私にはよくしてくれた」

もっとも、父にしてみれば、道三が自分の息子を手なずけようとしているふうにしか見えなかったのだろう。義龍は、龍興が道三のもとを訪ねることを禁じた。

龍興が八歳の時、義龍は道三が寵愛する孫四郎、喜平次のふたりの弟を謀殺し、圧倒的な兵力で鷺山城に攻め寄せた。道三は大桑城まで逃れ、翌年、両軍は長良川で対峙《たいじ》する。だが、家臣の大半は義龍を支持し、道三は衆寡敵せず討ち死にした。道利も源太も、その戦に加わっている。ゆえに龍興は、祖父の仇に囲まれて暮らしている、とも言えた。

「私が暗愚だという噂は、そなたも耳にしておろう。だが、好きで国主の座に就いているわけではない。他に欲しい者がいるのなら、喜んで明け渡してやる」

龍興は盃を置き、りつの肩に手を回した。

「だがその前に、ひとつやりたいことができた」

「やりたいこと？」

「堤を造りたい。どんな大水が来ようとびくともしないような、頑丈な堤だ」

顔を上げたりつが、視線をこちらに向けてくる。こんなふうに真っ直ぐに見つめられるのは、はじめてのような気がした。思わず目を逸《そ》らすと、「ありがとうございます」というかすかに震えを帯びた声が耳朶《じだ》を打った。

「他の方々が何と言われようと、お館さまはきっと、立派な国主になられる。私は、そう信じます」

政になど興味はないはずだった。きっと、酔いが回ったせいだ。だから、思ってもいないことを口走ってしまう。気恥ずかしさを誤魔化すかのように、りつの体を抱き寄せる。

「お館さま」

寝所の外から近習の声がして、龍興は内心で舌打ちした。

「竹中重治さま、医師を伴い、まかりこしてございます。入城の許可をいただきたいとの由にて」

そういえば今朝、近習の竹中久作が俄かに瘧の病にかかり、床に臥したという話を聞いた。痛みは激しく、命に関わるやもしれぬと言うので、急遽《きゅうきょ》菩提山城に使者を送ったのだという。

「わざわざ私の許しを得る必要はあるまい。通してやれ」

苛立ちの滲んだ声で近習を追い払うと、りつの肩に手を伸ばしてもう一度抱き寄せる。胸元に手を差し入れると、ほのかな甘い香りが鼻をくすぐった。二月に入ったとはいえ、夜になれば人肌のぬくもりが恋しくなる。

漁色もほどほどにしろと、道利あたりからはうんざりするほど言われている。それでも、やめるつもりはない。

明日、謀反が起きて殺されるかもしれない。あるいは父のように毒を盛られ、血反吐《ちへど》を吐きながら悶死することも、あり得ないとは言えない。美濃の歴史はすなわち、血縁も主従も関わりなく殺し合い、騙し合う、下克上の歴史だった。

酒でも女でもいい。とにかく何かに縋《すが》りついていたかった。そうしていないと、恐ろしくて眠ることもできない。


浅い眠りの中、夢を見た。

幼い頃の夢。祖父の膝の上で、龍興は菓子を齧《かじ》っていた。砂糖をふんだんに使った甘い菓子のはずだったが、味はしない。夢の中なのだから当然だと、もうひとりの自分は醒めた気分で思っている。それでも、膝の上の龍興は菓子を頬張ると、もっと欲しいとばかりに顔を上げた。

だが、そこにあったのは祖父ではなく、父義龍の顔だった。困ったような顔で龍興を見下ろし、口元をぎこちなく歪めている。もしかすると、笑顔を作ろうと努めていたのかもしれない。

愚かな夢だ。目を覚まし、龍興は自嘲した。おそらく、眠る前に父の話などをしたせいだろう。隣のりつを起こさないよう、そっと体を起こした。どれほど眠ったのかわからないが、まだ真夜中のようだった。

少し呑み過ぎたのか、喉がからからに渇いている。枕元の水差しに手を伸ばそうとした時、どこかで喚声《かんせい》が聞こえたような気がした。遠い。が、確かに人の声だ。

喚声は次第に大きくなり、廊下からいくつもの足音が響いてきた。

「お館さま！」

廊下から呼びかけられた。りつも目を覚まし、体を起こす。襖《ふすま》を開くと、平服のまま槍を携えた小牧源太が報告した。

「敵襲にございます。井ノ口の町には火が放たれ、敵はすでに城内にも侵入いたしておる由」

耳を疑った。織田が兵を動かしたなどという話は聞いていない。だとすると……。

「謀反、か」

来るべき時が来たか。冷静にそう思える自分に驚いたのも束の間、すぐに恐怖の念が湧き上がってきた。

「誰だ。誰が謀反など……」

「わかりませせぬ。城内はすでに、混乱に陥っておりますれば」

なぜ、こうも易々と敵の侵入を許したのか。

不意に思い出した。竹中久作の急な病。真夜中に入城した、重治らの一行。そう言えばあの男の舅は、蟄居を命じた安藤守就だった。

看病用の品々を長持ちに入れてきたと言っていたが、そこに武具を隠していたとすれば。おそらく、城下にも兵を忍ばせていたのだろう。井ノ口の町に火を放つと同時に、城内で事を起こす。

見事に嵌《は》められたと気づき、龍興は歯軋《はぎし》りした。

謀反のきっかけは、守就が蟄居を命じられたことだろう。だが、尾張への侵攻などという馬鹿げた策を進言する家臣を放ってはおけなかった。どうせ、戦で手柄を挙げて恩賞に与《あずか》りたいという思いから出た献策なのだろう。そんな者のために、多くの犠牲を払ってまで兵を挙げるつもりなど毛頭ない。そのことを国中に知らしめるために命じた蟄居だった。だが、それがまさか謀反にまで発展するとは、考えてもみなかった。

「落ちるぞ」

山上にある詰めの城に移れば、いくらか時を稼げるかもしれない。だが竹中重治ほどの男なら、当然手は打ってあるはずだ。おそらく、山上へ続く道にはすでに兵を配してある。助かるには、城外に逃げるしかない。臆病者と笑われようと、殺されるよりはずっとましだ。

「台所脇の納戸に、城外に通じる抜け穴がある。源太、先頭に立って案内いたせ」

龍興は立ち上がると、枕元に掛けてあった刀を摑《つか》んだ。自分が持っていても役に立ちはしないだろうが、少しは不安がまぎれる。

視線を落とし、龍興を見上げるりつと目を合わせた。怯《おび》えているのだろう、小さな両の肩が小刻みに震えている。

「ともに、来てはくれぬか？」

気づくと、そんな言葉が口をついていた。

どうせなら、このまま誰も自分のことを知らない遠い地まで逃れ、穏やかに暮らすのも悪くない。美濃という国に、思い残すことなど何ひとつない。それでも、この女子にだけは近くにいてほしい。自分でも戸惑うほど強く、そう思った。

やけに長く感じた沈黙の後、りつは立ち上がった。何かを振り払うような、不安と力強さの入り混じった声音で言う。

「お供いたします」

頷き、龍興はその手を握る。重ねた手の温かさに、ほんのわずかだが、恐怖が薄れていくのを感じた。

五

源太の持つ手燭の灯りを頼りに廊下を進むうちに、喚声はさらに大きくなっていった。方々から、悲鳴や得物《えもの》を打ち合う甲高い音も聞こえてくる。おそらく、敵がこの本丸まで踏み込んできたのだろう。

敵の眼を避けながら、台所へと続く廊下を早足で進む。突き当たりの角を曲がった刹那、先を行く源太が足を止めた。数間先に、具足姿の武者が五人。顔を強張《こわば》らせたりつが、龍興に体を寄せてくる。

「いたぞ、龍興だ！」

「殺すな、生け捕りにいたせ！」

組頭らしき男の下知に応え、四人の足軽が駆け出した。

「お館さま、これを」

手燭を龍興に預け、源太が飛び出す。先頭を駆ける足軽の喉元を凄《すさ》まじい速さで突き、次の敵の腿に穂先を突き立てる。悲鳴の木霊《こだま》する狭い廊下で源太は巧みに槍を操り、さらにふたりを血祭りに上げた。ほとんど一瞬と言ってもいいほどで、源太がどう動いたのか、龍興には見極められなかった。背を向けて逃げ出しかけた組頭の体を、源太の投げた槍が貫く。

「さあ、急ぎましょう」

槍を抜きながら、源太は何事もなかったように言う。青褪《あおざ》めたりつを励ましながら、倒れた武者たちを跨《また》いで先へ進もうとした時、背後から足音が響いてきた。具足に身を固めているところを見ると、味方ではなさそうだ。

「ここはそれがしに任せ、先へお急ぎください」

再び槍を構えた源太に頷き、りつの手を取って駆ける。剣戟《けんげき》の音といくつもの悲鳴が追いかけてきたが、振り返らずに走り続けた。襖を開き、濡れ縁に出る。月明かりの下を、女中や中間《ちゅうげん》、城番たちが逃げ惑っているのが見えた。方々で火の手も上がっているらしい。

「お館さま……」

か細い声を漏らすりつに、大丈夫だというように頷いてみせる。

「まいるぞ」

裸足のまま、庭に飛び下りた。別棟の台所に行くには、庭を突っ切ったほうが早い。すでに息は上がりかけているが、力の限り足を動かした。

自分の足でこんなに走ったのはいつ以来だろう。小姓たちを相手に鬼ごっこをしていた時分以来だから、きっと十年以上も前だ。こんなことになるなら、ちゃんと体を鍛えておけばよかった。

後悔の念を抱きながらもなんとか庭を駆け抜け、真っ暗な台所に飛び込んだ。次の瞬間、りつの手に一瞬だけ強い力が籠められ、それから滑るようにその手が離れた。立ち止まり、振り返る。

りつは、土間にうつ伏せになって倒れていた。

「いかがした。足でも……」

挫《くじ》いたのか。言いかけた言葉を、龍興は呑み込んだ。土間に差し込んだわずかな月の光が、りつの背中に突き立った矢を禍々《まがまが》しく照らす。

「りつ！」

傍らにしゃがみ込んで、抱き起こした。咳き込んだりつの口から夥《おびただ》しい量の血が吐き出され、夜目にも蒼白い顔を赤く汚す。

鏃《やじり》が、肺腑にまで達している。助からない。頭に浮かんだ言葉を無理やり追い払った。

「しっかりいたせ、あと少しの辛抱だ。城を抜ければ、すぐに医師に診せてやる。だから、あと少しだけ堪えてくれ」

必死に呼びかけるが、りつの目は虚空を彷徨うだけで、龍興を見てはいなかった。血で汚れた口から、弱々しい声が絞り出される。

「嫌や。なんで……なんで、こんなとこで死なないかんの……」

「りつ……」

「死にたくない。祖父ちゃん、怖い、助け……」

言い終わる前に、りつは大きく体を震わせた。徐々に力が失せていくのが、両腕を通してはっきりとわかる。やがて、小刻みに漏れていた吐息が消えた。

死んだ。

真っ白になった頭の中に、そんな言葉が響く。それは何の実感も伴わない、虚空な響きだった。

何か大きなものを失った。そう感じるだけで、他には何の感情も湧いてはこない。涙さえ出ない。それでも、喪失感だけは手に負えないほど大きかった。

りつを抱きかかえたままの龍興の視界に、背中に刺さった矢が映った。

「さぞ痛かったであろう。今、抜いてやるぞ」

龍興は手を伸ばし、ひと息に引き抜く。力を籠めると、矢は呆気ないほど簡単に折れた。

こんな脆《もろ》い物が、りつの命を奪ったのか。龍興はようやく湧き上がった感情に任せ、手に残った矢を壁に叩きつける。

「本当に、龍興だったのだな？」

どこからか、声が聞こえてきた。格子窓から外を窺《うかが》う。松明《たいまつ》の灯りと、三つの人影が見えた。鎧武者《よろいむしゃ》がひとりに、足軽がふたり。足軽のひとりが弓を構えていた。

「しかとはわかりませんが、それらしき者がここに逃げ込んだのは確かかと」

「それがしの放った矢が、連れの女に当たり申したぞ」

弓を持った男が自慢げに口にしたその瞬間、全身が焼けるように熱くなった。何かに操られているように、体が勝手に動きはじめる。腰の刀を抜き、外に飛び出した。口から、意味をなさない叫び声が溢れ出る。

三人がぎょっとした顔でこちらを向く。龍興は、りつを殺した男だけを見ていた。まるで夢の中にいるように、全ての動きが緩慢に映っている。男に向け、渾身の力で刀を振り下ろした。

刃は弓の弦を斬り、男の肩口に食い込んだ。男の絶叫が耳を聾《ろう》する。

はじめて人を斬った。思うより先に、背を向けた男の後を追い、二の太刀を見舞う。今度は首筋に当たった。さらに二度、三度と刀を打ちつける。気づくと、男はぴくりとも動かなくなっていた。

振り返ると、残るふたりが槍を向けていた。その動きも、やはり緩慢に見える。鎧武者が、何事か喚《わめ》いていた。殺すな。生け捕りにしろ。構わず、正面に立つ足軽に向かってゆっくりと足を踏み出す。

叫び声を上げながら、足軽が槍を突き出してきた。殺してはいけないという思いからか、鋭さはない。半身を引いて難なくかわした。柄を摑んで力任せに引き寄せながら、刀を振るう。刀身は陣笠を叩き、右腕に激しい痺《しび》れが走った。衝撃で白目を剝《む》いた足軽が倒れはじめる。龍興は、さらに刀を横に薙《な》いだ。喉元に食い込んだ刃を引く。噴き出した鮮血が、全身に降りかかった。

いきなり、脇腹に衝撃を受けた。息が詰まり、思わず刀を取り落としそうになる。槍の柄で脇腹を打たれたのだと理解した時には、目の前に鎧武者が迫っていた。無我夢中でその腰に組みつき、もんどりうって倒れ込む。

天地が二転三転し、止まった時には鎧武者の上に馬乗りになっていた。恐怖に顔を強張らせた相手の首に刀をあてがい、ひと息に掻き切る。再び鮮血が視界を染め、意識が遠のいた。

「……お館さま、お館さま！」

どのくらいの時が経ったのか、気づくと源太が側に来ていた。死骸に馬乗りになったまま、呆然としていたらしい。

「お見事にござった」

「見ていたのか？」

「この者を討ったところだけですが」

「そうか」

自分が殺した。りつの仇を討った。だが、何の感慨も湧いてはこない。やはり全ては夢の中の出来事のようで、まるで実感がない。

「その刀はお捨てください。もはや、使い物になりますまい」

見ると、刀は刃毀《はこぼ》れと血脂《ちやに》でぼろぼろだった。捨てようとしても、強張った指が柄から離れない。左手で強引にこじ開け、ようやく離れた。辺りに漂う濃密な死臭に気づき、込み上げるものを抑えきれず嘔吐した。口の中に広がる不快さと、咳き込んだ喉の痛みは、嫌というほど実感を伴っている。

「さあ、急ぎましょう。ここも危のうござる」

台所に入ると、倒れたままのりつの姿が見えた。

「源太。りつも連れて行っていいか？」

源太は何も言わず頷き、りつの体を背負った。

台所脇の納戸の戸棚を動かしたところにある、鉄の扉。それが、代々の当主しか知らない抜け穴の入り口だった。

狭く薄暗い納戸の中を、龍興は見渡す。りつとはじめて会った場所だ。もしあの時、声をかけていなければ。別の部屋に逃げ込んでいれば。尽きることのない悔恨が、胸を締めつけた。

暗く長い抜け穴を通り、金華山の西側に出た。切り立った岩だらけの斜面を慎重に下りると、すぐ目の前が長良川だった。

川岸に建つ古びた小屋には、小舟が隠してある。万一に備えた脱出用のものだが、まさかこれに乗ることになるとは思わなかった。りつの体を舟底に横たえ、夜の川に漕ぎ出す。

「町が……」

夜空を見上げ、龍興は呟いた。

空を赤く染め、山の南に広がる井ノ口の町が燃えていた。一万近い人が暮らす大きな町で、龍興も小姓や近習を連れてよく遊びに出かけたものだった。

川を渡る風が、焦げくさい臭《にお》いをここまで運んでくる。あの様子では、相当な数の死人が出ているに違いない。多くの老若男女が行き交う賑やかな通りを思い出すと、胸の縁がかすかに痛む。

「なあ、源太。私が立派な国主であれば、りつは死なずにすんだのだろうか」

「それは……わかりませぬ。どれほどの名君であっても、謀反を起こされることがないとは言い切れませせぬゆえ」

源太の言葉も、龍興の耳には虚しく響くだけだった。

りつが死んだのは、自分のせいだ。そうとしか思えない。恨んでいるだろうか。言いかけて、口を噤《つぐ》んだ。訊ねるまでもない。恨んでいるに決まっている。

「ご安心召されませ。この小牧源太、及ばずながら、最後までお館さまに付き従う所存」

「なぜだ。そなたは何ゆえ、私などに忠義を尽くす。乱世においては、主君は己で選ぶものであろう？　私の首を持って謀反人どもに降《くだ》れば、褒美に与れるぞ」

「道三さまの首を討ったのは、それがしにござる」

唐突な告白だった。祖父の最期については、これまで耳に入れないようにしてきた。

櫓《ろ》を操る手を止めず、源太は先を続ける。

「あの戦の折、功名に逸って本陣に駆け込んだそれがしに、道三さまは実に穏やかな顔でこう訊ねられました。龍興は達者か。武芸の稽古や学問が嫌だと駄々をこねてはおらぬか、と。それから、龍興を護ってやってくれと言い残し、それがしに御首級《みしるし》を差し出されたのです」

「そうだったのか」

「先代さまにしても同じにございます。龍興のこと、頼み申し候。血を吐き、死の苦しみに襲われながら最期に遺された、先代さまのお言葉にござる。憎み合い、互いの命を奪い合ったおふたりが、奇しくも最期に案じておられたのは、お館さまのことにござる」

「馬鹿な。祖父さまはともかく、父上は私のことなど……」

「血で血を洗う乱世といえど、我が子を思わぬ親などおりはしませぬ。されど、心ならずも血の繋《つな》がった父親を討たねばならなかった義龍公は、我が子とどう接してよいのかがおわかりにならなかったのです」

先刻の夢が、頭に浮かんだ。夢の中、義龍は困惑したような表情で龍興を膝に抱いていた。

「愛しい我が子にも、いつ裏切られるかわからぬのが乱世。ならば、必要以上に接しないほうが互いのため。不器用な御仁ゆえ、そうお考えになられたのやもしれませぬ。しかし、今際《いまわ》のきわになって、押し殺していたはずの我が子への思いが口を衝いたのでしょう」

あれは夢ではなく、幼い頃にこの目で見た光景だったのかもしれない。不意に、鼻の奥がつんと熱くなり、視界が歪んだ。

「それがしは、お館さまなら立派な国主になられると信じております。天下に名を轟《とどろ》かせた斎藤道三さまの孫にして、稀代の名将義龍公のお子であるお館さまが、国主の器を持たぬはずがありませぬ」

いつになく能弁な源太の声には、はっきりと確信が籠められている。込み上げたものが零《こぼ》れ落ちないよう、龍興は顔を上げた。雲ひとつない夜空に、ぼやけた月が頼りなく揺れている。

「源太。私はあの者たちから城を奪い返し、りつが、皆が望むような国主になりたい。力を貸してくれるか？」

「御意のままに」

これで許してくれるか？　胸の中で訊ね、温もりの失せたりつの頰を撫でた。

月明かりの下、ほんの少しだけ、りつが笑った気がした。

第二章　愚者と敗者

一

左手から聞こえる川のせせらぎが、山道に疲れた体に心地よかった。

五十名ほどの行列の半ばで、斎藤龍興《たつおき》は馬を操るのに苦心していた。馬は、龍興と斎藤家宿老の長井道利《みちとし》の二騎のみ。残りは、十数台の荷車を押すか曳《ひ》くかしている。

永禄《えいろく》七年（一五六四）六月、竹中重治、安藤守就《もりなり》のふたりによる突然の謀反によって居城の稲葉山を追われてから、すでに四ヶ月が経っていた。

あの後、龍興は馬廻衆《うままわりしゅう》筆頭の小牧源太の先導で、稲葉山から北西へ五里（約二十キロメートル）ほど離れた揖斐《いび》城へ逃れた。道利が血相を変えて駆けつけてきたのは、それからすぐのことだ。

しばらくして、謀反はやはり竹中重治と安藤守就のふたりによるものであることがわかった。国人衆のほとんどは、どちらに味方をするでもなく、今のところ日和見を決め込んでいる。

祖父道三《どうさん》から三代にわたる国主の家柄であっても、斎藤家は美濃中に割拠する国人領主たちを力で辛うじて束ねているというにすぎない。当主に実力がないとわかれば、いとも簡単に離反してしまう。まして、隣国に織田信長という大敵が控えている現在、ひとつでも舵取りを間違えば家の滅亡に即繋《つな》がるのだ。

ただ、龍興にとっては、謀反が織田と通じてのものでなかっただけでも幸運だった。重治たちが城を乗っ取ると同時に織田軍を引き入れていたら、手も足も出ないまま斎藤家は滅んでいただろう。

今のところ、幾度か小競り合いは起こっているものの、互いの出方を窺《うかが》うばかりで大戦《おおいくさ》には至っていない。つまりは、膠着《こうちゃく》状態である。

その間、龍興は腕自慢の家臣たちを相手に武芸の稽古に努め、『孫子』や『六韜《りくとう》』といった兵法書を読み漁《あさ》った。兵法書を読ませてくれと頼んだ時、道利は目玉が落ちんばかりに目を見開いていた。それほど、以前の龍興からは考えられない言動だったのだろう。

これまで敬遠してきたが、軍学というのは実に奥の深いものだった。が、多くの書物を読んでわかったのは、どれだけ机上で学んだところで、実戦の経験に勝るものはないということだ。

六月も半ばを過ぎ、美濃は夏の盛りである。山が迫る右手からは蟬時雨《せみしぐれ》が喧《かまびす》しく、背中は強い陽射しに炙《あぶ》られる。腰につけた竹筒の中身は、だいぶ前から空になっていた。

勾配のきつい道で、龍興の体は汗に塗《まみ》れ、尻はもうずいぶん前から悲鳴を上げている。具足はつけず、平服の下に鎖帷子《くさりかたびら》をつけただけなのがまだ救いだった。配下の者たちも、武装した者はおらず、全員が人夫のような格好をしている。どこから見ても、近江か越前あたりへ荷を運ぶ商隊にしか見えないはずだ。

「道利、いかがじゃ。まことに来ると思うか?」

龍興は、隣を進む道利に訊ねた。地味な色の小袖に袴、頭巾に袖無しの羽織という、いかにも商家の番頭らしい格好がよく似合っている。龍興が商家の若旦那なら、道利はその手代という風情だった。

「そろそろ、奴らの縄張りに入っております。すでに山中から、物見が我らの動向を窺っておるかと」

揖斐城から北西へおよそ一里余。目指す飯盛山まで、あと半分といったところである。

「お館《やかた》さま、あのあたりでいかがでしょう」

道利が、左前方の河原を指して言った。

龍興は、周囲に視線を巡らし、地形を観察した。道幅は狭く、馬が二頭並ぶのがやっとだが、河原に下りればそれなりの広さがあった。

「よし、ここにするか」

頷《うなず》くと、道利は大休止を下知《げち》した。一行は河原に下り、それぞれの荷車を中心に車座を作った。唐櫃《からびつ》を抱えた配下が数名、車座を回って握り飯を配っていく。夜明け前に出発したので、これが今日の朝餉《あさげ》になる。

「いいか、いかにも気を抜いておるように見せるのじゃ。ほれ、そこ。もそっとだらけるのじゃ」

道利は声をひそめ、そんなことを言って回っていた。

従者が、龍興の馬に秣《まぐさ》を与えている。白馬で、毛並みも馬格もいい、なかなかの駿馬《しゅんめ》らしいが、龍興はまだ落馬しないように乗るのがやっとだ。稽古を積んではいるが、相変わらず馬術は苦手だった。

龍興がふたつ目の握り飯を腹に収めた頃、不意に山の中が騒がしくなった。

「来るぞ、備えよ！」

道利が叫ぶと、思い思いに休んでいた配下は素早く動き出した。荷を解き、荷車を横倒しにする。

直後、山の木立の中から喊声《かんせい》が湧き起こり、礫《つぶて》と矢の雨が降り注いだ。配下は楯代わりの荷車に隠れながら、荷の中に隠していた得物《えもの》を手に取る。龍興も、慌てて手近な一台の陰に隠れた。逃げ遅れたひとりがこめかみに矢を受け、龍興のすぐ近くに倒れた。体が強張《こわば》りそうになったが、なんとか堪《こら》える。

礫と矢が尽きたのか、敵は木立から一斉に姿を現した。身なりも得物も粗末で、隊列も何もないまま、槍や刀を手に斬り込んでくる。百には足りないが、こちらよりは多そうだった。

「お館さま、御下知を！」

隣の荷車の陰から、道利が叫ぶ。

「よ、よし、やれぇ！」

龍興の上ずった下知に応え、配下の半数が立ち上がった。

次の刹那、二十挺を超える鉄砲が火を噴いた。轟音《ごうおん》が河原に木霊《こだま》し、ばたばたと敵が倒れる。

実戦で指揮を執るのは、はじめてだった。脳漿《のうしょう》をまき散らした敵の死体が目に入り、吐き気が込み上げる。喊声や鉄砲の筒音が耳を聾《ろう》し、何をどうすればいいのかわからない。

不意に、馬蹄の響きが聞こえてきた。顔を上げる。敵の後方に、駿馬武者の一群。

小牧源太が指揮する、五十名の別働隊だった。かなり後方を進んでいたので、敵の物見も察知できなかったはずだ。駿馬が中心で、しっかりと武装もしている。

背後から突然現れた軍勢に、敵は完全に浮き足立っている。ようやく、戦場を見渡す余裕が出てきた。刀を抜いて立ち上がり、声を張り上げる。

「今だ、押し出せ！」

下知に応え、防戦一方だった配下が飛び出していった。鉄砲を撃っていた者たちも、槍や刀を手に突撃に加わる。

敵は勢いに押され、得物を捨てて逃げ出す者が続出した。その者たちも、別働隊に取り囲まれて次々と討ち取られていく。ただ、まだ完全に突き崩すには至っていない。

ひとり、屈強な敵が踏みとどまっていた。数人が向き合っているが、なかなか手が出せずにいる。あそこを潰せば、敵は完全に崩れる。

「源太、あそこだ。あの男を討て！」

刀を抜き、男のいる方向を指した。

「承知」

短く答え、源太が槍を振り上げながら馬を駆けさせる。すれ違いざま馬上からの一撃で男を貫くや、雄叫《おたけ》びとともにその体を高々と掲げた。

それを見て、かなりの数の敵が背を向けて逃げはじめる。戦の流れは、一気にこちらに傾いた。

斬り合いはそれほど長くは続かず、四半刻もしないうちに敵は敗走に移った。馬廻衆を中心とした百名の配下は、この四ヶ月の間、源太が徹底的に鍛えてきた。その成果もあって、こめかみを射貫《いぬ》かれたひとり以外、死者はなかった。まだ戦い足りない。全員、そんな目をしている。

「このまま進む。野伏せりどもの砦《とりで》を焼き払うぞ」

龍興は刀の切っ先を、前方の飯盛山に向けた。


近江との国境にほど近い飯盛山に百人を超える野伏せりが棲《す》みつき、砦を築いているという話を耳にしたのは、半月ばかり前のことだった。

野伏せりたちは、麓を通る商隊や行商人を脅しては財物を奪い、時には村々を襲ってなけなしの食糧を持ち去ることもあるという。攫《さら》われたまま帰らない女子供も多い。

野伏せりが百人も集まってともに暮らしているというのが、龍興には不自然に思えた。

「おそらくは、浅井《あざい》が裏で糸を引いているものと」

疑問に答えたのは道利だった。

美濃攻略に向け、尾張の織田信長が北近江の浅井家との同盟を模索しているという情報もある。もともと浅井家とは、父の代から幾度となく戦を繰り返している仇敵といってもいい間柄だ。美濃で野伏せりを暴れさせ、下がりきった龍興の権威をさらに失墜させるつもりなのだろう。

道利は、龍興自ら討伐に出陣することを進言した。実戦の経験を積むいい機会でもあるし、鮮やかに勝利することができれば、龍興の器量を見直して麾下《きか》に馳せ参じる国人も増える。庶人を悩ませる野伏せりを討てば、民を味方につけることにもなる。

そう上手くいくだろうかと訝《いぶか》りながら半ば強引に出陣させられたものの、結果としては正解だった。道利と源太の立てた策は見事に当たり、野伏せりの砦も鎧袖一触《がいしゅういっしょく》で攻め落とした。

大量の戦利品と近隣の村々から攫われた女子供を引き連れて揖斐城に戻った時には、すっかり日が落ちていた。

「それにしても、あのお館さまがここまで立派になられるとは。いやはや、わしの見込んだ通りじゃ。あの的確な采配ぶりときたら、亡き先代さまを見ているようであったわ」

勝利を祝う宴の席で、ほろ酔い加減の道利は実に上機嫌だった。源太も、黙々と盃を重ねてはいるが、その表情は満足げだ。

采配ぶりと言ったところで、お膳立てをしたのは道利と源太であって、龍興は大したことはしていない。

それでも、はじめて実感する勝利の味に、龍興はしばし酔いしれた。

二

野伏せりを追い払ったところで、龍興を取り巻く情勢に変化はない。ただ、ほんの少しだけ武名を挙げた龍興のもとに、近隣の村々から嘆願が寄せられた。野分《のわけ》の季節を前に、古くなった今の堤ではいかにも心もとない。今度大水があれば、確実に崩れるだろうという。

龍興は嘆願に応えて堤を築くことに決めたが、家臣たちからは反対意見が相次いだ。

「堤を造るといっても、事はそう簡単ではございませぬ」

評定《ひょうじょう》の席で、道利は苦りきった顔で言う。集まった他の家臣や国人たちも、多かれ少なかれ、皆似たような表情をしている。

「何も、本格的なものを築こうというのではない。とりあえず、この秋を乗り切れるだけのものができればよいのだ」

「さりとて、必要になる人足や資材はかなりのものになりますぞ。そもそも、その費用《かかり》はどこから集めるおつもりです。竹中、安藤との戦にも備えねばならぬ今、そのような余裕はございませぬ」

「人手が足りぬというのであれば、この城には数百もの兵がおるではないか。私も人足に交じって働こう。銭が足りぬのなら、あちこちの商人に頭を下げて借りればよい。堤が崩れて年貢が得られぬより、よほどましであろう」

力説しても、誰からも賛同の声は上がらない。呆れ顔で首を振る者もいれば、露骨に溜息をつく者までいる。この連中の目には、龍興が度し難い愚か者にしか映らないのだろう。

かっとなって、龍興は立ち上がった。説得しようという気はすでに失せている。

「もうよい。この堤だけは、誰が何と言おうと絶対に造るぞ。私を愚かと思うのであれば、遠慮なく私のもとを離れよ。以上、解散！」

啞然とする一同を尻目に、評定の間を後にした。

その後、実際に何人かの国人が龍興のもとを離れていった。さすがに言い過ぎたかと後悔したが、まったくの手遅れだった。

とはいえ、渋々ながらも道利が奔走してくれたおかげで、作事《さくじ》は概《おおむ》ね順調に進んでいる。銭は、祖父の代から懇意にしている伊勢長島の有力商人から借り、あとは堤の恩恵を受ける村々から少しずつ徴収した。野伏せりから奪った財物も銭に換え、全て注ぎ込んでいる。

「もう駄目だ。少し休もう」

相方の人足に言って、龍興は土俵に腰を下ろした。

武芸の稽古で鍛えているとはいえ、相当に辛い作業だった。俵に土を詰め、それをふたり一組で決められた場所まで運ぶ。これを、真夏の陽射しの下で何十回も繰り返すのだ。土俵は十五貫（約五十六キログラム）を優に超える重さで、龍興の体はあちこちが悲鳴を上げている。

「何と情けなきお言葉」

采配を振って人足たちにあれこれ指示を出していた道利が、側に来て大げさに嘆いた。

「自分も人足に交じって働くと仰せになったは、お館さま自身にござろう。少しはあれを見習われませ」

顔を上げて道利の指差すほうを見ると、源太が顔色ひとつ変えず、両肩に軽々と土俵を担いでいる。

「頼むから、あんなのと一緒にしないでくれ」

「ですが、他の人足どもも、お館さまよりよほど働いておりまするぞ」

「仕方あるまい。ついこの間まで酒色に耽《ふけ》っていたのだ。一朝一夕で力などつきはせぬ」

「ですから、お館さまの幼き頃より、稽古にしかと身を入れられよと口をすっぱくして申しておったのでござる。そもそも……」

際限なく続きそうな小言に耳を塞ぎ、龍興は腰を上げた。

村人たちの嘆願を耳にした時、龍興はりつと交わした約束のことを思わずにはいられなかった。

いつか、どんな野分が来ても崩れない立派な堤を造る。龍興は、母とふたりの兄、そして生まれ育った村を大水で失ったりつに言った。だが、その約束を果たす前に、りつは死んだ。血で汚れた死に顔を思い出すたび、今も胸の奥が痛む。

小さな堤をひとつ造ったところで、どうなるものでもない。それでも、これだけはやり通さなければならない。理屈ではなく、そう感じた。

龍興と配下の兵が泥に塗れて働いていると、やがて近隣の村々の住人が鋤《すき》や鍬《くわ》を手に集まるようになった。無理やり動員したわけではなく、出せる報酬も微々たるものにすぎないが、その働きぶりはよかった。それでも、野分が来るまでに堤が完成するかどうかはきわどいところだ。

「さて、もうひと働きするか。皆の者、これが終われば美味い酒が呑めるぞ！」

龍興が激励すると、百姓たちは「おおっ！」と声を揃えた。

酉《とり》の刻（午後六時）を過ぎ、その日の作業を終えようとしていた頃、堀池半乃丞《はんのじょう》が作事場に顔を見せた。まだ若いが、龍興主従が厄介になっている揖斐城の主である。

半乃丞は、ひとりの老人を伴っていた。

「久しいな、一鉄《いってつ》。面《おもて》を上げよ」

龍興は、地面に片膝をつく老人に声をかけた。稲葉伊予守良通《いよのかみよしみち》。今は入道し、一鉄と号している。当年五十。曽根城主にして、安藤守就、氏家卜全《ぼくぜん》と並ぶ有力国人、西美濃三人衆のひとりである。その勇猛果敢な采配と麾下の強兵ぶりは美濃でも随一だが、頑固者としても知られている。

半乃丞の妻は、一鉄の娘である。この四ヶ月の間、龍興はその伝手《つて》を使って、一鉄に参陣を促していた。

「誰か、床几《しょうぎ》を用意してくれ」

出された床几に、三人で腰を下ろした。

「このようなもてなししかできぬが、許せ」

竹筒にまず龍興が口をつけ、それから差し出した。中身はただの水だ。束の間龍興の顔を窺い、一鉄も口をつける。

「半乃丞より伺ってはおりましたが、まさかお館さま自らがこのような真似をなさっていようとは……」

「信じられなかったか」

「は、いささか」

「人足に交じって働くなどと、うっかり口走ってしまったものでな。おかげで、毎日こうして泥に塗れる羽目になってしまった。まこと、口は災いの元とはよく言ったものよ」

顔についた泥を拭いながら笑った。一鉄も微笑を浮かべたが、すぐに真顔に戻り、龍興を見据える。

「僭越《せんえつ》ながら、稲葉山を追われてからのお館さまの言動、全て拝見させていただき申した。自らご出陣なされ、野伏せりどもを蹴散らしたことも聞き及んでおりまする」

「して、どう見た？」

「今のお館さまは、我が一族の命運を賭けるに足る御方と見申した」

「それは、私に恭順を誓う、と解釈してよいのだな？」

「仰せられるまでもなきこと。なんなら、誓紙を認《したた》めましょう」

「いや、必要ない。稲葉一鉄という男の言葉を、それほど軽く見てはおらぬ」

「まこと、ありがたきお言葉」

隣に控える半乃丞が、安堵の吐息を漏らした。

乱世にあって、主君は自らの眼で選ぶもの。そのことが、龍興にも実感を伴って理解できるようになってきた。家名や妻子、多くの家来を守るため、選んだ主君が弱ければ、迷うことなく背く。それが、乱世に生まれた武士の処世である。りつが死んだのも、龍興が家臣に背かれるような弱い主君だったせいだ。

「されば、すぐにでも味方を募り、謀反人討伐の兵を挙げるべきかと存ずるが、如何《いか》に」

身を乗り出して訊ねる一鉄に、龍興は頭を振った。

「まだだ。その前にひとつ、そなたにやってもらいたい仕事がある」

声をひそめ、自分の考えを話す。聞き終えた一鉄は、目の奥に鋭い光を湛《たた》え、にやりと笑った。


堤は、八月に入る前に辛うじて完成を見た。幸い、それまでに野分が来ることはなかった。いささか急ごしらえの感もあり、万全とはとても言えないが、今までの貧弱な堤よりはよほどましだろう。

八月半ばに、一度大きな野分が来た。揖斐川はかなり増水したものの、堤は辛うじて持ちこたえた。喜び合う百姓たちの姿に、龍興も胸を撫で下ろした。

龍興は稲の刈り入れが終わるのを待ち、軍議を召集した。

揖斐城本丸の大広間には、緊張が漲《みなぎ》っていた。すでに道利、一鉄らをはじめとして、市橋、国枝、日根野《ひねの》といった有力な国人たちが集っている。無論、それぞれが手勢を従えていて、現時点で揖斐城に集結した兵力は、四千に達している。

対する竹中・安藤方も当然こちらの動きは察していて、目下軍勢を集結させている最中だった。細作《さいさく》の報告によれば、敵の兵力はこちらと同等、あるいはそれ以上だという。

「皆の者、参陣、大儀である」

上座に腰を下ろして言うと、一同が平伏した。全員が小具足姿で、来るべき決戦に備えている。やはり、稲葉一鉄の参陣が大きかった。一鉄が動かなければ、これだけの諸将が集うことはなかっただろう。

「機は熟した。これより、謀反人竹中半兵衛重治、並びに安藤伊賀守守就討伐のための兵を挙げる。いかなる策をもって謀反人を討つべきか、一同の忌憚《きたん》なき意見を聞きたい」

新たに参陣した幾人かが、驚いたような顔つきで龍興を見ている。構わず目配せをすると、咳払いをひとつ入れた道利が口を開いた。

「犬山の織田信清殿は連年の戦に疲弊し、すでに刀折れ矢尽きようとしておる。犬山が落ちれば、信長の矛先が我が美濃に向かうは必定。最早一刻の猶予もない。よって、決戦を挑むことと相成った。誰ぞ、意見のある者は？」

道利が一同を見回すと、国人のひとりが手を挙げた。

「まずは、竹中重治が居城、菩提山城を攻めてはいかがにござろう。おそらく、竹中の手勢は稲葉山に詰めているはず。菩提山は手薄となっておりましょう。運が良ければ、竹中の一族を人質に取ることも可能かと」

「いや、それはあるまい」

それまで黙っていた一鉄が、口を開いた。

「あの男のことだ、人質になり得る者はすでに稲葉山に移しておろう。それに、居城を攻められたり人質を取られたりしたくらいで動揺する程度の男なら、謀反など起こすまい」

それからしばらく、採るべき策について話し合いを続けた。龍興がそれを一旦やめさせたのは、稲葉山へ放っていた間者が戻ったからだった。

「敵の兵力の詳細が判明いたしました」

濡れ縁に片膝をついた男が報告する。身なりは雑兵《ぞうひょう》だが、龍興の雇った間者である。

「稲葉山に四千、安藤守就の北方城に二千」

「計六千か。こちらよりだいぶ多いな」

諸将のひとりが呟《つぶや》いた。

「稲葉山に向かうのであれば、北方城は避けては通れぬ。しかし、そこに二千もいるとなると、これは厄介じゃ」

そうした声に耳を貸さず、龍興は報告の続きを促した。

「稲葉山に集まった軍勢のほとんどは近隣の中小領主ですが……」

「氏家卜全も、加わっていたか？」

「はい。手勢は一千。本人の姿も、この目でしかと確認いたしました。あれは、氏家殿に間違いありませぬ」

間者の返答に、一座がざわついた。一鉄が龍興に与《くみ》してからというもの、卜全の去就が最も注目されていた。この間者にも、必ず卜全本人の姿を確かめるように言い含めてあった。

これで、西美濃三人衆のうち、ふたりが謀反に加わったことになる。諸将の胸中に、一抹の不安が兆したとしても不思議はない。

「静まれ」

広間を見回し、力を籠めた声音で言った。

「して、卜全の刀の鞘は、何色であった？」

「お館さま、鞘の色など」

「道利、少し黙っておれ。答えよ。何色じゃ？」

「は、見目鮮やかな朱鞘にございましたが……」

「そうか、わかった。もう下がってよい」

床に広げた美濃の絵図に目を注ぐ。このひと月余り、龍興はこれを毎晩夜中まで眺めて策を練った。横目で一鉄を見ると、満足げな表情で頷いている。思わず、口元が緩みかけた。

視線を上げ、再び広間を見回す。怪訝《けげん》な顔の諸将に向け、言い放った。

「ご一同。この戦、我らの勝ちぞ」

三

竹中重治は稲葉山城の居室に籠り、絵図を睨み続けていた。

城を奪うまでは首尾よくいったものの、その後の展開は思うに任せなかった。

国人衆のほとんどが両端を持して動かなかったため、思うように兵が集まらない。稲葉山城の城下町に当たる井ノ口を焼いたため、商人の支持が得られない。そのため、不足しがちな軍資金は、臨時に段銭《たんせん》や棟別銭《むねべつせん》を課して集めるしかなかった。

治安の悪化も厄介だった。幾度も禁制を出して、捕らえた者は厳罰に処しているが、野伏せりや盗賊の跳梁《ちょうりょう》は一向にやむ気配がない。

それらの全ては、龍興の身柄を確保できていれば解決しているはずだった。百歩譲って、龍興を取り逃がしたとしても、すぐに挽回できると思っていた。だが、揖斐城に逃れた龍興のもとには、馬廻衆や、居城の関城を空にしてまで駆けつけた長井道利が予想外の速さで集結した。そのため兵力は拮抗し、すぐさま揖斐城を攻めることができなかった。

それから半年近く、方々で小競り合いはあったものの、全体としては膠着状態が続いた。その間、重治は軍備の増強に力を注いできたが、龍興は何を血迷ったか、呑気《のんき》に堤など築いているという。しかも、自ら民百姓に交じり、泥塗れになって土を運んでいるらしい。これまでの龍興の行状からはとても考えられない変化だったが、おそらくは、領民たちの歓心を買おうというさもしい魂胆からだろう。

その龍興が、ここへきて活発に動いている。国中の国人、土豪に参陣を呼びかけたのだ。それに応えて揖斐城に集結した軍勢は、およそ四千。その中には、西美濃三人衆のひとり稲葉一鉄もいた。

落ちぶれた龍興のもとに四千以上も集まるということが、重治にとっては意外だった。下克上の世とはいえ、やはり物を言うのは家柄か。唾でも吐きたい気分で思った。

それでも、こちらの優位は動かない。再三の呼びかけに応じて、氏家卜全はこちらについた。兵力もこちらが勝っている。稲葉勢の勇猛さは脅威だが、全軍の指揮を執るのは龍興、あるいは宿老の長井道利だろう。

龍興が自ら野伏せりを討伐したという話は聞いているが、所詮は小競り合いの域を出ない。数千の軍勢がぶつかり合う戦で、自分が後れを取るはずがない。決戦は、むしろこちらにとっても好都合だった。家格で太刀打ちできないなら、将器で勝負すればいい。

そこまで考えたところで、重治は思案を中断した。廊下から、どたどたと騒々しい足音が響いてくる。

「殿！」

勝手に襖《ふすま》を開いて入ってきたのは、妻の悠だった。後ろには、数人の侍女を従えている。

「何をしておいでじゃ。とうに朝餉の仕度ができておるというに」

「ああ、そうだったな」

「どうせそんなことだと思って、こちらに運ばせましたぞ。さあ」

促されて、侍女たちが膳を並べていく。

「そなたたちはもうよいぞ。下がれ」

手を振って侍女たちを追い払うと、悠は慣れない手つきで碗に飯をよそった。

「珍しいな。そなたが自分で給仕をするとは」

「たまにはよろしゅうございましょう」

悠は、安藤守就が老境にさしかかってからの子で、重治より三つ下の十八歳。子はまだない。目尻のやや吊り上がった大きな目が、気の強さをよく表している。顔立ちこそ父に似ずよく整っているが、父に甘やかされて育ったせいか、いまだに童《わらべ》じみた我儘《わがまま》が抜けない。武家の女にしては、奔放過ぎるところもある。

悠が輿入《こしい》れしてきたのは二年前。縁談を持ちかけてきたのは守就のほうで、それだけ重治を買っていたということだろう。悠とは一度も会ったことはなかったが、大事なのは誰の娘かということであって、顔や相性などどうでもいいことだ。夫婦仲も、良くも悪くもない。

重治は奪うように碗を受け取り、汁をかけて一気に掻き込む。食事をしている時間も惜しかった。

ふと顔を上げると、悠がじっとこちらを見ている。

「何だ？」

「先ほど家臣たちが話しているのを聞きました。近々、大きな戦があるとか」

「ああ。それがどうした？」

「おやめなされませ。きっと、負けまする」

一瞬、何を言われたのかわからなかった。戯言《ざれごと》にしても性質《たち》が悪過ぎるが、悠の顔には笑みの欠片《かけら》すら浮かんでいない。箸を置き、妻の顔を睨み据える。

だが、悠は怯《ひる》む様子もなく言葉を継いだ。

「和睦なされませ。わずかな手勢でこの稲葉山を落とされたのじゃ、もう誰も、殿のことを『青びょうたん』などと笑ったりはいたしませぬ」

「そなたは俺が、さようなつまらぬ私怨で兵を挙げたと思うておるのか？」

「他に理由が？」

全てを見通したかのような顔で、問い返してくる。込み上げる憤怒と怒声を、重治は喉元で押し止めた。

「では問う。何ゆえ、俺が負けると思った？」

「城下の民は皆、殿がお負けになることを望んでおります」

冷めた口ぶりで、悠はきっぱりと言い切った。

「町の噂は、ひどいものばかりじゃ。新しいお館さまは、民のことなど何ひとつ考えてはいない。自分の手で町を焼いておきながら、家も立て直せなくなるほどの税を課す。これで、どう暮らしていけというのか、と。それに引きかえ、龍興さまが庶人を悩ます野伏せりを討ち、堤を築いたことには喝采を送っておりますぞ」

悠がしばしば身分を隠して町に出ていっているのは重治も知っていたが、単に暇を持て余してのことだと思っていた。

だが、妻の思いがけない聡明さに驚きはしても、納得などできない。

「戦の勝敗を決めるのは、民の評判ではない。あくまで、采配を振る者の将器であり、軍略だ。この俺が、戦場で龍興ごときに後れを取るはずがない」

「今の殿を見ておると、とてもそうは思えませぬ。殿は、人の上に立たれぬほうがよい。良い悪いではなく、向いておられぬのじゃ。それに気づかずにずっと無理をしておられるゆえ、どこにも余裕がない。周りさえも見えておられぬ」

「おのれ、言わせておけば……」

「私はまだ、死にとうはない。悪いことは申しませぬ、龍興さまに詫びを入れ、和睦なされよ」

「黙れっ。死にたくないから敵に頭を下げろなどと、それでも武士の妻か！」

立ち上がり、膳を蹴り上げた。それでも、悠に動じる様子はない。むしろ、憐れむような目でじっと重治を見上げている。

重治は、思わず刀架に伸ばしかけた手を止めた。ここで、安藤守就を敵に回す愚は犯せない。この女は、それをわかった上で好き放題言っているのだ。握りしめた両手が、怒りで震える。

「もうよい、下がれ」

悠は何かを言いかけたが、結局何も言わずに退出した。

自分が、あの暗愚と言われた龍興よりも劣るというのか。

十五歳での初陣以来、重治は十数度の戦に加わってきた。相手がただの野伏せりであろうと織田の大軍であろうと、一度として敗北の二文字を味わったことはない。無論、全ての戦を重治が指揮したわけではないが、負けると踏んだ戦には加わらなかった。敗者の側に竹中半兵衛重治の名を連ねるなど、誇りが許さない。

そんな自分が、周りが見えていないというのか。

所詮、女の浅知恵にすぎない。頭《かぶり》を振って、妻の言葉を追い払った。

下女を呼んで散らかった膳を片付けさせていると、弟の久作が居室を訪れた。

「兄上、織田家より使者がまいっておりますが」

「まさか、またあの小男ではあるまいな?」

「その、まさかです」

軽く嘆息し、重治は腰を上げた。

広間の真ん中に、小柄、というよりも貧相な体つきの中年男がちょこんと座っていた。重治の顔を見て、畏《かしこ》まった素振りで平伏してみせる。

「これはこれは、お忙しい最中お邪魔してまったようで、申し訳ございませんなあ」

尾張訛《なま》り丸出しで言ったのは、織田家家臣、木下藤吉郎秀吉。まだ三十にもなっていないらしいが、顔は猿のように皺だらけで、そのせいか十以上も老けて見えた。月代《さかやき》は歳のわりに青さがなく、前歯も鼠のようにせり出している。織田家にはよほど人がいないのか、この風采の上がらない小男が足軽組頭を務めているのだという。この顔を見るのも、もう三度目になる。

この男にはじめて会ったのは、稲葉山を奪ってほんの数日後のことだった。

美濃半国を与えるから、稲葉山城を明け渡して織田に臣従しろ。臆面もなく、そんな話を持ってきたのである。当然、重治は拒否した。謀反を起こしたのは、あくまで独立した大名になるためだ。他家の軍門に降《くだ》るつもりなど、さらさらない。

だが、この男はしつこくやってきては信長がいかに優れた将か、織田に仕えることにどれほどの利があるかをとうとうと語った。

「わかっておられるなら、お引き取り願えませぬか。返答なら、前に申した通りです」

「そう、つれないことを仰《おっしゃ》いますな。かの蜀漢《しょくかん》の大軍師、諸葛孔明《しょかつこうめい》なるお人も、三度目には首を縦に振ったそうですわ」

「それがしが諸葛孔明ですか。では、織田殿が劉備玄徳《りゅうびげんとく》ということになるのかな。ですが孔明には、城はおろか、ひとりの家臣すらいなかったと聞きます。大勢の家臣とその家族を抱えるそれがしと比べるは、いささか乱暴というものでしょう」

「なるほど、それもそうですな。竹中さまと比べれば、人となりもずいぶんと違うとります。諸葛孔明なるお人は、竹中さまほどぎらついた野心は持っておられなかったそうですわ」

その皮肉な物言いに、ようやく冷えかけた腹の底がまた熱くなった。

「ほう。それがしが、己《おの》が野心のために兵を挙げたと？」

「まあ、乱世の男子たる者、野心のひとつやふたつあるのは当たり前のことですわ。それより、戦が近いみたいですなも。龍興方はずいぶんと軍勢を集めとるようですが、勝算はおありで？なんなら、織田の兵をお貸ししてもよろしゅうございますが」

「生憎《あいにく》、兵は足りております。織田殿に兵を借りれば、返すのはいささか高くつきそうだ」

「そうですか。失礼ながら、竹中さまの下に集まっとる兵は、あんまり質がええとは思われせんもんだで、さしで口を利いてまいましたわ。こりゃ申し訳ございませんでしたなも」

確かに、軍勢の多くはかなり強引に掻き集めた兵だった。当然士気は低く、練度など望むべくもない。

「心配召されるな。戦の勝敗を分けるは、兵の質ではなく将の采配。それは、弱兵と言われる尾張兵を率いた織田殿が、桶狭間《おけはざま》で見事に証明されたことにござろう」

「なるほど、それもそうでしたなあ」

「とにかく、それがしの返答は変わりませぬ。それがしが城を奪ったは己が野心のためにあらず。酒色に耽る龍興公に、頭を冷やしていただくためにござる」

「ほう。では、この戦も頭を冷やさせるためですか」

「左様。おわかりいただけたなら、速やかにお引き取り願いましょうか」

「まあ、今日はこれでお暇《いとま》しますわ。ただ、このお城が龍興方に奪い返されてまっては元も子もにゃあもんで、気張ってくだせえ。もしもの時は我ら織田の軍勢が援《たす》けに来るもんで、遠慮のう言うてくださいませ」

　この男も、俺が負けると踏んでいる。秀吉個人の考えなのか、それとも信長の考えなのか。どちらにしろ、どいつもこいつも人を見る目がまるでない。怒りとも失望ともつかない感情を無理に押し殺し、重治は腰を上げた。

「久作、木下殿がお帰りになられる。お送りいたせ」

　後を久作に押しつけて居室に戻って間もなく、物見からの注進が届いた。揖斐城の龍興が動いたという。

　龍興は、四千の兵を率いて根尾《ねお》川を渡河し、そのまま東進。安藤守就の籠る北方城へ向かっている。重治は全軍に触れを出し、出陣の準備を命じた。稲葉山から北方城へはおよそ一里半（約六キロメートル）。目と鼻の先と言ってもいい距離だ。

　やがて、龍興軍が北方城へ攻撃を開始したとの報《しら》せが入った。

「たったの四千で、二千の兵が籠る城を攻めるか。龍興という男、やはり軍略を知らんな」

　城攻めには、最低三倍の兵力が必要になる。軍略の、言わば初歩の初歩だった。

「出陣だ。北方の城兵と挟撃し、敵を殲滅《せんめつ》するぞ」

　あわよくば、龍興を捕らえるか降伏させる。それから、形ばかりの国主に祭り上げればいい。そうなった時にはさすがに、頑迷な美濃の侍たちも、誰に従えばいいのか理解するだろう。

　城の守備に二百を残し、残る全軍を率いて城を出た。

　大軍の接近を察知した敵は城攻めを早々に諦め、後退を開始していた。重治はそのまま北方城に入り、軍議を開いた。

「ほう、船来山《ふなきやま》に上ったか」

物見の報告は、意外なものだった。船来山は、ここから一里ほど北の、小高い山である。

「尻尾を巻いて逃げ出したかと思うたが、まさか踏みとどまるとはな。あの龍興殿にしては、なんとも勇ましきことよ」

守就は嘲《あざけ》るように笑ったが、重治は何か嫌なものを感じた。

「竹中殿、いかがなされた？」

そう訊ねた氏家卜全に、重治は顔を向けた。

卜全は守就よりも少し若いが、その外見や雰囲気は、戦場の猛者《もさ》というよりも学識高い文人を思わせる。今日は珍しく派手な朱鞘の刀を佩《は》いているが、正直なところ、あまり似合ってはいなかった。

「よもやとは思いますが、我らがここまで誘《おび》き出された、ということは」

「馬鹿な」

重治の言葉に、守就は声を上げて笑う。

「龍興ごときにそのような知恵があるものか。そもそも、我らを誘き出したところで、いかなる策があると申すのだ」

「されど、敵は一旦北方城に攻めかかりながら、我らの出陣を聞いただけで、呆気なく城攻めを諦めた。そもそも、攻め方も遠くから矢を射掛けるだけで、本気で落とす気があったとは思えなかったと、舅《しゅうと》殿も申されたではありませんか。どうもそれがしには、全てが腑に落ちませぬ」

「考え過ぎであろう。婿殿は幼い頃から兵法を学んできたゆえ、敵の行動のひとつひとつに意味を求めてしまうのじゃ。戦は生き物ゆえ、理屈に合わぬことなどいくらでも起きるものよ」

所詮は、頭の固い猪武者《いのししむしゃ》か。舅への失望は面に出さず、卜全に顔を向けた。卜全は、重治の評価では三人衆の中で最も思慮深い。

「氏家殿はいかが思われます？」

「おそらく、ここで乾坤一擲《けんこんいってき》の勝負に打って出ねば、軍勢を維持することもかなわぬのであろう。我らが誘き出されたのだとしても、敵に何か大きな策があるとは思えぬ。ここは敵の望み通り決戦を行い、一気に勝負をつけるのがよかろう。此度《こたび》の内乱がはじまって、もう半年になる。信長に付け入られる前に、そろそろ片をつけようではないか」

卜全の言葉は、舅のそれよりもよほど納得がいった。やはり、気負いゆえの考え過ぎだったかと、重治は苦笑した。

「わかりました。今日はもう日が落ちかかっている。敵が動くこともありますまい。今宵はここで夜を明かし、明日、雌雄《しゆう》を決することといたしましょう」

全軍に兵糧《ひょうろう》を摂《と》らせ、夜襲への警戒を厳にするよう命じた。それから、城の奥に宛てがわれた床に就く。

北方城の兵を合わせ、味方は六千近い。これほどの大軍を率いるのは、無論はじめてのことだ。心地よい緊張と昂《たか》ぶりで、なかなか眠りは訪れなかった。

久作が慌ただしく居室に駆け込んできたのは、あと半刻ほどで夜が明けるという刻限だった。

北東の山中を、二千ほどの軍勢が稲葉山へ向かって移動しているという。

「二千だと？　しかと確かめたのか？」

「はっ、松明《たいまつ》の数からして、二千は下らぬかと」

城の守りに残してきたのは、わずか二百。いかに堅城とはいえ、さすがに二千の軍に攻められればひとたまりもない。

「具足を持て。それから、兵たちを叩き起こすのだ」

まんまと乗せられた。重治は歯嚙みした。やはり、北方城を攻めたのは、こちらの主力を城外に誘き出すのが狙いだったのだ。そして、夜陰に乗じて軍を二手に分け、手薄になった稲葉山を攻める。

稲葉山が落ちれば、こちらはもう軍が維持できない。味方についた諸将も離れ、形勢は完全に逆転する。

だが、移動中の敵を発見できたのは僥倖《ぎょうこう》だった。こうなれば奇襲は成り立たない。運はまだ、こちらにある。

「いかがいたします、兄上？」

切迫した声音で、久作が訊ねる。

「選択肢は三つか」

具足をつけながら、声に出して呟いた。

ひとつ。すぐさま稲葉山に取って返し、敵を迎え撃つ。

ふたつ。敵の本陣である船来山を攻め、龍興の本隊を衝く。

三つ。敵の別働隊に逆に奇襲をかける。

　稲葉山に戻って敵を撃退したところで、状況は大して変わらない。船来山を攻めても、山上に拠《よ》った敵を一撃で撃破するのは容易《たやす》いことではない。手こずっている間に稲葉山が落ちれば、目も当てられない事態に陥るだろう。

「全軍に伝えよ。直ちに出陣し、敵の別働隊を殲滅する。久作、功名の立て時ぞ」

「承知」

　顔を紅潮させ、久作が駆け去っていく。

　前軍は守就、中軍は重治、後軍は卜全と分けた。急げば、夜が明けきる前には追いつけるはずだ。

「出陣」

　声を張り上げ、重治は強く馬腹を蹴った。か細い松明の灯りを頼りに、全軍が駆ける。隠密行動ゆえ、松明を増やすわけにはいかない。逸《はや》る気持ちを抑えながら、慎重に馬を進める。

　先鋒で混乱が起きたのは、北東に向かって半里（約二キロメートル）ほど進んだ時のことだった。

「何事だ！」

　手綱を引き、合図を出して全軍を停止させる。

「敵襲、敵襲にございます！」

「馬鹿な。こんなところに敵がいるはずが……」

　そこまで言った時、いきなり頭に衝撃が走り、兜《かぶと》の前立てが飛んだ。次の刹那、左手の林の中から凄《すさ》まじい轟音が響く。

鉄砲の筒音。理解した時には、かなりの数の味方が倒れていた。銃撃に続き、矢の雨が降り注ぐ。

慌てて馬を降りた重治の左肩に、矢が突き立った。浅い。それでも、気が遠くなるほどの痛みだった。

「兄上！」

「落ち着け、大事ない。後退しつつ、陣を組め。数ではこちらが上だ！」

肩の痛みを堪え、左の敵を正面に見据えながら叫ぶ。

振り返り、東の空を見た。かすかに白みはじめている。横腹を衝かれはしたが、裏を返せば両翼から敵を包み込むこともできる。明るくなるまで堪えれば、まだ勝機はあった。

手勢をまとめて何とか陣を組んだ頃、矢の雨が降りやんだ。続けて、薄闇の向こうから喊声が上がる。

「槍隊、前へ。弓隊、敵の頭上に矢を浴びせてやれ！」

味方の放った矢が闇に吸い込まれ、無数の悲鳴が上がる。槍隊に突撃を下知しようとしたその時、重治は耳を疑った。

「氏家卜全殿、寝返り！」

「馬鹿を申せ。そんなはずが……！」

言い終わるより早く、氏家隊が左翼に突っ込んできた。瞬く間に乱戦となり、動揺した後方の味方が背を向けて逃げはじめる。

何が起きているのか理解しきれず、重治は崩れはじめた自陣を呆然と見つめた。

何故だ、どこで間違えた。何故、卜全が裏切る。あの暗愚と言われた龍興のほうが、自分よりも主君に相応《ふさわ》しいというのか。答えの出ない疑問が次々と浮かんでは消え、周囲の喧騒がやけに遠くに感じられる。

「……兄上、兄上！」

久作に袖を引かれ、重治は我に返った。

「味方は裏崩れを起こしております。これ以上は持ち堪えられません。退却の下知を！」

後ろから崩れた軍を立て直すのは、ほぼ不可能だった。無理をして兵力を揃えたのが、最悪の形で裏目に出た。

「ここは退《ひ》くぞ。決して散り散りになるな。固まったまま、稲葉山まで駆けるのだ！」

叫ぶや、従者の曳いてきた馬に飛び乗り馬腹を蹴る。

敗走する味方を掻き分けるように駆けた。まとまっているのは、三百ほどか。ようやく戦場を離れたと思った時、突然茂みの中から伏兵が湧いて出た。馬を並べる久作が叫ぶ。

「兄上、ここはそれがしに！」

「頼む！」

馬首を巡らし、別の方向に駆ける。周囲はようやく明るくなってきた。振り返る。味方はまだ、二百ほど残っている。

不意に、何かが目の前を飛び去った。矢。すぐ前を駆ける味方の馬が足を折る。矢は、右手の雑木林から放たれていた。もはや、どれほどの敵が潜んでいるのか見当もつかない。

十面埋伏《まいふく》の陣。去年、美濃に侵攻した織田の大軍を斎藤軍が撃ち破った策だ。敵の動きを読み、その先々に潜ませた伏兵をもって殲滅する。そして、献策したのは他ならぬ重治自身だった。当てつけのように、自分が得意とする策を使われる。あまりの恥辱に、全身が震えた。

「構うな。駆け続けよ！」

ひたすら、馬を駆けさせた。重治の乗る馬は泡を吹いているが、止まるわけにはいかない。正面の小高い丘の裾を回り込む。味方はすでに、五十ほどしかいない。

「殿、あれを！」

配下が丘の上を指した。二百ほどの軍勢。旗印は、二頭立波《にとうたつなみ》。亡き道三のもので、その死後は封印されていた。

その旗の下、白馬に乗った長身の武者が見えた。悠然とこちらを見下ろし、口元に笑みさえ浮かべている。怒りで全身の血が熱くなるのを感じた直後、武者は采配を振り下ろした。敵は津波にも似た勢いで、丘を一斉に駆け下りてくる。

「龍興……！」

唇を嚙み締めた。血の味が、口の中に広がっていく。

これが、敗北の味というやつか。自嘲しつつ敵に背を向け、馬腹を蹴った。

四

八月末とは思えない強い陽射しの下、血と汗と埃に塗れながら、重治は稲葉山に帰還した。すでに敗報が届いているのか、城下は早くも騒然としはじめている。

日はまだ中天にも達していない。夜明け前に城を出た時は六千近くいた味方が、ほんの数刻で三百人を切っていた。それも、留守居に残した二百人を合わせて、である。首を奪《と》られなかったのが僥倖としか思えないほどの、惨澹《さんたん》たる敗北だった。久作も、生還はしたが満身創痍で、馬にしがみついているのがやっとという状態だ。

金華山麓の館に戻ると、髪を後ろで束ね、襷《たすき》掛けに鉢巻という出で立ちの悠が出迎えた。

「まずは、傷の手当てを」

左腕を血に染めた夫に慌てる様子もなく、侍女たちにてきぱきと指示を出していく。

「そなたの申した通りであった」

柄杓《ひしゃく》で何杯も水を飲むと、濡れ縁に腰を下ろして具足を解いた。悠は傷口を酒で洗い、晒《さら》しをきつく巻いていく。その意外な手際のよさに、重治は驚いた。

思えば、輿入れから二年も経つというのに、自分は妻のことを何も知らない。だが、それももう、どうでもいいことだ。

「完敗だ。敵を無勢と侮るな。己の力量を過信するな。軍学の、それこそ初歩の初歩だというのにな」

自嘲の笑みを漏らし、悠の顔を眺めた。妻は怒るでも嗤《わら》うでもなく、淡々と手を動かしている。

「敵は、すぐにここへ押し寄せてくる。かくなる上は、潔く城を枕に討ち死にいたす。そなたは、城を落ちるなり父上を頼るなり、好きにするがよい。わざわざ俺に付き合う必要はない」

信長に援軍を頼めば、まだ形勢はどうなるかわからない。だが、今さら膝を屈して援けを請うなど、誇りが許さなかった。

「それは、もう決めたことですか?」

悠は、手を止めて訊ねた。その視線に籠められた力の強さに、かすかにたじろぎながら答える。

「ああ、決めた」

「まことに?」

「くどい」

「わかりました」

巻き終えた晒しをきつく縛ると、顔を歪める重治に構わず立ち上がる。

「では、お言葉に甘え、私は好きにさせていただきます。何かと言えば死にたがる。男は皆、阿呆じゃ」

吐き棄てるように言うや、さっさと奥へ引っ込んでしまった。

妻はなぜ、あれほど生きることに固執するのだろう。あれでも武家の女である。いざという時の覚悟など、とうにできていると思っていた。

考えたが、すぐにやめた。他に、やらなければならないことは山ほどある。

申《さる》の刻(午後四時)には敵が城下に達し、重治たちは山頂にある詰めの城に移った。敵は包囲を完成させると、降伏勧告の使者を送ってきた。

使者は、すでに龍興に降っていた安藤守就だった。表情に深い疲労と諦めの色を滲《にじ》ませた守就は、たった一日でずいぶんと老け込んだように見えた。

「これが、龍興殿直筆の、降伏条件を記した書付じゃ」

目を通して、重治は拍子抜けした。稲葉山城を返還し、ほとぼりが冷めるまで、重治と守就のふたりは蟄居《ちっきょ》、謹慎する。記された条件は、そのふたつだけだった。

「しかし、たったこれだけの咎《とが》めでは、それがしの面目が立ちませぬ。どの面下げて、再び龍興殿にお仕えしろと言うのです。そんな生き恥を晒すくらいならば、それがしはここで矢尽き刀折れるまで戦い、城を枕に討ち死にいたしまする」

「もういい。もう、終わったのだ」

守就は力なく首を振る。

「龍興殿は、我らふたりのことを、自分を諫《いさ》めるために敢えて兵を挙げた忠臣だと言われた。無論、本心は違うておろうが、これ以上美濃人同士で血を流すことを嫌われたのであろうな。そこまで言われて、どうしてこれ以上戦を続けられようか」

返す言葉に詰まり、重治は俯《うつむ》いた。

「実はな、今朝の戦について、一鉄と話をしてきた。稲葉山に向かって山中を進んでいた軍勢。あれは、松明だけを持った百姓らであったそうじゃ」

「百姓が？」

定められた軍役に渋々応じるだけで、百姓たちは総じて戦に非協力的なものだ。それが、危険を伴う役目を担うなど、常識では考えられない。

「龍興殿が築いた堤のおかげで、今年は例年よりも田畑に被害が出なかった。そのことを、百姓たちはずいぶんと感謝しておったそうだ。揖斐城周辺に跳梁していた野伏せりどもを、自ら兵を率いて討伐したということもある。お館さまは、いつの間にか民に慕われる国主になられておったわ」

小さく笑みを浮かべる守就は、己の不明を哂っているようにも見える。

「そういえば、卜全が差しておった派手な朱鞘。あれは、寝返りに応じるという合図であったそうな。応じない時には普通の鞘を差す。そんな約束を、卜全は稲葉一鉄と交わしたらしい。そんなもの、騙すつもりがあれば簡単に騙せるというに、卜全は馬鹿正直に約束を果たし、一鉄と龍興殿はそれを愚直に信じた」

そこで言葉を切り、守就は笑みを消した。

「我らは、負けるべくして負けたのではないか。その話を聞いているうちに、わしはそんなふうに思うたぞ」

もしも、今回の挙兵がきっかけで龍興の眠っていた将器が目覚めたのなら、それは皮肉以外の何物でもない。

「では、わしは娘の顔を見てから戻るとしようかの」

明日中に返事をもらいたいと言い残し、守就は部屋を出ていった。

重治はひとり、床に大の字になって天井をじっと見つめた。どれほどそうしていたのか、外からは夕陽が差し込み、部屋の半分を赤く染めている。

もう、何をするにも億劫《おっくう》だった。何もかも忘れて眠りたかったが、治まっていた傷の痛みがまたぶり返してきた。

廊下から伝わってきた足音に、体を起こした。

「傷が痛んで難儀しておられるかと思って、痛み止めの薬湯を持ってまいりましたぞ」

恩着せがましく言って、悠は勝手に部屋に入ってくる。咎めるのも面倒で、黙って不味《まず》い薬湯を飲み干した。

「父から和議の条件を聞きました。よかったではありませぬか。せっかく水に流してやろうとの仰せなのじゃ。四の五の言わず、頭を下げられればよい」

悠は、何でもないことのように言った。

「最期まで戦って華々しく討ち死にすれば、殿はさぞやご満足でしょう。されど、巻き込まれる者たちの身にもなられませ。主の意地だの面目だのというつまらぬもののために道連れにされるなど、いい迷惑じゃ」

ここまで好き放題言われると、もう腹を立てる気にもなれない。返す言葉が見つからず、重治はただ苦笑した。

「無駄な誇りなど、捨ててしまえばよい。命さえあれば、一度や二度の負けくらいどうということもありますまい。一度は負けて城を追われた龍興さまも、こうして殿を打ち負かしたのじゃ。それに」

「それに、何だ？」

悠は重治の顔を真っ直ぐ見つめ、自分の腹を撫でる。

「ここには、殿の御子がおります。生まれる前に父無し子にしては、あまりに不憫《ふびん》というもの」

今度こそ、重治は言葉を失った。

「だから、簡単に死ぬなどと申されますな」

翌朝、重治は山頂の物見櫓《ものみやぐら》に登った。空は高く、雲ひとつない。吹く風はやや冷たくなってきたが、身を切るほどではなかった。

眼前に広がる濃尾平野から、西の彼方に見える小高い山の上に建つ小さな城に目を転じた。菩提山城。さして大きな城ではなく、ここからでは豆粒のようにしか見えない。

この稲葉山城は、少し大き過ぎたのだ。妻の言う通り、自分は人の上に立つことは向いていなかった。国主として美濃一国を背負って立つなど、どだい無理な話だったのだ。

視線を、再び正面に戻した。眼下には、城を取り囲む龍興の軍がひしめいている。重治の軍勢を打ち破って以来、事態を傍観していた国人たちが陸続《りくぞく》と参陣している。ここから見る限り、一万は優に超えているようだった。これが、時の勢いというやつなのだろう。

一晩考え、重治は和睦を受け入れることにした。

子ができたから、というわけではない。なぜ、悠がしつこく和睦を勧めてきたのかはわかった。母が子を守ろうとするのは当然のことなのだろう。だが、出し抜けに自分が父になると言われたところで、実感などできるはずもない。

じっと目を凝らし、敵の本陣を見据える。遠過ぎて、龍興の姿は見えない。それでも重治は、そこにいるはずの龍興を見つめた。あの時の、勝ち誇ったような笑み。屈辱が蘇《よみがえ》り、欄干を握る手に覚えず力が籠った。再び疼《うず》きはじめた傷口が、熱を帯びていくのを感じる。

此度は負けたが、いつか、戦場であの男の首を奪る。龍興に、自分を殺さなかったことを後悔させる。それまで生きて、臥薪嘗胆《がしんしょうたん》を期す。和睦を受け入れるのはそのためだ。負け戦をやり直すことはできないが、悠の言う通り、命さえあれば人は何度でも立ち上がれる。

この屈辱を忘れないよう、龍興の旗を目に焼き付け、重治は櫓を下りた。歩きながら、明日からの身の振り方を考える。

人の上に立つのが向いていないのなら、軍師として誰かに仕えてみるか。自分の立てた策で龍興を討ち、主君を天下人にまで押し上げる。龍興に敗れはしたが、自分の軍略を必要とする者は、必ずどこかにいるはずだ。

敗北の味と新たな夢の感触を確かめるように、一歩ずつ山道を下る。

第三章　信長

一

夜はとうに明けているはずだが、厚い雲に阻まれて日の光は見えない。風はまだ強く、河原に茂る草や灌木をざわざわと揺り動かしている。

一晩中降り続いた雨はようやくやみかけているが、遠くではいまだ雷鳴が轟《とどろ》いていた。東に目を向ければ、かすかだが空を駆ける稲光も見える。

「今日いっぱいは、渡河は不可能だろうな」

斎藤龍興《たつおき》は、馬上から前方を流れる濁流を眺めながら呟《つぶや》いた。

「水が引くのは、今日の深更から明日未明あたりでしょう」

隣に並ぶ小牧源太が、落ち着いた声音で答える。

この暗さでは見えはしないが、対岸には織田信長率いる尾張勢一万が布陣している。対する味方は八千。兵力的には劣るが、地の利はこちらにある。

「どちらにしろ、今日は動きはあるまい」

馬首を巡らし、龍興は本陣に戻った。

この数年、再三にわたって美濃に侵入を繰り返している織田軍が再び姿を現したのは、十日前のことだった。龍興はすぐさま出陣を命じ、敵が河野島《こうのしま》と呼ばれる広大な中洲に渡ると、木曽川北岸に陣を敷いた。

睨み合うこと数日、双方ともに、昨夜の嵐で増水した川に阻まれて動きが取れないという状態に陥っている。特に、中洲に陣を敷いている敵は、撤退すらままならない。

永禄《えいろく》九年（一五六六）閏《うるう》八月。謀反を起こした竹中重治から稲葉山城を奪回して二年が経ち、龍興はようやく十九歳になった。家督を継いでからは、もう五年になる。

その間に東美濃の加治田《かじた》、宇留摩《うるま》、猿啄《さるばみ》の三城が信長に寝返っていた。続く堂洞砦《どうほらとりで》の合戦では敵にかなりの損害を与えはしたが、東美濃に敵の橋頭堡《きょうとうほ》が築かれたことは事実だった。今年の四月には、結局合戦には至らなかったものの、各務野《かかみの》まで侵攻を許した。その後も、国境を挟んで小競り合いが幾度となく繰り返されている。

「お帰りなさいませ、お館《やかた》さま」

本陣の幔幕《まんまく》をくぐると、宿老の長井道利《みちとし》が出迎えた。床几《しょうぎ》に座り、焚かれた火に手をかざす。まだ秋口だが、夏の盛りから肌寒く感じる日が多く、火の暖かさはありがたい。このぶんでは、今年の収穫は厳しいものになるだろう。

「敵も味方も、今日は動けぬ。酒でも呑んで、暖まっていくがよい」

「そうはまいりませぬ。敵はあの信長。いかなる策を隠しておるかわかったものではござらん。今川義元の例もござれば、油断こそ大敵に候」

「わかったわかった、好きにいたせ」

「それにしても、信長め、ようやく整った和睦をいとも簡単に反古《ほご》にいたすとは、やはり信の置けぬ輩《やから》にござる」

　道利が憤りを露わにして言う。

　信長との和睦が成立したのは、ほんの数ヶ月前のことだ。仲介したのは、三好一党に謀殺された前の公方《くぼう》足利義輝の弟、義秋である。今は三好の手を逃れて近江の矢島に逼塞《ひっそく》しているが、兄の仇を討つために諸国の大名に支援を求めている。その一環としての、斎藤・織田両家に対する和睦の仲介だった。上手く和睦をまとめて、両家から三好を討つための兵を借りようという魂胆だろう。

　兵を貸すつもりなど毛頭なかったが、龍興は和睦の斡旋を受け入れた。連年の戦で、美濃は武士も民も疲弊しきっている。田畑は荒れ、村を捨てる者や盗賊、野伏せりに身を落とす者が跡を絶たない。今は外敵と戦うより、内政に努めて国力を回復させるべきだと龍興は考えていた。

　そして、ようやく和睦が整った途端にこの戦である。信長としても、一旦兵を休める時が必要だったのだろう。和睦は時間稼ぎにすぎなかったということだ。腹に据えかねるものがあるが、面《おもて》には出さないように努めた。

「そうかっかいたすな。血の巡りがおかしくなるぞ」

「何を仰せられます。それがしを年寄り扱いなされるか」

「ここで腹を立てたところでどうにもなるまい。それよりも、どうすれば勝てるかを考えようではないか」

　龍興は小姓を呼び、絵図を運ばせた。

翌未明、木曽川の流れはいまだ速いが、渡河が不可能なほどではなくなった。

本陣に篝火《かがりび》を焚いたまま、龍興は自ら二千の別働隊を率い、密かに行動を開始した。一旦川岸から離れ、上流へ向かって移動する。馬の口には枚《ばい》を噛ませ、鎧《よろい》の草摺《くさず》りも縄で縛って音が出ないようにしてある。

土地の古老に聞いた流れの緩い場所に着くと、前もって集めておいた小舟で対岸へ渡った。敵陣までは、およそ半里。大雨のたびに水浸しになる河野島には、泥濘《でいねい》が広がるばかりで人家も田畑もない。ぬかるんだ地面に苦戦しながら慎重に距離を詰めるうちに、東の空が白みはじめてきた。

「お館さま、あれに」

声をひそめて言い、道利が前方を指差す。

薄闇の中、煌々《こうこう》と光を放つ篝火が見えた。申し訳程度に柵や逆茂木《さかもぎ》が設けられているが、ここから見る限り、斬り込むのに支障はなさそうだった。小高い丘にある一際明るい場所が、敵の本陣だろう。あそこに、信長がいる。

「よし、配置につけ」

下知《げち》に応え、稲葉一鉄《いってつ》が指揮する先鋒が前に出る。

龍興は朱塗りの采配を手に、曳《ひ》いていた馬に跨《また》がった。夜明け前の冷え冷えとした空気を大きく吸い込み、采配を前に向ける。

「かかれぇっ！」

叫ぶと同時に、先鋒が動き出した。龍興も槍を摑《つか》み、馬腹を蹴った。

予期せぬ方角からの襲撃に敵は浮き足立ち、瞬く間に混乱が広がっていく。それからすぐに、氏家卜全《ぼくぜん》に指揮を任せた本隊も、敵の正面から渡河攻撃をはじめた。

美濃兵ひとりで尾張兵三人を相手にできる。巷間《こうかん》そう言われるほど尾張兵の弱兵ぶりは有名だったが、実際に敵は早くも崩れはじめている。不意を打たれたにしても、拍子抜けしてしまうほどの弱さだった。

これなら、信長の首も奪《と》れるかもしれない。自ら槍を振るいながら、龍興は叫んだ。

「雑魚《ざこ》に構うな。本陣を、信長の首を目指せ！」

馬を降り、斜面を駆け上がり本陣を目指す。行く手を塞ぐ敵の将兵は、周囲を固める源太ら馬《うま》廻《まわりしゅう》衆が突き伏せ、薙《な》ぎ払っていく。

やがて、織田木瓜《もっこう》の染め抜かれた幔幕が見えてきた。穂先に血脂《ちやに》が捲《ま》いた槍を捨て、刀を抜き放つ。

「信長卿、推参なり！」

幔幕を斬り払って叫んだ。が、机と倒れた床几がいくつかあるばかりで、本陣はすでにもぬけの殻だった。

逃げた。万に及ぶ味方を見捨て、己だけ早々と逃げ出したのか。込み上げる怒りに身を任せ、信長が逃げたと思われる南へ向かって駆けた。

「いたぞ、信長じゃ」

馬廻衆のひとりが叫ぶ。その指差すほうに、信長とその旗本と思《おぼ》しき一団。すでに、川の半ばまで渡っている。

「逃がすな、なんとしても首を挙げよ！」

「もう追いつけませぬ。深追いは禁物にござる」

「黙れ。千載一遇の機ぞ。逃がしてなるものか」

源太の制止を振り切り、川へと踏み入った。が、流れに足を取られ、思うように前へ進めない。膝まで水に浸かったところで、信長はもう川を渡り終えようとしていた。

龍興の眼は、一点に向けられている。周囲を騎馬武者に護らせながら進む、葦毛《あしげ》の馬に乗った武者。

信長。なぜかはっきりとわかった。顔を見たこともないが、信長の正室美濃の方（帰蝶《きちょう》）は、父義龍《よしたつ》の妹だった。あれが、自分の叔父。そして、これまで戦ってきた相手か。

信長が、不意に振り返った。

視線がぶつかった瞬間、恐怖で全身が強張《こわば》る。信長の表情にはいかなる感情も見えないが、突き刺すような鋭い眼差しには尋常ではない殺気が籠められている。幾度も戦場に立ってきたが、これだけ剝《む》き出しの憎悪を向けられたのははじめてだった。

ほんの束の間目を合わせただけで、信長は馬首を返した。それでも龍興の足は、恐怖で竦《すく》んだまま動かない。

信長の背が遠ざかり見えなくなるまで、龍興は川の中に呆然と立ち尽くしていた。

二

「また、ずいぶんな量だな」

目の前の文机《ふづくえ》に積み上げられた文書に、龍興は嘆息した。この半年ほどで持ち込まれた、領内からの訴状とそれに関する資料である。

稲葉山の山頂に降り積もった雪は解け、庭に植えた梅の蕾《つぼみ》は膨らみはじめている。永禄十年（一五六七）の春の盛りは、もうそこまで来ていた。

「致し方ありますまい。このところ戦続きで、政務が滞っておりましたでな。村同士の境目争いはもとより、国人どもの喧嘩沙汰も増えております」

道利は、文句を言わずさっさと働けと言わんばかりに目で促す。

辟易《へきえき》しながら、龍興は訴状に目を通しはじめた。

国中からもたらされる訴訟を道利ら奉行衆が話し合って結論を出し、龍興が決済して花押《かおう》を押す。これが大名たる者の本来の仕事だとわかってはいても、この量にはうんざりさせられる。

死人が出るような村同士、国人同士の争いもあれば、些細《ささい》な額の借銭を巡るいざこざ、果ては作物を食い荒らす猪《いのしし》を退治してほしいといった訴えまである。自分で何とかしてくれと突っぱねたいのも山々だが、無下《むげ》に扱うこともできない。民の訴えに真摯《しんし》に耳を傾けることも「よき国主」の条件だと、道利からうんざりするほど言われている。

「年貢減免の訴えが多いな。何とかならんのか？」

「それはかりは、応じられません。このところ戦続きで、銭倉はほとんど空になっております。今、年貢を減らせば、織田勢と戦うことなどできませんぞ」

「戦のためだけに年貢を取っているわけではあるまいに」

「されど、信長を打ち払わねば、道三《どうさん》さまが築き、義龍さまが護らんとしたこの美濃は、たちまち織田勢に蹂躙《じゅうりん》されましょう。民を護るためにも、取るべきものはしっかりと取らねばならぬのです」

「つまりは、信長を討たぬ限り、美濃の民は豊かにはなれないということか」

「御意」

この乱世では、思うような政《まつりごと》などそうそう行えるものではないらしい。嘆息し、再び訴状の束に目を落とす。奉行衆の判断に誤りがないかひとつずつ慎重に吟味し、問題がなければ花押と署名を入れていく。気の遠くなるような作業だった。

「申し上げます」

訴状の半分ほどを片付けた頃、庭で声がした。尾張に放っていた忍びである。粗末な小袖に半袴という身なりで小者《こもの》に扮している。忍びには珍しく長身で、まだ若い。龍興とそう変わらないくらいだろう。

「小牧山に、軍勢が集結しはじめております。その数、およそ三千。これからさらに増えるものと思われます」

また戦か。そう思ったのが半分。政務から解放されたという安堵《あんど》が半分だった。

「わかった。引き続き、織田勢から目を離すな」

「承知」

「無理はするなよ、九右衛門《きゆうえもん》」

声をかけると、忍びは弾かれたように顔を上げた。表情に、驚きがありありと浮かんでいる。

「それがしのような下賤《げせん》の者の名を」

「そう驚くことでもあるまい。それに、私はそなたらを下賤の者などとは思っておらん」

「はっ。ありがたき幸せ」

消え入るような声で言うと、九右衛門は逃げるように駆け去っていった。

道利に命じ、急遽《きゆうきよ》軍議を召集した。

屋敷の大広間に集まった諸将の数を見て、龍興は小さく呟いた。このところ、稲葉山に顔を出す国人たちの数が、目に見えて減ってきている。

「少ないな」

「やはり、遠山の件が響いておりますな」

同じように広間を見回し、道利が嘆息する。

東美濃に広く根を張る遠山一族は、兵力、声望ともに美濃屈指の大族《たいぞく》だったが、先頃、当主の遠山景任《かげとう》が織田家に通じ、斎藤家から離反していた。信長は景任に叔母を妻合《めあ》わせ、さらには我が子まで人質に送ったのだという。

結果として、龍興は東にも大敵を抱えることとなった。参上する国人が少ないのも、遠山一族に対する備えで居城を動けない者が多いせいだった。無論、その中には寝返りの機会を窺《うかが》っている者もいるだろう。

「せめて、武田との同盟が成っておれば」

「今さら申したとて致し方あるまい。我らは、打てる手は全て打った。信長が、さらにその上を行っていたということだろう」

甲斐恵林寺《えりんじ》の住職快川紹喜《かいせんじょうき》は美濃の名族土岐《とき》氏の出身で、長井道利とは昔から書状のやり取りをしていた。その伝手《つて》を頼り、龍興が武田信玄に同盟を打診した時には、すでに甲斐には信長の手が回っていた。武田家中の大勢は信長との同盟に傾いており、信玄の信頼篤い快川をもってしても覆すことはできなかった。結局、信長が姪を養女にして信玄の子勝頼に娶《めと》らせ、織田・武田同盟は成立した。

すでに信長の妹を妻に迎えている北近江の浅井《あざい》長政も合わせ、龍興は南、西、東を敵に囲まれている。戦場では負け続けても、流れは徐々に信長に傾きつつあった。

「まこと、転んでもただでは起きぬ男よ。昨年の戦ではあれほどの大敗を喫したというに」

西美濃三人衆のひとり、稲葉一鉄が呆れたように言う。

河野島の合戦では、織田軍にかなりの損害を与えていた。

尾張に放った間者は、戦死、溺死合わせて二千とも三千とも言われていると報告してきた。戦の直後、伊勢長島の河口には木曽川に呑まれた織田軍の将兵の死骸が、大量に流れ着いていたという。その話を聞いて、龍興は暗澹《あんたん》たる気分に襲われたものだ。

おそらく信長という男は、この程度で欲しい物を諦めはしない。信長が生きている限り、戦は何度でも繰り返される。

前回の戦は、信長を討つ千載一遇の機会だった。だが、あれほどの大敗にもかかわらず信長は健在で、主立った将にも戦死者はなかった。桶狭間《おけはざま》での奇跡的な勝利といい、今回の戦といい、信長ほど天運に恵まれている者もいないだろう。

「昨年の痛手がようやく癒えたということでしょうな。おそらくは、またぞろ美濃に攻め入ってくるつもりでしょう。ゆめゆめ、備えを怠らぬが肝要かと」

同じく三人衆の卜全が後を受けて言うと、集まった諸将は頷《うなず》いた。残る三人衆のひとり安藤守就《もりなり》は、かつて謀反を起こしたことを憚《はばか》って、息子を名代として寄越している。

備えの割り振りを話し合っているうち、廊下を慌ただしく踏み鳴らす音が聞こえてきた。

「申し上げます。滝川一益《かずます》を総大将とする織田勢三千、小牧山を出陣し、南西の方角に向かっております」

その報告に、一座がざわついた。

「南西だと？」

「馬鹿な。何かの間違いではないのか？」

「我らを油断させたところで、信長の本隊が一気に北上するつもりやもしれぬ」

龍興は、頭の中に絵図を思い浮かべた。小牧山から南西に線を伸ばしていく。

「伊勢、か」

思い当たり、呟いた。長島、桑名の湊《みなと》を版図《はんと》に組み込めば、船が活発に行き来する伊勢湾の北半分を押さえられる。海運から上がる利は相当な額になるだろう。あのあたりは小豪族が割拠しているだけで、信長を遮る力のある者はいない。そして……。

「我ら西美濃衆に、脅しをかけるつもりか」

卜全が唸《うな》るように言った。

北伊勢が織田家の版図に加われば、国境を接する西美濃は大きな圧力を受けることになる。氏家、稲葉、安藤の三人衆は、全員西美濃を本貫《ほんがん》の地としている。

「このまま北伊勢が信長の手に落ちれば、西美濃の小国人の中には敵に靡《なび》く者も出てまいりましょう。お館さま、いかがなさいます？」

卜全の問いに、龍興は小さく首を振った。

正直なところ、打つ手がない。伊勢に援兵を送ろうにも、地理にも疎く、北伊勢の国人たちとは何の縁《えにし》もない。手薄になった尾張に攻め込んだところで、滝川一益はたちまち反転し、小牧山を囲むこちらの背後を衝くだろう。

「どうにもならん。滝川とやらが敗れるのを祈るしかあるまい」

その返答に、何人かが嘆息した。

「伊勢を攻めると見せかけ、敵は西美濃へ侵入を図るやもしれん。一鉄、卜全。直ちに所領に戻り、備えを固めてくれ」

「はっ」

ふたりが退出すると、それきり妙案も出ず、軍議はそのまま散会となった。

居室に戻り、龍興は絵図を睨んだ。美濃から尾張、北伊勢までが描かれている。

東美濃は、すでに敵の手に落ち、北美濃の国人衆は龍興と距離を取りはじめている。和睦は破られ、武田との同盟も頓挫した。この形勢を逆転するのは容易ではない。

こちらが取り得る手立ては、残すところ信長の暗殺くらいしかない。しかし、父義龍の代から幾度となく試みているものの、信長という男は周囲に予定を知らせることがない。思いつくままに行動する信長の居所を摑めず、暗殺は全て失敗に終わっている。逆に父のほうが、毒を盛られたとしか思えない異様な最期を遂げた。信長暗殺は、事実上不可能だろう。

思案しても、良策は見つからなかった。ともすれば、脳裏に信長の顔が浮かんでくる。あの殺気に満ちた目を思い出すと、今でも恐怖が込み上げてきた。

信長は天文《てんぶん》三年（一五三四）の生まれというから、当年三十四になる。信長が龍興くらいの頃には、家臣や領民から尾張の大うつけと称されていた。奇抜な装束に身を包み、どこの馬の骨とも知れぬ者たちを引きつれ遊び呆けていたのだという。重臣の平手政秀が自刃したのも、主君を諫《いさ》めるためだと言われていた。

それが、いつの間にか尾張一国をまとめ上げ、海道一の弓取りと謳《うた》われた今川義元を討ち取った。その過程で信長は、血の繫《つな》がった弟を謀殺し、実の母を追放同然に出家させた。父の葬儀では位牌に抹香を投げつけ、平手が自刃した時も涙ひとつ見せなかったという。

あの男は、いったい何なのだ。考えれば考えるほど、龍興には理解できない。

和睦をいとも簡単に破り、負けるとわかれば味方を平然と置き去りにする。その一方で、相手を焼き尽くすような殺気を眼差しに籠める。その冷徹さと執念が、信長という男を一介の小大名から万余の軍勢を動かすほどの武人に押し上げたのか。

あれが、将たる者のあるべき姿なのかもしれないと、龍興は思った。だとしても、自分には到底真似できそうもない。

「軍門に降《くだ》る、か」

声に出して呟いてみた。

それも、悪くはない。これまでの執拗さを考えれば、何度撃退しようと信長が美濃を諦めないのは明らかだ。だが、今の斎藤家に信長を討つ力はない。戦場で勝ちを重ねたところで、武士も領民も疲弊していくばかりだ。

信長に降れば、これ以上無駄な血を流さずにすむ。今の段階なら、命を奪られることもないだろう。降伏した龍興を殺せば、家臣たちに根深い不信の根を植え付けることになるのだ。

そこまで考えて、龍興は首を振った。

信長は、美濃の先に、間違いなく京の都を見据えている。美濃を手に入れれば、足利義秋を擁して京に上り、さらなる版図の拡大を目論むだろう。信長が生きている限り、戦は繰り返される。

龍興は、降伏の二文字を頭から追い払った。

再び絵図に目を落とす。降伏はしないと決めた以上、何か策を考えねばならない。先の展望がまるで見えない現状を覆すような策。

軍師が欲しい。はじめて、痛切に思った。道利にしろ氏家や稲葉にしろ、政や個々の戦には有能でも、戦略を練るのに長《た》けた者たちではない。槍働き一筋の源太は論外である。

あの男が家中にとどまっていれば、少しはましだっただろうか。

龍興は、かつて『青びょうたん』と蔑まれ、自分に弓を引いた男の顔を思い起こした。

三

久しぶりに袖を通した直垂《ひたたれ》は、思いのほか窮屈だった。

髀肉《ひにく》の嘆《たん》、というやつか。腰回りに余計な肉をつけた己に、竹中重治は苦笑する他ない。世捨て人のように二年以上も山中の閑居に籠り、重治は二十四歳になっていた。その間、ずっと書物を読んで暮らしていたのだ、肉がつくのも無理はない。

それにしてもと、重治は改めて周囲を見回した。

小牧山城謁見の間には、まだ新しい木の香が漂っている。襖《ふすま》は新調したばかりのもののように純白で、板敷きには塵ひとつ落ちていない。この部屋を見ただけで、城の主の潔癖が見て取れる。良くも悪くも大らかだった稲葉山城と比べれば、両家の家中に漂う緊張感の差が浮き彫りになるというものだった。

不意に、廊下から荒々しい足音が響いてきた。取り次ぎの者ではあるまい。その足取りの速さが、癇《かん》が強いという評判を裏付けている。

「殿のおいでじゃ。粗相なきよう頼みますぞ」

隣に座る木下藤吉郎秀吉に倣い、重治も額を床につけた。

足音がやみ、小姓を引き連れた信長が姿を見せた。

「面を上げよ」

意外なほど甲高い声が、上から叩きつけられる。畏《かしこ》まる体《てい》を装いながら、顔を上げた。

当年三十四というが、そうは思えないほど小袖も袴も派手な仕立てで、そのあたりは傾《かぶ》きで鳴らした若い頃から変わらないらしい。かつて『青びょうたん』と呼ばれた重治と同じくらい色白で、美男と言っても差し支えない顔立ちだった。

「其《そ》の方《ほう》か。我が誘いを足蹴にし、美濃半国を棒に振った大うつけは」

立てた片膝の上に肘を乗せ、まじまじとこちらを眺めている。

視線を合わせた途端、重治は全身が強張るのを感じた。薄い唇には微笑めいたものを浮かべてはいるが、その目にはぞっとするほど冷たい光を湛《たた》えている。視線を受けただけでこれほどの緊張を強いられたのははじめてだった。

「このたびは拝謁を賜り、恐悦至極にて……」

「つまらん挨拶はいらん。全ての作法は、わしが決める」

この男は危険だ。そう、直感が告げている。

「わしは、京に上る」

いきなり、そんな言葉を投げつけられた。

「美濃を奪った暁には、上洛し、足利義秋を将軍に立てる。逆らう者があれば、全て討ち滅ぼす。いずれ、この日ノ本はわしの名の下にひとつとなる」

天下統一。たかだか尾張一国の大名が口にする言葉ではなかった。いや、甲斐の武田も越後の上杉も、どんな大大名であろうと、本気で天下を統一しようなどと思ったことはないだろう。それも、将軍でも織田家でもなく、自分の名の下にと、目の前の男は言った。

戯言《ざれごと》か、それとも気でも触れているのか。疑念がよぎったが、隣で頷く秀吉の顔は真剣そのものだった。

「わしに軍師はいらん。必要なのは、我が下知を忠実に実行する者だけだ。猿も其の方も、たとえ我が子であっても、天下統一のための駒にすぎん。わしに仕えるのであれば、そのことを肝に銘じておけ」

「はっ」

他人を駒と言い切れる神経は、やはり常人のものではない。だが、信長の口から出ると、それが自明の理のように感じられる。

自分とは、立っている場所も違えば、見ている物も違う。軍師として名を揚げることが重治の大望だったが、信長が見据える先にあるものと較べれば、取るに足らないちっぽけな望みにしか思えなかった。

だが、口でどう言ったところで、織田家は尾張と北伊勢の一部を領しているにすぎない。信長がどこまで登りつめるのか、この目で見てみるのもいい。そんな気に、重治はなっていた。

「其の方は、藤吉郎の与力といたす。手はじめに、西美濃を落とせ」

調略で西美濃の国人を味方に引き入れよ、ということだろう。噂通り、極端に言葉が少ない。側に仕える者は、さぞ気を遣うことだろう。秀吉の与力につけられたのは幸いかもしれない。

「励め」

ひと言言い残し、信長が席を立つ。急な嵐に見舞われたような気分で、重治は再び平伏した。

屋敷を出ると、妻子とともに逗留《とうりゅう》している城下の小さな寺に向かった。

小牧に来てまだ三日と経っていないが、この町の賑わいは稲葉山城下の井ノ口をはるかに凌ぐ。

軒を連ねる店の品揃えは豊富で、荷車や行商人がひっきりなしに行き交い、物売りの声が絶えることはない。城下といえば、守りのために道は狭く複雑に折れ曲がっているものだが、この町の道は広く、真っ直ぐ造られている。城の守りよりも商いのしやすさを優先するあたりは、商業や物流を重視する織田家らしいといえる。

翌朝、重治は秀吉から借りた行商人風の装束を身にまとった。着物は継《つ》ぎ接《は》ぎだらけで、いかにも着古したように見える。袴はやや丈が足りないが、下手に身の丈に合ったものを着るよりも疑われずにすむだろう。顔も、泥を塗って汚した。

「どうだ。少しはそれらしくなったか？」

「ええ、よくお似合いですこと」

着替えを手伝う妻の悠が、無遠慮に笑い声を上げた。

「いっそ、武士など捨てて商いでもはじめたらいかがです？」

元々口の減らない女子《おなご》だったが、美濃を離れてからはますます遠慮というものがなくなっている。

小娘のように笑う悠を見て、娘の奈々も声を上げてはしゃぐ。重治は取り合わず、木綿針の入った荷を背負った。嘘かまことか、秀吉は若い頃、針売りの行商をしていたらしい。売り歩く際の口上も手ほどきを受けたが、なかなか堂に入っていた。

「竹中殿、仕度は整いましたかな」

庭から声をかけられた。秀吉が護衛にと付けてくれた、前野長康という武士だ。濃尾国境で舟運を営む川並衆《かわなみしゅう》の出身で、美濃にも顔見知りが多い。長康とふたりの配下も、同じように行商人の身なりだ。

「ふむ。竹中殿は色が白うござるゆえ、もそっとお顔を汚されたほうがええわ」

言うや、泥の入った桶に手を突っ込み、重治の顔に塗りたくる。

新参者に対する嫌がらせかとも思ったが、長康の顔はいたって真剣だった。文字通り顔に泥を塗られる夫を見て、妻は口元を袖で隠し、くすくすと忍び笑いを漏らしていた。誰のためにこんな苦労をしていると思っているのだ。憮然としながら、草鞋《わらじ》の紐を結ぶ。

「では、行ってまいる」

門前に出たところで言うと、悠の顔から笑いが消えた。

「必ずや、生きてお戻りください」

無言で頷き、前に踏み出した。

歩きながら、この二年余りの暮らしを思い起こす。

屈辱と忍耐の日々だった。謀反の罪は赦《ゆる》されたとはいえ、そのまま美濃にとどまることは、重治の誇りが許さなかった。蟄居《ちっきょ》が解けるとすぐ、家督を弟の久作に譲り、親交のあった北近江の小豪族の領内に移った。

山深い閑居に籠り、ひたすら書物を読んで一日を終える。弟からの仕送りのおかげで、日々の糧にも困ることはなかった。

わずかな人数で難攻不落の稲葉山城を落とし、半年にわたって持ち堪《こた》えた。そんな男が浪人していると知れば、諸国の大名はこぞって家中に迎えようとするだろう。

だが、重治の思惑はすぐに潰《つい》えた。誘いが来たのは名前も知らない小領主ばかりで、武田や上杉、毛利といった大大名からの誘いはなかった。

　自分が成し遂げたことは、他の誰にも真似できない。そう、重治は自負している。どこからも誘いが来ないのは、諸国の大名に見る目がないからとしか思えなかった。

　待ち続けて半年が経ち、一年が過ぎた頃には、重治のもとを訪れる者さえ絶えた。生まれたばかりの娘が言葉を覚え、立って歩くようになっても、重治の暮らしは何も変わらない。

「まだお若いのです。そう焦ることもありますまいに」

　悠はそう言って笑うが、娘の産着も毎日の米も、全て弟に貰った銭で手に入れたものだった。自分の手で妻と子を食べさせることすらできない。その事実が、重治の自負を粉々に打ち砕いた。

　もう一度、世に出たい。策を練り、戦場で采配を振りたい。それが叶わずとも、せめて妻子を養えるだけのものを、自分の力で手にしたい。その思いが頂点に達した頃、再び現れたのが木下藤吉郎秀吉だった。前に会った時とは打って変わって、重治の軍略を褒め称え、織田家への仕官をしきりに勧める。

　美濃攻めが膠着《こうちゃく》し、藁《わら》にも縋《すが》る思いで頼ってきたのだろう。求めているのは自分が持つ人脈であり、軍略ではない。武田や上杉に較べれば、織田家など弱小大名にすぎない。そんなことは百も承知だったが、重治は誘いを受けた。

　来る望みもほとんどない他家の誘いを待ち続けるのは、もう耐えられなかった。信長は駒と言ったが、秀吉の下でなら、いずれは軍師として腕を振るうこともできるだろう。

　まずは、この調略を成功させることだ。

　木曽川を渡って美濃に入り、関所を避けながら慎重に進んだ。

目指すは曽根城。西美濃三人衆のひとり、稲葉一鉄の居城である。

四

八月になると、龍興のもとに続々と報《しら》せが届けられた。

信長が、合戦の準備をはじめている。警戒が厳重で確かなことはわからないが、膨大な量の兵《ひょう》糧《ろう》と木材を集めているという。明らかに、長期戦への備えである。まだ陣触れはなされていないが、近く大規模な美濃攻めをはじめるのは明白だった。

「国境のどこぞに、城でも築くつもりでしょうか」

軍議の席で言った道利に、龍興は頭《かぶり》を振った。

「築くなら、国境ではなく、この稲葉山城に対する付け城だろう」

北伊勢は、すでにほとんどの国人が織田に降っている。大軍を動員するとなれば、狙いはこの稲葉山城以外あり得ない。

信長は、この戦で美濃攻めを終わらせるつもりだろう。本格的に美濃侵攻を開始して六年。道三が死んで両家が敵対関係に入ってからは、もう十一年が経っている。その間に、数え切れないほどの兵が命を落とし、多くの民が家や田畑を焼かれ路頭に迷った。

元々美濃の土地は肥沃で、人は多く、交通の要衝でもある。人や物の流れは活発で、信長の侵攻さえなければ、人々はもっと豊かになれるはずだった。

龍興は、京も天下も、見てはいなかった。美濃以外の土地に版図を広げようと思ったことさえない。皆が望むような国主となって、祖父と父から受け継いだこの美濃を、今より豊かにする。外敵を打ち払い、誰もが穏やかに暮らせる土地にする。暗愚と言われた自分にできるのは、せいぜいその程度だろう。

だからこそ、信長は討たねばならない。

「美濃国主として、また斎藤家当主として、一同に申し伝える」

龍興は威儀を正し、広間に集まった全員を見渡す。

「長きにわたって我が美濃の武士と民とを苦しめ続けてきた信長に、祖父道三が築き、父義龍が最期まで守り通したこの国を渡すつもりはない。此度《こたび》の戦で、私は信長の首を奪り、十一年に及ぶ悪縁を絶つ」

何人かが、しっかりと頷くのが見えた。

「絵図を持て。これから私が考えた策を説明する」

勝っても負けても、これが最後。その覚悟で立てた策である。脳裏に浮かぶ信長の顔を振り払い、龍興は策を語った。

軍議から数日後、信長が軍を発した。

総勢一万二千。報せを受け、龍興は本営を稲葉山山頂の詰めの城に移した。

城内の味方は四千。多くの国人衆が織田に靡くか日和見を決め込む中、敢えて入城してきた者たちだけあって、心配していたよりも士気は低くない。西美濃三人衆の姿はないが、それも予定通りだった。

この稲葉山にできる限り敵を引きつけたところで、城から打って出る。同時に、背後を三人衆の軍が衝く。狙うは、信長の首ただひとつ。四千が錐《きり》のように敵本陣へ斬り込めば、勝機は必ずある。

「敵の先鋒、およそ二千。指揮は、柴田権六勝家」

「敵本隊、河野島を越え、稲葉山へ向け依然進軍中」

「敵先鋒、各務野に達しております」

物見からの報せがひっきりなしにもたらされる。

速い。出陣の報せが入ったのが早朝で、まだ正午にもなっていないのだ。予想をはるかに上回る進軍の速さだった。

三人衆の軍勢が到着するのは、早くとも明日の早朝。それまで持ち堪えられるかどうかが勝負の分かれ目になる。

敵の先鋒が現れたと注進が入ったとの報せを受け、龍興は源太を連れて物見櫓《ものみやぐら》に登った。

九月の風は、肌を切るように冷たく、強い。南の方角に、土煙が上がっているのが見えた。距離は、一里弱といったところか。櫓の欄干から身を乗り出すようにして敵勢を睨んだ。

二千どころではない。三千、いや四千は下らないだろう。国境の国人衆が敵に加わったとしか考えられなかった。このぶんでは、敵は一万五千から二万近くまで膨れ上がるかもしれない。

「お館さま、何かおかしゅうございませぬか？」

普段は口数の少ない源太が、訝《いぶか》しげに言う。

龍興は、前方を凝視した。すでに城のすぐ手前にまで達しているが、前進を止める気配がない。普通なら、包囲網を築くためにまず陣を張り、それから腰を据えて城攻めを開始する。

城下の円徳寺とその門前に広がる美園市場のあたりで、南から一直線に進んできた敵が、急に東へと転進した。他の隊も、それに続いていく。

「まずいぞ、源太。敵はまず、瑞竜寺山《ずいりようじやま》を奪るつもりだ」

城から目と鼻の先にある瑞竜寺山は、金華山の南西に突き出た峰続きの山で、出丸のような役割を果たしている。多くの郭《くるわ》が設けられ、中腹の瑞竜寺を含めて山全体がひとつの砦のようになっていた。無論兵は配してあるが、大手の七曲道とは離れているのでさほど重要視はしていなかった。

もし瑞竜寺山を奪われれば、だいぶ厄介なことになる。大手と瑞竜寺山に続く尾根の二方向から同時に攻められて対応できるほど、こちらの兵力に余裕はないのだ。

「手勢を集めよ。救援に向かうぞ！」

滑るように櫓の梯子《はしご》を下りながら、龍興は叫んだ。

各郭に兵を配しているので、手元にあるのは馬廻衆の五百のみ。動かせそうな兵を根こそぎ連れていっても、せいぜい一千足らず。それでも、馬廻衆は源太が鍛えに鍛えた精鋭だ。瑞竜寺山の守兵三百と合流して上手く戦えば、明日までは持ち堪えられる。幸い、あと一刻ほどで日没だ。夜になれば、敵も攻撃は控えるだろう。

尾根の細い道を通って瑞竜寺山まで向かう間に、喊声《かんせい》と鉄砲の音が聞こえてきた。瑞竜寺山に配した鉄砲は二十挺ほどなので、間断なく木霊《こだま》している筒音は、そのほとんどが敵のものということになる。全部でいったい何挺あるのか、想像もつかない。

よくもこれだけの鉄砲を揃える銭があるものだと、龍興は感心した。これからの戦は、兵の強さや軍略よりも、銭の力が物を言うようになるのだろう。

そこまで考えて、龍興は首を振った。ここで勝たなければ、斎藤家に〝これから〟などありはしない。

龍興は、自分に言い聞かせるように声を張り上げた。

「急げ。瑞竜寺山を守りきれば、我らの勝ちぞ」

夜明けに出陣し、五里以上の道を進んできた軍が、休むことなく城攻めにかかる。やはり、信長という男は常識では計り知れないと痛感した。

荒い息を吐きながら駆けていると、瑞竜寺の方角から味方の兵が次々と敗走してきた。黒々とした煙も幾筋か上がっている。あれほど喧《やかま》しかった鉄砲の音も、いつの間にか途絶えている。

「間に合わなかったか」

臍《ほぞ》をかむ思いで呟いた。聞けば、敵は鉄砲だけでなく、信じられないほどの数の矢を射掛けてきたという。豪雨を思わせる矢の雨にほとんどの兵は反撃する間もなく倒されたらしい。矢の雨がやむと同時に門が破られ、塀は引き倒され、続けて雪崩《なだ》れ込んできた軍勢が凄《すさ》まじい速さで郭をひとつずつ制圧していった。守備を任せた将は生き残った兵に後退を命じ、自らは腹を切って果てた。

信長は、尾張兵の弱さを、兵力の集中と弓鉄砲の多用で補っている。織田軍の槍が他家のものより長いのも、接近戦を極力避けようという発想からだ。確かに理に適《かな》ってはいるが、龍興はどこか不快なものを感じた。

龍興は自ら殿軍《でんぐん》の指揮を執りながら、来た道を引き返した。

「井ノ口の町が、燃えております！」

本丸に戻った龍興を、そんな報告が出迎えた。敵の一手が町に侵入し、火を放って回っているのだという。

「おのれ……」

物見櫓の欄干に手をつき、龍興は呻《うめ》いた。

日没を前にした茜《あかね》色の空の下、見慣れた町が炎に包まれている。隣に立つ源太も、何かを必死に堪《こら》えるような表情のまま町を凝視していた。風に巻き上げられた煙と熱気は、この山頂にまで達している。

民の多くはすでに家財道具を抱え井ノ口を離れているだろうが、逃げ遅れた者や事態を楽観視していた者もいるだろう。あの黒煙の向こうで何百、あるいは何千という民が、炎と敵兵に追われて逃げ惑っている。焼け死んだ者も、抵抗して斬られた者もいるだろう。戦ではよくあることだと頭ではわかっていても、込み上げてくる怒りをどうすることもできない。

もっと早くに避難させるべきだった。燃え盛る町を睨みながら、龍興は歯噛みした。

「あの男は、何ゆえあれほど非情になれるのだ？」

その問いは熱を帯びた風に掻き消され、源太には届かない。

非情に徹する。それが名将の条件だというのなら、自分は凡将のままでいい。

煙がようやく薄らいだ頃には、城下は敵で溢れていた。瑞竜寺山の敵を合わせ、兵力は一万八千。敵の本陣は、長森口にある小高い丘の上。大胆に見えて慎重な信長らしく、城の大手門からは二里（約八キロメートル）近くも距離を置いている。

夜が明けた。曇天の下、敵が動きはじめている。城攻めに向かうのではなく、陣の周囲に空堀《からぼり》を掘って土塁を築き、柵を幾重にも巡らしていた。強襲策は捨て、長期戦に切り替えたらしい。龍興は、全軍に出陣の仕度を整えさせた。敵の備えが堅固になればなるほど、信長の首は遠ざかる。戦機は、陣が完成していない今しかない。

ほどなくして、雨が降りはじめた。雨脚はそれほど強くないが、これで鉄砲は使えなくなる。天運はまだ、こちらにあるらしい。

やがて、西美濃三人衆の軍勢三千が長良川の対岸に姿を見せた。朗報に将兵が沸く中、龍興は即座に命じた。

「瑞竜寺山の備えに五百を残し、残りは全軍出陣する」

「三人衆の軍勢、渡河を開始いたしました」

「よし。馬曳け」

鞍にまたがり、将兵の顔を見渡した。誰もが、覚悟の定まった目で龍興を見つめている。

「顔が硬いな、道利。まさか、尿《ゆばり》を堪えているのではあるまいな」

軽口を叩くと、一同から笑いが上がった。

「楽隠居ができるかどうかは、この一戦にかかっておるのだ。小便を漏らしても不覚は取るでないぞ」

「何を仰せられるか。信長を討った暁には、それこそやるべきことが山のようにござる。どちらにしても、楽隠居などできませぬわ」

憤然と答えた道利に、諸将が頷く。

龍興は、信長を討った後のことなど何も考えてはいなかった。信長を討つ。美濃を、この地に生きる民を守る。今考えるのは、それだけでいい。

手槍を握り締め、号令する。

「端武者《はむしゃ》に構うな。信長の首以外は、奪ることを禁ずる。この城に戻るのは、信長を討ち取った時のみと心得よ」

二頭立波《にとうたつなみ》の旗が掲げられた。大手門が、重い音を立てて押し開かれる。信長の顔がちらりと脳裏に浮かんだ。頭をもたげる恐怖に抗《あらが》うように、強く馬腹を蹴る。

雨脚は強まっていた。ぬかるんだ土を蹴り上げながら、鋒矢《ほうし》の陣で突き進む。鏃《やじり》のように真っ直ぐ進み、中央を突破するための陣である。

堀を掘っていた敵が、鍬《くわ》を捨てて逃げ出すのが見えた。代わって、弓隊が前に出てくる。

雨を裂いて、無数の矢が飛来した。頭を下げてやり過ごしているうちに先鋒を任せた源太の隊がぶつかり、弓隊は瞬く間に突き崩された。

ひとつ、ふたつと敵兵の壁を破っていく。両翼から包囲されかかっているが、構わず前進を命じた。自ら槍を振るい、遮る敵を突き落としていく。前へ。ただ、前へ。頭にあるのは、ただそれだけだった。

前方の丘を見上げた。織田木瓜と、永楽銭の旗印が揺らぐ気配はない。周囲を取り巻く敵は増えるばかりで、前に進む勢いも弱まってきた。瑞竜寺山を奪られたせいで城の守備に兵を割かざるを得なかったことが、ここにきて響いている。

「三人衆はどうした？　敵の背後を衝いたのか？」

隣を進む道利に訊ねた。兜《かぶと》は失われ、鎧の袖には矢が突き立っている。

「わかりませぬが、腹背に敵を抱えているにしては、動揺が少のうござる」

まさか。疑念が頭をよぎる。味方の前進が完全に止まった。本陣の危機に駆けつける敵の数が、予想よりもはるかに多い。

「お館さま、これ以上は」

「言うな。本陣はあれにある。進み続けよ」

声を嗄《か》らして叫ぶが、本陣の前にはすでに分厚い兵の壁が出来上がっていた。このまま進めば、全滅は目に見えている。

「三人衆の裏切りは明白。最早、これまでに候」

道利に促され、轡《くつわ》を取った。強引に馬首を返される。

「退却の法螺《ほら》じゃ。生きて城に戻ることのみを考えよ！」

勝手に下知を出す道利を、龍興はもう止めなかった。

おそらく信長は、三人衆から龍興の策を聞いていたのだろう。それを逆手に取り、わざと隙を見せてこちらを城外に誘《おび》き出した。そうとも知らず、まんまと罠に嵌《は》まったということか。

負けた。戦う前からすでに、負けていた。信長の首を奪ると意気込んでも、本陣に辿《たど》り着くことさえできない。どれほど策を弄したところで、信長には遠く及ばない。自分は所詮、ただの凡将でしかなかったということだ。

降りしきる雨も、敗北感を拭い去ってはくれない。

五

翌朝、敵の攻撃が本格的にはじまった。

大手門は半日ももたず破られ、日が傾きはじめた頃には城の北側にある水の手口からも敵が侵入してきた。前日の戦で味方の半数近くを失い、兵力は圧倒的に不足している。加えて、敵はこの城を熟知しているかのように、防備の弱いところを的確に衝いてくる。

攻撃は日没とともにやみ、城には奇妙な静寂が訪れた。兵たちは塀や土塁にもたれかかり、血と泥と埃に塗《まみ》れ憔悴《しょうすい》しきった体を休めている。

そこここに転がる屍《しかばね》を見ても、むせ返るような血の臭《にお》いを嗅いでも、吐き気を覚えるようなことはなくなった。それどころか、自らの手で敵を殺しても、何も感じなくなっている。それがいいことなのかどうか、自分でもわからない。

夜が明けると、織田軍から降伏を促す使者が来た。木下藤吉郎秀吉と名乗った使者は、城兵のみならず龍興の命も保証し、信長の署名入りの誓紙まで差し出した。だが、道利や源太は罠だと言い募り、玉砕を主張して譲らない。

「最後の一兵まで戦い、信長めに武門の意地を見せつけてやりましょうぞ」

降伏反対が大多数を占める中、龍興は日没までには返答すると約束し、一旦使者を帰した。

龍興は居室に戻り、横臥して天井を見つめていた。体は疲れきっているはずだが、目が冴えて眠ることができない。

兵糧も矢弾も蓄えはあるが、戦況は悪化の一途を辿っている。すでに、落城は時間の問題だった。

三人衆の内応を見抜けず、多大な犠牲を出した。自分の誤った決断で数えきれない将兵が死んだ。それを思うと、今すぐに消えてなくなってしまいたい。死んだ者たちにはそれぞれの生があり、帰りを待ちわびる父母や妻や子がいた。一兵卒にまで思いを馳せるのは将としての弱さとわかっていても、考えずにはいられない。

これ以上、将兵が死んでいくのは見たくない。だが、降伏しておめおめ生き残れば、祖父や父の名に泥を塗ることになる。国を滅ぼした暗愚の国主として、誰もが龍興を嗤《わら》うだろう。そんな生き恥を晒《さら》すくらいなら、城を枕に華々しく討ち死にしたほうがはるかにましなのかもしれない。そう思っても、決断はなかなかつかない。

「一国の主など、自分に務まるはずがなかったのだ」

愚痴めいた独り言を零《こぼ》した時、廊下から足音がした。

「朝餉《あさげ》をお持ちいたしました」

握り飯を載せた盆を運んできたのは、二十四、五歳くらいの女中だった。顔に見覚えはない。龍興は一瞬身構えたものの、すぐに緊張を解いた。敵が、今さら間者や刺客の類を送り込んでくるはずもない。

食欲などなかったが、龍興は体を起こし、皿の上の握り飯に手を伸ばした。

米倉に蓄えてあった古い米は硬くぱさつき、お世辞にも美味いとは言えない。それでも、ひと口食べると急に空腹を覚えた。

死んだ兵たちは、こんなものさえもう口にできないのだ。苦い思いとともに、貪《むさぼ》るように平らげた。

「見ない顔だな。どこぞの家中の者か？」

皿を片付ける女に声をかけた。

「長井道利さまの遠縁に連なる者で、千秋と申します。戦で夫を亡くし、半月ばかり前からご奉公に上がらせていただいております」

自分が采配を振った戦だろうか。疑問が浮かんだが、今さら知ったところでどうなるものでもなかった。

「なぜ、城に残った？」

「他に、行くあてもございませんので。私のような女子は、他にも多うございます」

「皆、覚悟はできておるのか？」

「さあ。それは、私にはわかりかねます」

淡々と答えると、千秋は一礼して出ていった。

降伏を蹴れば、城内に残る女たちも無事ではすまないだろう。だが、全員が全員、覚悟が定まっているなどと考えるのは、上に立つ者の思い上がりだった。

「もう、十分だ」

誰もいない部屋で、龍興は呟いた。

もう、十分戦った。全てを出し切って負けたのだ。これ以上何かを求めるのは虫が良すぎる。

武門の意地も、国主としての矜持《きょうじ》も、無数の兵や女たちを犠牲にして守るほど、尊いものとは思えない。

決意し、龍興は部屋を出た。

「お館さま、どうかご再考を！」

「信長めの言葉など、信じてはなりませぬ。労せずして城を落とすための策謀であることは明白にございます」

降伏の意を伝えた途端、諸将は口々に反対を唱えた。道利にいたっては、目に涙まで浮かべている。

もとより、謀殺の危険はある。だが龍興を殺せば、城兵は今度こそ最後の一兵にいたるまで戦い続ける。あの信長が、わざわざ味方の犠牲を増やすような真似をするとは思えない。

そう説いてもなお、一部の家臣は強硬に反対を続けた。

「道三さまより続くこの美濃斎藤家を、そのような形で終わらせることは、断じて受け入れられませぬ」

涙ながらに訴える道利に向け、言葉をかけた。

「そなたには、感謝してもしきれぬ。暗愚と言われた私に、これまでよく尽くしてくれた。他の者も聞け。最早、どう足掻《あが》いたところでこの城は落ちる。だが、死ぬのはそなたたちだけではない。兵たちの中には、望まずしてこの戦に駆り出された者も多くいよう。いまだ城に残る女たちにしてもそうだ。そうした者らを道連れにすることは、私にはできぬ」

龍興はゆっくりと、ひとりずつに目を遣《や》った。肩を落としてうなだれた道利は、もう涙を拭おうともしない。

「信長に降る。これは、私の国主としての最後の決定である」

広間がしんと静まり返った。もう誰も口を開こうとしないのを見て、龍興は降伏の打診を命じた。

翌朝、降人《こうにん》の証《あかし》である白帷子《しろかたびら》に着替え、わずかな供廻りを従えて城を出た。大手門のところで出迎えた秀吉の案内で、あと一歩のところで届かなかった信長の本陣へ向かう。

道の両脇は、整然と並んだ織田兵がしっかりと固めていた。礫《つぶて》のひとつも飛んでくるかと思ったが、よほど軍規が厳しいのか、罵声や嘲笑を浴びせられることもない。

「さあ、こちらへ」

本陣の前で、秀吉が促す。もし、龍興が思うよりも信長が愚かであれば、ここで殺されることになるかもしれない。そうなったらそうなったで、潔く首を差し出せばいい。最期に、未練がましい振る舞いはしたくない。

覚悟を決め、陣幕をくぐった。

中にはすでに、織田家の将領たちが居並んでいる。その中には、西美濃三人衆の姿もあった。龍興が顔を向けると、沈痛な面持ちで顔を伏せる。

龍興は、左右に並んだ諸将の末席に目を留めた。竹中重治。数年ぶりに会う男の顔を見て、全てを納得した。

三人衆の内応も、弱点を全て知り尽くしたかのような攻め方も、重治の献策によるものだろう。龍興の視線を受け流し、重治は会釈で応じた。

重治や三人衆を恨む気持ちは、自分でも驚くほどなかった。仕えるべき主君は、己の目で選ぶもの。自分が選ぶに値しない主君だったというだけの話だ。ただ、敗北感と、皆が望む国主になれなかったという挫折感は、どうしようもなく大きかった。

和睦ではなく降伏とあって、さすがに床几は与えられない。地面に敷かれた筵《むしろ》の上に座り、信長を待った。

すぐに小具足袋の信長が現れ、龍興は筵に手をついて平伏した。

「其の方が、帰蝶の甥か」

床几に腰を下ろすなり、そんな言葉を投げつける。

帰蝶というのが、信長の正室、つまり龍興の叔母の名だった。物心つく前に嫁いでいったので、その記憶はない。

考えていた口上を述べる間もなく、信長はまくし立てる。

「帰蝶が、我が甥を殺してくれるなとうるさいでな、命は助けてとらす。三人衆も、其の方の助命を内応の条件にして、わしに誓紙まで書かせおった。帰蝶と稲葉らに感謝するがよい」

ちらと視線を上げ、信長の顔を見た。

以前感じたような恐怖は、どこからも湧いてはこない。むしろ龍興は、信長の中にあるわずかな怯《おび》えを見て取った。

注意深く周囲を窺い、執拗なまでに負けない算段をする。自分の行動を家臣にも知らせず、決断は常にひとりで下す。国主の地位にありながら、誰も信じられず、不安と苛立ちの中で生きているのだろう。父の位牌に抹香を投げつける気持ちも、龍興には理解できる。

この男はきっと、誰よりも臆病で、そして孤独だ。

「美濃に置いておくわけにはいかん。どこへなりと、立ち去るがよい」

「は。ありがたき幸せ」

「もしも再び刃《やいば》を向けてきた暁には、その首、叩き落とす」

刺すような視線を浴びても、やはり恐怖はなかった。

信長とは、すでに立っている場所が違う。自分はもう、舞台から降りたのだ。舞台の上の役者から睨まれたところで、怯える必要はない。

対面は、呆気ないほど簡単に終わった。

陣を出ると、開城の作業がはじまっていた。味方の兵たちが続々と城を退去していくのが見える。

祖父が築き、父が守った城には今、織田軍の旗が翻っていた。龍興が生まれ育ち、ほんの短い間だったが、りつとともに過ごした山麓の屋敷は焼き払われ、最早見る影もない。

負けた。美濃斎藤家は滅びた。改めて突きつけられた現実に、一瞬足元がふらつく。

縋るような思いで、眼前にそびえる金華山を見上げた。

山は変わることなく、幼い頃と同じ雄大さで、今も屹立《きつりつ》している。

第四章　剣を取る者

一

込み上げる吐き気をどうにか堪《こら》えながら、斎藤龍興《たつおき》は舳《へ》先《さき》の向こうを睨んでいた。前方に広がるのは、見飽きた青い海ばかり。船はゆらゆらと上下に揺れるだけで、目指す湊《みなと》は一向に近づいてこない。右手に見える陸地に横たわる稜線は、たぶん紀州の山々だろう。

もどかしい気持ちで仰いだ空は澄み渡り、真っ白な雲がいくつか、のんびりと漂っていた。飛び交う海鳥たちが、甲板に這《は》いつくばる龍興を小馬鹿にするように、悠然と見下ろしている。

「駄目だ……もう、耐えられん」

限界に達した。船縁《ふなべり》から身を乗り出し、出航前に腹に収めた朝餉《あさげ》を海に向かって吐き出す。

「お館《やかた》さま、しっかりなされませ」

背中をさすって励ます馬廻衆《うままわりしゅう》の小牧源太の顔が、涙で歪む。

「ええい、もう我慢ならん」

よろよろと立ち上がり、腰の脇差を抜いた。

「お館さま、どちらへ」

「船頭を脅して、引き返させる」

言うと、源太が後ろから組みついてきた。

「馬鹿なことを仰せられますな。もう道のりの半分を過ぎているのですぞ。あと少しの辛抱にございます」

「ええい、離せ。主が船酔いで死んでもいいのか、不忠者め。今すぐ船を引き返させろ！」

ばたばたと暴れる龍興の耳元で、源太が囁《ささや》く。

「堺の女子《おなご》は皆、垢抜けていて美しいとのもっぱらの噂にござる」

龍興は、振り上げた脇差を鞘に納めた。

「まあ、せっかくここまで来たのだ。今さら引き返すこともあるまい」

渋々と、といった体《てい》で言うと、ようやく源太が手を離した。

「まったく。武門の家に生まれし者が船酔いごときで取り乱すとは、なんとも情けなや」

源太の隣に立つ長井道利《みちとし》が、いつもの小言を並べた。ただ、その顔は死人のように蒼白で、手先はぶるぶると震えている。

永禄《えいろく》十一年（一五六八）三月。船は堺の湊を目指していた。

前年九月に織田信長に美濃を追われた龍興主従は、一旦は懇意にしていた伊勢長島の商人の屋敷に腰を落ち着けた。だが、信長の支配下にある北伊勢はいかにも居心地が悪く、長島の住人たちも龍興の存在を疎むようになり、やむなく堺へ移ることにした。

従うのは、源太と道利のふたりだけである。他の家臣たちは、ある者は織田家に再仕官し、ある者は仕官先を求めて諸国に散っていった。

龍興は、二十一歳になっていた。道利は、信長に敵対する大名家を頼って再戦を期すよう勧めたが、龍興にその気はなかった。持てる力の全てを注いでも、信長には勝てなかったのだ。もう、戦は十分だった。

堺は、会合衆《えごうしゅう》と呼ばれる有力商人が合議によって町を治め、どこの大名にも属していない。かつて一国の主であった龍興が住むにはうってつけの町だ。

ようやく船が湊に入った時、龍興はすでに半死半生といった有り様だった。半分どころか、九割方死んでいたかもしれない。

桟橋に立っても、まだ地面が揺れているような気がした。またもや吐き気が込み上げ、その場に蹲《うずくま》る。すでに胃の中は空っぽで、出てきたのは酸っぱい唾と涙だけだった。

「おや、いかがなされました」

後ろから声がした。振り返ると、数人の奉公人を従えた、裕福そうな商人である。

「斎藤龍興さまと、お供の方々ですな。お待ちいたしておりました。日比屋了珪《ひびやりょうけい》にございます」

これから世話になる相手だった。堺でも指折りの交易商人で、会合衆にも名を連ねている。斎藤家の鉄砲や玉薬《たまぐすり》は、この了珪から調達していた。

慌てて立ち上がり、胸を張った。

「うむ、いかにも斎藤龍興である。堺の海にはどんな魚がおるのか気になってな、ちと覗《のぞ》き込んでおったのだ」

「さようにございますか」

了珪はふくよかな顔に微笑を浮かべる。歳の頃は四十代半ばで、着ている物こそ上等だが、温和な顔立ちと柔らかな物腰のせいか、嫌味はない。

「供はこのふたりだけだ。すまぬが、しばらく厄介になる」

「何を仰せられます。斎藤さまには、これまで多くの鉄砲や玉薬を買うていただきました。粗略に扱うわけにはまいりませぬ」

「だが、私はもう大名ではないぞ」

「そのようなこと、問題ではございません。商人は信頼が第一。得意先を弊履《へいり》を棄《す》つるがごとく扱ったとあっては、日比屋の信用にかかわりまする」

「そういうものか」

「むさいところではございますが、どうか我が家と思ってごゆるりとなされませ」

湊には、南蛮の国々からやってきたという、帆柱が三本もある大船が何隻も停泊している。これほど大きな船を見るのははじめてだった。そもそも、美濃を退去するまでは海を見たことすらなかったのだ。

船着場から程近い櫛屋町《くしやちょう》に、了珪は居を構えていた。あまり歩かずにすむのは、正直助かる。

「こちらにございます」

了珪の家は、かつての龍興の屋敷と較べても遜色がないほど広く、造りも見事なものだった。門や屋根に葺《ふ》かれた瓦には精緻な細工が施され、庭には名前も知らない花が色とりどりに咲き乱れている。

一介の商人でも、これほどの屋敷を構えているのだ。龍興は、自分が知っている世界の狭さを改めて痛感した。

「あれは、いったい何でござろうかの」

道利が庭の一角を指した。三層建ての瓦葺の建物がそびえ、屋根には小さな磔《はりつけばしら》柱のような物が立てられている。

「ご覧になられますか」

了珪の案内で、数寄《すき》を凝らした庭を通り抜け、引き戸を開けて建物の中に入った。

中は広々とした板張りで、寺の本堂のようだった。ひんやりとして薄暗く、誰もいない。それでもなぜか、誰かに見つめられているような気配を感じる。

了珪が壁の燭台に火を入れると、正面の壁に像のような物がかけられているのが見えた。異様な像だった。腰に布切れを巻きつけただけの痩せた男が、磔にされている。男の頭は、棘《とげ》の生えた冠のような物で締めつけられていた。他にも、物憂げな顔で赤子を抱く、女の像が置かれている。

先刻感じた気配は、この像のものだろうか。そう思わせるほど、ふたつの像は精巧で生々しかった。同時に、思わず姿勢を正してしまうような荘厳さを湛《たた》えてもいる。

「教会、すなわちキリシタンの寺にございますよ。堺の民は南蛮の教えに冷とうございましてな、困り果てていたバテレンを見かねて建てました。かく言う私も先年、洗礼を受けております」

二十年ばかり前に日本に伝えられたというキリシタンの教えのことは、龍興も耳にはしていた。だが、戦や政務に追われ、関心を抱いたことなどない。無論、南蛮寺に足を踏み入れるのもはじめてのことだ。

「この寺は、ガスパル・ヴィレラさまと仰《おつしや》るバテレンのために建てさせました。今は、都での布教を禁じられておりますゆえ」

「その、ヴィレラなる者は？」

「布教のため、畿内から九州まで忙しく飛び回っておられます。今は、肥前の平戸におられるとか。もうしばらくすれば堺に戻られると思いますが」

聞けば、南蛮の国々からこの国までは、船で一年も二年も航海しなければならないという。当然、嵐や海賊に襲われて命を落とす者も多くいるだろう。たかだか長島から堺までの航海で死ぬ思いをした龍興には、想像もつかないほどの過酷さだ。

どんな教えなのだろう。はじめて、龍興はキリシタンの教えに興味を覚えた。

ヴィレラというバテレンは、自らの教えを広めるため、遠い海の向こうから危険を冒してやってきたのだ。どんな人物なのか、そこまでして広めるほど価値のある教えなのか、この目と耳で確かめたい。

その日の夜、龍興主従を迎える盛大な宴が開かれた。

了珪が言うには、困った者をもてなし、自らの財を傾けてでも助けるのが、キリシタンの教義に適《かな》う行いなのだという。およそ商人には似つかわしくない教えだが、龍興はありがたく好意を受けた。

了珪の一族にもキリシタンが多く、膳に並んだ多くが南蛮の料理だった。小麦を練って焼いたというやたらとぱさぱさする食べ物には閉口したが、果実を搾って作った酒には思わず舌鼓を打ち、龍興は大いに酔った。

龍興主従のため、了珪は離れの一棟を用意してくれた。離れといっても、普通の百姓家などよりずっと大きい。

それから数日をかけて、龍興は道利と源太を引き連れて町の様子を見て回った。

堺の町は、稲葉山城下の井ノ口や長島など話にならないくらい栄えていた。

店には魚や穀物といった食料品から南蛮渡来の珍奇な品々まで、様々な物が溢れ、通りは人や馬、荷車でごった返している。源太の言う通り、往来を歩く女子たちも垢抜けていて美しい。芸事も盛んなようで、町のあちこちで辻能や大道芸が人だかりを作っていた。

これまで自分は、民の納める年貢で飯を食い、着る物を購《あがな》い、武器を買って戦までしてきた。そしてそのことに、さしたる疑問も抱かなかった。

この町の人々は皆、自身の力で生きている。自力で銭を稼ぎ、飯を食っている。当たり前のことだが、大名のままでいたなら、深く考えることもなかっただろう。

自分にも、何かできないだろうか。往来を行き交う物売りや人足の声を聞きながら、龍興は思った。

国主という地位を失った自分に何ができるのか、試してみたい。戦でも政《まつりごと》でもない何かをしてみたい。この町ならそれができる、そんな気がした。


ガスパル・ヴィレラが平戸から戻ったのは、龍興たちが堺に来てからひと月余りが経った頃のことだ。

異国の人間に会うのははじめてだった。聞けば、南蛮人の肌は白く、鼻は天狗のように高く大きい上、髪は鳶《とび》色で、瞳は緑がかっているという。とても同じ人間とは思えない。赤子を攫《さら》っては殺し、その肉を喜んで食べるなどという噂まである。

好奇と恐れが相半ばしたまま、ヴィレラの挨拶を受けた。

「はじめまして、サイトウさま。ガスパル・ヴィレラにございます。以後、お見知りおきを」

黒い法衣をまとったヴィレラは、いたって物腰の柔らかい初老の男だった。発音はところどころおかしいが、日ノ本の言葉も流暢《りゅうちょう》で、堺の人々が早口でまくし立てる言葉よりも聞き取りやすいほどだ。

「我々の国では、こうして互いの手を握り、挨拶を交わすのですよ」

言いながら、右手を差し出す。

取って食われはしないだろうか。恐る恐る応じると、ヴィレラはにこやかに握り返してきた。その手は、異国での労苦をしのばせるように痩せて皺だらけだが、温かく、力強い。

龍興は安堵《あんど》を覚えた。きっと、赤子を食うなどというのも、ただの噂にすぎない。見かけは違っても、中身は紛うことなく自分と同じ人間だ。

「貴殿に会って、話を聞いてみたいと思っていた」

了珪やその家族とともに、夕餉を囲んだ。了珪の家族は皆、熱心なキリシタンである。

キリシタンの教義から、布教の苦労話、南蛮の国々の様子。教えについては正直なところよくわからなかったが、ヴィレラの話の巧みさもあって、どれも興味深い。

この男は信用してもいい。理屈ではなく、そう感じた。少なくとも、酒色に耽《ふけ》り、民から搾り取ることしか考えないこの国の僧などよりも、よほど熱意を持って教えを広めているように思える。

日ノ本を囲む海の向こうに見知らぬ国々があり、数えきれないほどの人々が暮らしている。美濃という狭い土地を巡って戦を繰り返してきた自分が、たまらなくちっぽけに思えた。

「この世が丸いなど、とても信じられませぬ」

離れに戻るなり、道利は苦りきった顔で吐き棄てた。源太は我関せずといった顔で、部屋の隅で寝酒を呷《あお》っている。

「この世が丸くて宙に浮いているというのなら、何ゆえ我らはこうして立っていられるのです。海の水は、なぜ落ちていかぬのです」

「私に訊かれても、答えられるわけがなかろう」

「それがしは、どうにもあの者が信用できませぬ。奇っ怪な話で人々の興味を惹《ひ》き、自らの教えを広めておるのやもしれませんぞ」

「ひねくれておるのう。そんなことだから、女房子供に逃げられるのだ」

「何を仰せられます。逃げられたのではなく、それがしが置いてきたのですぞ。それもこれも、お館さまのお側にお仕えいたすため」

「わかったわかった」

道利は、美濃を出る時に妻子と別れてきた。三人いる道利の息子たちは、信長に仕官したのだという。龍興は美濃に残って妻子と暮らすことを勧めたが、どうしてもと言って付いてきたのだ。

「それはそうと、私は決めたぞ」

「はて、何をでございます」

「私はこれまで、民の納める年貢で暮らしてきた。今は、こうして了珪の厄介になっている。だがこれからは、自分の力で銭を稼ぐことにする」

口を半開きにしたまま、道利と源太は顔を見合わせる。またおかしなことを言い出した。そう思っているのは明白だ。

「稲葉山に蓄えた銭も、将兵に配った分でほとんど底をついておる。だが、いつまでも了珪の世話になるのも心苦しい。男子たる者、己の食い扶持《ぶち》くらい自分で稼がねば一人前とは言えまい」

「はあ。お気持ちはわかりますが、いったいどうやって」

「それは、これから考える」

きっぱり言い放つと、道利と源太は大きく息をついて首を振った。

翌日の昼下がり、何をして銭を稼ごうか居室で思案しているところに源太がやってきた。

「客人だと？」

「はい。可児《かに》平八郎と申す者で、かつてお館さまに仕えておった侍にございます」

家臣の名はだいたい把握していたが、聞き覚えはなかった。よほど小身《しょうしん》だったのだろう。

「わかった。会おう」

源太と道利も同席させ、居室に通した。

可児平八郎は、太い四肢と角張った顎、口の周りに髭を蓄えた、見るからに無骨な猪武者《いのししむしゃ》といった容貌の大柄な中年男だった。

困窮ぶりは、ひと目でわかる。刀の鞘はあちこちが剝げかかっていて、継《つ》ぎ接《は》ぎだらけの小袖もすえた臭《にお》いを放っていた。

「と、突然の参上、お許しくだされ。伊勢長島を訪ねたところ、こちらにおいでになると伺いましたゆえ」

はじめての対面に緊張しているのか、声は上擦り、両肩は細かく震えている。

「それで、お館さまに何用あって、わざわざ訪ねてきたのじゃ」

さりげなく手で鼻を覆いながら道利が訊くと、平八郎はいきなり両手をつき、額を床に擦りつけた。

「信長の手から美濃を取り戻さんがため、今一度お館さまに兵を挙げていただきたく参上仕《つかまつ》りました」

戦場嗄《が》れなのか酒焼けなのかわからない濁声《だみごえ》を張り上げる。道利が促しても、顔を上げようとはしない。

ようやく戦から離れられる。そう思った矢先にこれか。龍興は内心、辟易《へきえき》しながら平八郎に声をかけた。

「稲葉山が落ちてから何があったのか申してみよ。まずは顔を上げねば、話もできまい」

「は、はい」

ようやく顔を上げた平八郎は、ひとつひとつ、言葉を選びながら語った。

「あの戦の後、それがしは所領に帰りました。所領と申しても小さなもので、屋敷も百姓家に毛の生えたようなものにございます。ですが、屋敷とわずかな田畑はすでに、領地を接する国人の兵に接収されておりました。その者は、稲葉山が落ちる前から織田家に通じておったのです。織田家の奉行に訴え出たものの聞き入れられるはずもなく、それがしは家も田畑も失い申した」

「そうか、それは難儀であったな」

郎党たちにも逃げられ、妻と元服前の息子を抱えた平八郎は途方に暮れた。妻子を養うため織田家の家臣に仕官したものの、万事不器用で誇るべき家柄もない平八郎は、微々たる禄しか得られなかった。役目は、銭倉の番である。

「ある日、銭倉から銭が盗まれ申した。家中の者たちは、こぞってそれがしを疑った。あの貧乏な可児ならやりかねないと。しかし、それがしは武士にござる。いくら困窮したとて、さような浅ましき真似はいたしませぬ」

「それで、どうなった？」

「何の証拠もなく、結局は沙汰《さた》やみとなりましたが、それがしは暇《いとま》を出されました。一度でも疑いを持たれた者を、置いておくわけにはいかぬと」

話を聞いているだけで、平八郎の不器用さは伝わってきた。浮き上がらないよう周囲に合わせる。新しい主に気に入られるように立ち回る。そんな芸当は、この男にはおよそ不可能だったのだろう。

屈辱に顔を歪めながら、搾り出すように先を続ける。

「しかしその後、風の噂で事の真相を聞きました。銭を盗んだのは、その家の息子だというのです。女郎屋に入り浸ってつけが嵩《かさ》み、やむなく銭を盗んだと。家の主は真相を知りながら、体面を保つためにそれがしに暇を出したのです」

「盗まれた銭は、いくらだったのだ？」

「十貫文。たったの、十貫文にございました」

駄馬が一頭買えるかどうかという額である。たったそれだけの銭で、平八郎は全てを失った。

次の仕官先も決まらず酒に溺れる夫に愛想を尽かし、妻は出ていった。やがて蓄えが尽き、住んでいたあばら屋も追われたという。

苦渋に満ちた表情で、平八郎は再び平伏した。床に、ぽつぽつと滴《しずく》が落ちていく。

「最早、今生に思い残すことはござらん。先祖の血と汗が染み込んだ累代の地を取り戻し、我が子に伝える。そのためなら、この命など惜しゅうはございませぬ。今一度、兵をお挙げくださいませ」

会わなければよかった。会わずに門前払いすれば、平八郎は諦めて別の道を探しただろう。対面を許したことで、期待を持たせてしまった。

「それがしには、戦場の他に生きる場所はござらん。どうか、それがしに生きる場所をお与えくだされ」

不意に、脳裏に戦場の光景が蘇《よみがえ》ってきた。喊声《かんせい》と断末魔の悲鳴、鉄砲の筒音。地が震えるような馬蹄の響き。苦い思いと同時に、かすかに血が熱くなるのを、龍興は感じた。

強く頭《かぶり》を振り、腰を上げた。

「私はもう、戦はせぬ。そなたひとりのために、多くの血を流すわけにはいかんのだ」

「お待ちくだされ。それがしのみではござらん。美濃には、同じような境遇の者が、いくらでもおりまする」

「私は、信長に完膚なきまでに負けた男だ。他の者を頼るがよい」

言い募る平八郎を置いて、龍興は部屋を出た。

二

吹く風に秋の匂いを感じながら、龍興は庭でじっと心気を研ぎ澄ましていた。丹田《たんでん》に力を籠め、呼吸を整える。

「何してんねん。早うやりいや」

「うちらかて、暇やないんやで」

周りを取り囲む子供たちが囃《はや》し立てた。了珪や奉公人たちの子らである。

「うるさいっ。ちと黙っておれ！」

怒鳴りつけ、再び両手の指先に集中する。

左の親指と人差し指で永楽銭を挟み、右手にはなみなみと満たされた柄杓《ひしゃく》。中味は、菜種油である。

嘘かまことか、龍興の曽祖父長井新左衛門《しんざえもん》尉《のじょう》は、美濃にやってくる前は京で油商人をしていたという。その時、新左衛門尉は油を永楽銭の穴を通して壺に注ぐという曲芸を演じ、京童《きょうわらわ》から喝采を浴びていたらしい。もしも油が一滴でもこぼれれば代は取らないという触れ込みで、多くの客を集めたのである。

「まいるぞ」

龍興が言うと、子供たちも息を呑んだ。

真剣で向き合うような心持ちで、ゆっくりと柄杓を傾けていく。糸のように細く垂れる油が、永楽銭の四角い穴を通って壺に落ちていった。おお、と子供らがどよめく。

ここからが難しい。最後までこぼさずに注ぎきるには、微妙な力加減と、尋常ではない集中力が要求される。息を詰めたまま、龍興は柄杓を傾け続ける。

大半を注ぎ終わり、残すはあと数滴というところまで来た刹那、視界の隅に黒い点が現れた。その点は見る見る大きくなり、「ブブブ」という奇怪な音を立てながら凄《すさ》まじい速さで迫ってくる。

よける間もなく、額を直撃した。

「ぎゃっ！」

礫《つぶて》でもぶつけられたかのような痛みに、思わず悲鳴を上げる。

カナブンの体当たりを食らったのだと理解した時には、油は枡の外にまでこぼれていた。笑うかのように、カナブンはどこか遠くへ飛んでいく。

何ということだ。龍興は頭を抱えた。このひと月というもの、ひたすら修業に励んできた。今日こそは成功しそうだったというのに、たかがカナブンごときで。

「あ～あ。もうちょいやったのに」

「ほら、言うた通りやろ」

そんな声が周囲から上がる。あろうことか、銭のやり取りをしている者までいた。

「待て待て、今のは無しだ。カナブンが……」

もう一度だけ機会をくれ。懇願するように手を合わせているところへ、道利の声がした。

「お館さま、お館さまぁ！」

「何じゃ、朝っぱらから騒々しい」

息を切らして駆け寄る道利に、不機嫌な声をぶつける。

「一大事にございます。信長めが、足利義昭を擁して上洛の軍を起こしたとの由」

「ほう」

稲葉山を岐阜と改めた信長は、新たに〝天下布武〟と記された印を用いているという。武を以《もっ》て天下を治めるという意思を明らかにしたのだ。名を〝義秋〟から〝義昭〟へと改めた公方《くぼう》を推戴しての上洛も、その布石だろう。

「それで？」

「それで、とは」

「そんなことで修業の邪魔をいたすな。私は忙しいのだ」

「お言葉ですが、そのような曲芸を習得していったい何になるというのです。元美濃国主ともあろうお方が、油売りにでもなるおつもりですか」

「曽祖父《ひいじい》さまは、一介の油売りから武士になったのだ。武士が油売りになったとておかしくはあるまい」

「またそのような屁理屈を。絵描きを目指された時の二の舞にならねばようござるが」

皮肉な口ぶりに、むむ、と言葉に詰まった。

祖父道三《どうさん》は多芸な人で、当時の主君土岐頼芸《ときよりあき》に気に入られるため、自ら鷹の絵を描いて贈った。その絵は、本職の絵師が描いたかと見紛うほどの出来栄えだったという。

その逸話を思い出し、自分にも絵の才があるはずだと何百枚と描いてみたものの、ついに童《わらべ》の落書きの域を出ることはなかった。

「連歌師になると言っては三日で飽きて筆をへし折り、鷹匠《たかじょう》になると言い出された時は、鷹が頭に止まって爪で大怪我をなされた」

「ああ、あれは痛かった。死ぬかと思うたぞ」

「無礼ながら、お館さまはあまり要領の良いお方ではござらぬ。あれこれ手を出されるのはいかがなものかと。今に、取り返しのつかぬことになりますぞ」

「うるさい。やってみなければ、向いているかどうかはわからぬであろう」

「考えてみたのですが」

道利の口調が急に改まった。龍興の袖を引き、子供たちから離れる。

「やはり、どこかの大名のもとに身を寄せてみてはいかがでしょう。お館さまは、かの信長に幾度も苦杯を舐めさせたお方。どこへ行っても、粗略に扱われることはありますまい」

「そのつもりはないと、何度も言っておろう」

「ですが、いくばくかの領地、もしかすると、城のひとつくらいは預けられるやもしれません。さすれば、可児平八郎のような者を呼び集めて田畑を与えることもできましょう」

久しぶりの道利の進言に、龍興は束の間思案した。確かに、絵描きや油売りになるよりよほど実現できそうに思える。

「だがな、道利」

永楽銭と柄杓を置いて答えた。

「客将となれば、戦に参陣することを拒むことはできん。私はもう、戦をするつもりはないのだ」

「では、土地も家も失った旧臣たちはいかがいたします。あの者たちは、いまだ三日に上げずやってきておりますぞ。座して飢え死にするのを待てと言うのですか」

龍興に挙兵を説くため堺までやってきたのは、可児平八郎だけではない。あれから何人もの旧臣が訪れたが、龍興は会うことをしなかった。

「どこぞの戦で陣借りをして手柄を立てるなり、召し抱えたいと思われるような技量を身につけるなり、道は他にいくらでもあろう。私を頼られても、そこまでは面倒を見きれぬ」

「されど、国主の務めとして」

「私はもう、国主ではない」

まだ何か言いかける道利を、手で遮った。

「そろそろ行かねばならん。朝の礼拝の刻限だ」

話を切り上げ、子供たちを引き連れて教会へ向かう。

このところ、朝の礼拝に立ち会うのが日課になっていた。洗礼を受けたわけではないので祈ることはせず、聖歌のひとつも歌えはしないが、その後に行われる説法は、聞いていて飽きることがない。

聖書と呼ばれる書物は、知れば知るほど実に奥が深い。全ての人の罪を背負うために磔になるなど、自分には考えられない。奇特な人もいたものだと、龍興は感心しきりだった。

今日は、神の子であるイエスという男が、裏切り者に扇動された大勢の群衆に捕らえられた時の話である。

「イエスが万能の力を持つというのであれば、その者どもを容易《たやす》く打ち払うこともできたのではないか?」

龍興の疑問に、ヴィレラは微笑を湛えながら答える。

「無論、父であるデウスにお願いすれば、天界から軍団を送ってもらうこともできました。その場にいた弟子たちも、イエスを守るために戦おうとしたのです。しかし、イエスは剣を抜いた弟子に向け、こう仰いました」

少しの間を置き、龍興の目を見て言う。

「剣を鞘に納めなさい。剣を取る者は皆、剣で滅びる」

ヴィレラは龍興に歩み寄り、懐から冊子を取り出した。日本の言葉に翻訳された聖書である。訳したのは、ザビエルとともに日本にやってきた、フェルナンデスという宣教師らしい。

「これを差し上げましょう。あなたは聡明なお方だ、必ずや主の教えを理解なされます」


「神は愛である」と、聖書は説く。

愛というのは、仏教で言う慈悲のようなものらしい。そんなあやふやなものでこの乱世を生きる人間を救えるのかどうか、龍興にはわからない。

隣人を愛し、自らの敵さえも愛せ。ヴィレラや信徒たちはその言葉を実践するように、喜捨として贈られた米が集まると、大鍋で粥《かゆ》を作って貧しい者たちに振る舞っていた。堺の町中に住む者は皆豊かだが、町の外れには田畑を失って村を捨てた百姓や、怪我や病に苦しむ者が多くいる。

龍興は、道利が止めるのも聞かず、できる限りそうした活動を手伝った。油は上手く注げなくても、椀に粥を注ぐくらいならできる。

粥が薄いと文句をつけたり、自分だけ量が少ないと喚《わめ》いて騒ぎを起こす輩《やから》もいたが、大部分の人々は感謝して、目を輝かせながら実に美味そうに食べていた。自らは清貧に甘んじ、貧しい者には施す。これが、国主たる者の果たすべき務めだったのかもしれない。何度か手伝ううちに、そんなことを思うようになった。

「これほど人から感謝されたのは、はじめてかもしれんな」

施しを終えて呟《つぶや》いた龍興に、ヴィレラが微笑んで言った。

「私は多くの大名と呼ばれる方々に会いましたが、あなたのように自ら施しを手伝うようなお方ははじめてですよ」

「私は大名ではない。了珪の厄介になっているただの居候だ」

ヴィレラは否定も肯定もせず、ただ目を細めていた。

「いかがでした、聖書を読まれたご感想は？」

「ああ。居候の暇潰しにはもってこいだな」

龍興の答えに、ヴィレラは白い歯を見せて笑った。

「それはようございました。差し上げた甲斐があったというものです」

戯言《ざれごと》めかしてはみたものの、龍興は聖書を何度も繰り返し読んでいた。物語として単純に面白かったし、イエスという男の生き様には、確かに心に響くものがある。

それでも、今のところ洗礼を受けるつもりはなかった。もっと多くのものをこの目で見て、考え、理解してからでも遅くはない。幸い、時間だけはいくらでもあるのだ。

堺に来て半年が経った。龍興の日々は、相変わらず平穏に過ぎていく。さすがに諦めたのか、平八郎や旧臣たちも姿を見せなくなっていた。

十月に入ると、嫌でも信長の動向が耳に入るようになってきた。

上洛した信長は、畿内に勢力を振るう三好三人衆を鎧袖一触《がいしゅういっしょく》で打ち破り、わずか数日で京の周辺を制圧した。三人衆は本拠の阿波へ逃げ帰り、摂津の池田勝正、大和の松永久秀は人質を差し出して降伏している。

織田家の旭日昇天の勢いを見て、畿内の大名や国人はこぞって信長に帰順している。摂津芥《あく》川《た》に置かれた織田軍の本陣では、武士のみならず、商人や茶人、連歌師にいたるまで、信長に拝謁を願う者たちが列をなしているという。

その後、信長は堺の会合衆に対して二万貫の矢銭《やせん》（軍資金）を納めるよう求めてきたという。従わねば町を焼き払い、老若男女を問わず撫で斬りにするという、無法な要求だった。

堺の町に、俄《にわ》かに戦の匂いが漂いはじめた。

会合衆は牢人を雇い入れ、堺を囲む塀や堀を増強し、信長に対抗する構えを見せている。一度、牢人たちの指揮を執ってほしいと了珪に頼まれたが、龍興は丁重に断った。

「世話になっていながら申し訳ないが、その儀ばかりは引き受けられないのだ」

信長のやり口に怒りを覚えはしたが、龍興が再び敵対したと知れば、あの男は必ず堺に大軍を向けてくる。自分のせいで、この町を戦場にしたくはなかった。

「さようにございますか。これは、つまらぬことを申し上げてしまいました。どうか、お忘れください」

龍興の思いを汲んだのか、了珪は二度と同じことを口にしなかった。

それ以来なぜか、昔の夢をよく見るようになった。

戦場の夢だ。味方はわずかで、周囲を取り囲んだ数倍の敵は、盛んに弓や鉄砲を射掛けてくる。頭上を矢玉が掠《かす》め、兵たちが次々と血を流し、倒れていく。血に塗《まみ》れた刀を握り締めながら、龍興は敵陣を見据えていた。

目覚めた時、体を包んでいたのは恐怖ではなく興奮である。そんな自分を、龍興は持て余した。周囲の地形はどうか。敵のどこを衝けば、崩せるだろうか。夢の中でそんなことを考えている時、確かに自分は充実していた。

今の暮らしに、退屈を覚えないわけではない。信長に寝返った家臣たちも、あの竹中重治も、戦場に立って戦っている。そのことに、羨望に似た思いを抱くことさえある。それでも、二度と戦場に立つつもりはなかった。信じていた者に裏切られ、身近な者が命を落としていく。あんな思いは、二度としたくはない。

いずれ記憶は遠くなり、こんな夢も見なくなる。そう己に言い聞かせて、再び床に就くのが常だった。

三

龍興を大将とすることは諦めたものの、会合衆はさらに牢人を雇い入れることを決めた。町を囲む土塁や空堀《からぼり》はさらに堅固に造り直され、方々には物見櫓《ものみやぐら》も設けられている。

「いやはや、久方ぶりの戦の気配に、この老骨の血も騒ぎ申したわ」

普請《ふしん》の様子を見に行っていた道利が、戻るなり上気した顔で言う。

「見ているだけでは飽き足らず、柵の組み方など若い者に指南してまいりましたぞ」

「なるほど。これが、年寄りの冷や水というやつか」

感心したように言うと、道利は憮然とした。

「残念だが、戦になることはあるまい」

万に一つ信長が攻めてきても、柵もまともに組めない兵たちが太刀打ちできるはずもない。戦う前に蜘蛛《くも》の子を散らすように逃げるのが落ちだろう。

龍興は腰を上げた。

「どちらへ？」

付いてこようとする源太を手で制した。

「ひとりでよい。湊のほうに、ちと野暮用があってな」

「では、刀もお持ちください。あのあたりは、気の荒い者たちが多うございます」

頷《うなず》き、大小を腰に差した。このところ丸腰で出歩くことに慣れていたので、妙に重く感じられる。

船着場から南へしばらく歩いて土塁と堀の外側に出ると、粗末な家が身を寄せ合うように建ち並んでいた。このあたりには、荷揚げ人足や遊女、村を捨てた百姓といった貧しい者たちが多く暮らしている。龍興も足を踏み入れるのははじめてだった。

通りというより路地と呼ぶほうが相応《ふさわ》しい道には、まだ昼前だというのに路上に座り込んでいる者が多くいる。若者もいれば、体も満足に動かなそうな老人もいた。いずれも、酒を呑むか博打に興じるか、さもなくば呆《ほう》けたような顔つきで宙を見つめている。

そんな中にあって、上等な着物をまとい大小を差した龍興は明らかに浮いている。一歩足を進めるごとに、無数の視線が突き刺さる。

「お侍さん」

ひとりの女が、声をかけてきた。歳の頃は、三十前後だろうか。噎《む》せ返るような白粉《おしろい》の匂いが鼻を衝く。

「ちょっと遊んでいかん？　あんた、背も高いし男前だで、百文にまけといたげるわ」

どうやら、昼日中から客を引く遊女らしい。相場を知らないので、高いのか安いのかもわからない。

「悪いが、遊んでいる暇はないな。人を探している」

「へえ、どんな人？」

「可児平八郎という名の、美濃の貧しい牢人だ。歳は四十。いかつい顔つきで、口の周りに髭を蓄えた大柄な男だ」

女はしばし考えるような仕草をして、それから答えた。

「ひと月くらい前かな。その人かどうかわからんけど、似たような人に声かけたわ。しばらく立ち話したけど、結局、銭がないからって断られた」

「訛《なま》りはあったか？」

記憶の糸を手繰るように、女は小首を傾《かし》げる。

「うん、あった。たぶん、美濃訛りだと思う。うちも尾張の出だもんでわかる」

「住んでいる場所はわかるか？」

「確か、あそこの松林を抜けた先の浜辺のほう。故郷には海がないからって」

女は海のある方角を指差した。

礼を言い、巾着を取り出そうとすると、女に遮られた。

「ええわ、そんなの。あんまりこんなところで銭なんか出さんほうがええよ。誰が見とるかわからんでね」

「わかった。色々とすまないな」

「その代わり、今度たっぷり遊んでってな」

約束させられ、女と別れた。

しばらく歩くうちに、ひしめき合っていた人家が途切れた。教えられた松林を抜けると、視界いっぱいに海が広がる。彼方に淡路島が見え、大小の船が行き交っていた。

海辺に、一軒の掘っ立て小屋が建っている。元は漁師が使っていたのだろうが、見るからに古びていて、屋根などは少し強い風が吹けば呆気なく飛ばされそうだ。

小屋の外で、ひとりの若者が諸肌脱ぎで刀の素振りをしていた。

総髪を後ろで束ねた十五、六歳くらいの少年である。着ている物こそ粗末だが、ちゃんと脇差も帯びている。太刀筋も、なかなか鋭い。

「誰だ」

素振りをやめ、少年が鋭く誰何《すいか》した。

「ここに、可児平八郎という者はおるか？」

「父上に、何の用だ」

そういえば、息子がいると言っていた。見れば、確かに似ている。

痩せてはいるものの四肢は引き締まり、目つきも鋭い。腕に覚えがあるのだろう、今にも抜き打ちを見舞ってきそうな殺気を放ちながら、龍興を睨んでいる。

「怪しい者ではない。私は斎藤龍興と申す。平八郎の、かつての主だ」

上から下までねめつけ、若者からようやく殺気が消えた。それでも態度は素っ気なく、勝手に入れとばかりに板戸を開けて中に入っていく。

「俺は、平八郎の息子の才蔵だ」

手拭いで汗を拭きながら、少年がぶっきらぼうに名乗る。

才蔵が腰を下ろすと、龍興も筵《むしろ》が敷いてあるだけの床に座った。ところどころ穴の開いた壁には、平八郎の物らしい槍が一本立てかけられている。

「平八郎は、不在か」

才蔵は無言で頷く。

「そうか。仕事の口を紹介しようと思って来たのだが、出直すとしよう」

会合衆がさらに牢人を雇い入れることになれば、平八郎もそこに加わって、それなりの手当てが得られる。一時しのぎかもしれないが、いつまでも牢人暮らしを続けるよりも多少はましだろう。

狭い部屋には具足櫃《ぐそくびつ》がひとつ置いてあるきりで、調度の品はおろか、鍋や布団のような物さえ見当たらない。父子の困窮ぶりは、龍興の想像以上だった。

「些少《さしょう》だが、これで美味い物でも食うといい」

懐の巾着を床に置いて立ち上がる。

「明日、また来ると伝えてくれ」

そう言って、板戸に手をかけた刹那だった。いきなり、才蔵が巾着を壁に叩きつけた。硬い音とともに床に落ちた巾着から、中身の銀の粒がこぼれ出た。

「来たって無駄だ。父上は、もうこの世にはいねえ」

何かを押し殺したような、低い声だった。

振り返ると、怒りに満ちた視線が突き刺さる。

「いつだ？」

「十日前、病で。何の病かはわからねえが、薬を買うどころか、満足な飯も食えなかった。いくら父上でも、そんなんで病に勝てるわけがねえ」

あの頑丈そうな平八郎が、病で死んだ。一瞬信じられなかったが、この小屋の有り様を見ていれば、それも頷ける。

「そうか。知らなかったとはいえ、すまぬことをした」

「死んでも葬式すら出せねえ家臣がいるってのに、あんたは何だ。聞いたぞ。金持ちの家に住みついて、何不自由なく暮らしてるってな」

握り締めた両の拳が、小刻みに震えている。

「何が、美味い物でも食え、だ。ふざけるな。こんな暮らしをしてても、俺たちは犬や猫じゃねえ、れっきとした武士だ。憐れみや施しなんていらねえ！」

そこで一旦言葉を切ると、才蔵は口の端を吊り上げて哂《わら》った。

「そうか、わかったぞ。仕官の口を紹介しようってのも、自分が捨てた家臣の面倒を見るのが嫌で、他人に押しつけるつもりだったんだろ。違うか？」

暗い笑みを浮かべながら、呪詛《じゅそ》するような目で龍興を睨み据えている。

「親父は、銭や食い物が欲しかったんじゃねえ。戦って、自分の土地を取り戻したかっただけだ。そんなこともわからねえあんたは、もう武士じゃねえ」

龍興はその場に立ち尽くしたまま、何も言い返すことができずにいた。巾着を拾い、懐にしまい直す。

「出てけよ。二度と来るな」

かけるべき言葉など、ひとつとして思い浮かばない。龍興は無言のまま小屋を出た。

一際強い風が、海から吹きつける。背後で小屋ががたがたと揺れたが、振り返りはしなかった。

平八郎は、兵を挙げてくれと縋《すが》ってきたのではない。ともに戦おうと呼びかけに来たのだ。そして、自分はそれを無下《むげ》に断ったばかりか、憐れんで銭まで恵もうとした。武士の誇りを、踏み躙《にじ》った。

才蔵の言ったことはきっと、ひとつも間違ってはいない。

胸の奥底がひりひりと痛んだ。責めるような潮風に全身を打たれながら、来た道を引き返す。

松林の手前まで来たところで、龍興は足を止めた。林の中から、いくつかの視線を感じる。

身構え、目を凝らす。すぐに、いくつかの人影が林から飛び出してきた。先刻からずっと、龍興を待ち構えていたのだろう。

織田の手の者か。思ったが、いずれも若い。全員が才蔵と変わらない年格好で、身なりもみすぼらしかった。乱波《らっぱ》や忍びの類ではなさそうだが、七人といささか多い。

「お侍さん。えらい羽振りがええらしいな」

ひとりが、汚れた歯を見せて笑う。他の者よりは年嵩で、どうやらこの男が大将格らしい。残る者たちは、素早く龍興を囲んだ。手に手に刀や脇差、鉈《なた》といった得物《えもの》を握っている。

「懐の巾着、まだ持ってるやろ。ちょっと俺らにも見せてくれへんか？」

どうやら、遊女とのやり取りを見られていたらしい。自分の迂闊《うかつ》さに舌打ちしたい気分だった。

「ここは俺らの縄張りや。通行料払ってもらわな、通すわけにはいかへんのや」

にやにやと笑いながら、刀を抜く。数打ちの安物だが、腕には覚えがありそうだ。

どうしたものか、龍興は思案した。殺さずに斬り抜ける自信はない。しかも、この一年以上、斬り合いからは遠ざかっている。ここは大人しく、銭を渡したほうがよさそうだった。

「そうか。ならば仕方ないな」

懐の巾着を放った。受け取った大将格が、中身を確かめて口笛を吹く。

「では、通らせてもらうぞ」

「待った。これだけじゃ足らへんわ。その腰の物も置いてってもらおか。ずいぶんと立派な造りやさかい、ええ値で売れるやろ」

笑い声を上げかけた大将格が、いきなり驚愕の表情を浮かべた。その目は、龍興の背後に注がれている。直後、後ろからけたたましい悲鳴が聞こえた。

振り返る。悲鳴を上げ続ける少年の体を、槍が貫いていた。

その向こうから、才蔵が駆けてくるのが見えた。手には、抜き身が握られている。

「やれ！　ふたりとも、叩き斬ったれ！」

大将格が叫ぶ。その声に応え、ひとりが鉈を手に飛びかかってきた。

やむなく、龍興は抜き打ちを見舞った。鉈を握ったままの腕が宙を舞い、血飛沫《ちしぶき》が上がる。

ふたり目。今度は刀の峰で、首筋を打つ。同時に、大将格が横から斬りつけてきた。

なかなか鋭い打ち込みだった。後ろに跳んでかわすと、すかさず距離を詰めて突きを放ってくる。三度目の突きをかいくぐるようにして脇腹を狙うが、相手はしっかりと受け止めた。

相手の命など、気遣っている余裕はなかった。「汝、殺すべからず」と聖書は説くが、実践するのはなかなかに難しい。

距離を取り、正眼に構えて向き合った。若さに似ず、かなりできる。殺気が肌を打ち、全身の血が熱くなる。心のどこかで愉しんでいる自分を、龍興は確かに感じていた。

叫び声と同時に、踏み込んできた。沈み込むようにしてかわし、剣先を撥《は》ね上げる。腿を浅く斬っただけだ。怯《ひる》まず、上段から打ち込んでくる。龍興は下がらず、前に出た。

相手は意表を衝かれたようだった。すかさず懐にもぐり込み、胴を薙《な》ぐ。

重い手応えが、柄《つか》を通して伝わってくる。相手は腸《はらわた》を零《こぼ》れさせながら膝をつき、ゆっくりと前のめりに崩れていった。

才蔵はひとりを倒し、さらにもうひとりを袈裟懸《けさが》けに斬り伏せた。取りつかれたような形相で、倒れた相手に何度も刀を叩きつけている。

「ま、待ってくれ。斬らないで……」

残ったひとりは得物を捨て、跪《ひざまず》いて命乞いをする。ちょっと脅すだけで、手を出すつもりはなかった。こうでもしなければ、生きていけないからやった。

よく見れば、まだ十二、三歳くらいの童だ。龍興は顎をしゃくった。

「行け」

童は立ち上がり、林の中へと逃げていく。

視界の片隅で、才蔵が動いた。龍興は、童を追って駆け出した才蔵の行く手を塞ぐ。

「もういいだろう。これ以上、無駄な血は流すな」

才蔵は肩で息をしながらうなだれる。それから顔を歪め、刀を握ったままの右手をぶんぶんと振り回した。柄から、手が離れないのだろう。

自分の刀を納めながら、龍興は訊ねた。

「人を斬るのははじめてだったのか？」

自分にも経験がある。はじめて人を斬った時には、指が強張《こわば》って言うことを聞かなかった。

「焦ることはない。左手で、ゆっくり一本ずつ開いていけばいい」

ようやく手は柄から離れたものの、刀はぼろぼろだった。刀身が曲がり、鞘にも納まらない。

才蔵は、悔しげな表情で刀を投げ棄てた。

「私を助けたわけではなかろう。人を、斬ってみたかったのか？」

自分が斬った少年の屍《しかばね》を見つめながら、虚《うつ》ろな目で頷く。

「俺は、戦に出なきゃならねえ。だから、殺せるかどうか試した。それだけだ」

「何のために、戦に出る」

「決まってる。信長の野郎をぶっ殺して、父上の領地を取り戻すんだ」

「信長は強いぞ。本当に勝てると思っているのか？」

「勝てるかどうかなんて、どうだっていい。あんたが起《た》たなくても、俺は仲間を集めて、信長を討つ」

　才蔵の目は真剣そのものだった。挙兵を訴えた平八郎の目と、よく似ている。

　龍興は大きく息をつき、拾い上げた槍を眺めた。穂先から血を滴らせてはいるが、刃毀《はこぼ》れひとつない。

　薬も買えないような困窮の中にあって、平八郎は最期まで、槍も具足も刀も手放そうとはしなかった。いつか、再び戦場に立つことを夢見ながら死んでいったのだろう。

「いい槍だな」

「ああ。父上が命より大事にしていた槍だ」

「大切にいたせ。刀は、私が新しい物を買ってやる」

「言ったはずだ。あんたの施しなんて……」

「勘違いするな、施しではない。軍勢の中に刀も持たない者がいては、大将まで見くびられてしまうからな」

　怪訝《けげん》そうに、才蔵が眉をひそめた。

四

屋敷に帰ると、その足で了珪の居室を訪れた。

いきなり床に両手をつくと、さすがの了珪も驚いた。

「いかがなされました、突然そのような」

「すまぬが、銭を用立ててもらいたい」

窺《うかが》うような視線が、じっと注がれる。

「散り散りになった家臣たちを集め、鉄砲と玉薬を購う。そのための銭だ」

「そうですか。とうとうお起ちになられますか」

さして意外そうな顔もせず、了珪は微笑した。

「このまま市井《しせい》に埋もれてゆくお方とは、思うておりませんでしたよ」

「堺を戦場にするつもりはない。無論、そなたの名も出さぬ。堺の意向とは別物の戦と考えてくれ」

「しかし、どうやって戦うおつもりです。申し上げるまでもありませんが、織田家は強大です」

「いかに信長とて、いつまでも大軍とともに京に留まっているわけにはいくまい。信長が岐阜に戻り、京が手薄になったところを衝き、公方さまの身柄を押さえる」

「公方さまを？」

「今の信長の勢威は、公方さまを擁していることによる。公方さまを押さえて信長打倒の檄を出させれば、風に靡《なび》く畿内の国人衆はある程度味方につけられるはずだ」

「しかし、公方さまがそのような要求に応じられるでしょうか」

「応じねば、刀でも突きつければいい」

何でもないことのように答えると、了珪はにやりと笑った。

「わかりました。私どもも、でき得る限りお力添えいたしましょう」

一千の兵と鉄砲百挺、必要な分の兵糧《ひょうろう》や玉薬。それらの提供を、了珪は約束した。日比屋としてではなく、会合衆からの全面的な援助である。

龍興は礼を言って、自室に戻った。

「信長を討ち、美濃を我らの手に取り戻す」

道利と源太を呼んで宣言すると、ふたりは一瞬顔を見合わせた。

「お館さま、よくぞご決断くださいました。この時を、どれほど待ちわびていたことか……」

道利の声が、そのまま嗚咽《おえつ》に変わっていく。源太も、満足げに何度も頷いている。

「泣いている暇はないぞ、道利。そなたには、すぐに阿波へ使いに出てもらう。三好三人衆に、共闘を申し入れるのだ」

「ははっ」

了珪からの情報では、三人衆は兵を集め、虎視《こし》眈々《たんたん》と反攻の機を窺っているという。どれほど当てになるかはわからないが、龍興単独では今の信長とまともに戦えるはずもない。

「私は、各地に散った旧臣たちに書状を認《したた》める。源太は、堺にいる旧臣を集めてくれ」

「承知」

ふたりは一礼し、部屋を出ていく。

龍興は、書状を認め終えると教会へ向かった。

すでに日は傾き、空の半分は藍色に染まっている。冬は間近で、すっかり葉を落とした木々は、寒風に吹かれて震えているようにも見えた。ずいぶんと冷え込んでいるが、それでも子供たちは元気に遊び回っている。

事の推移によっては、この子らも織田軍によって撫で斬りにされる。ヴィレラや信徒たちも、あの気のいい遊女も。

子供たちが龍興を見つけ、駆け寄ってくる。

「龍興さま。今日は修業はせえへんの？」

「ああ、あれはもう終わりだ。どうも私は、油売りには向いていないらしい」

「何や、今頃気ぃつかはったんかい」

けらけらと笑う子供たちにつられ、龍興も笑った。

たぶん本当は、心のどこかで気づいていた。自分には、武士以外の生き方はできないと。

「御免」

教会の入り口に立ち、声をかけた。

ヴィレラは、イエスの像に向かって手を組み、片膝をついて頭《こうべ》を垂れている。龍興は祈りが終わるのを待った。

庭ではしゃぐ子供たちの声は、いつの間にか聞こえなくなっていた。教会の聖堂にはいつもと同じ静謐《せいひつ》な気が漂い、外とは違う世界にいるような錯覚を覚える。

祈りを終えたヴィレラが立ち上がり、振り返った。

「……これはサイトウさま。おいででしたか」

「これを、返しにまいった。私にはもう、必要のないものだ」

懐から取り出した聖書を差し出す。

しばしの間、ヴィレラは受け取った聖書に視線を落とした。

「すまんな。何度も読んだので、ずいぶんとくたびれてしまっている」

小さく首を振り、ヴィレラは顔を上げた。

「戦に、お出になられるのですね」

口ぶりは普段と変わらない穏やかさだが、かすかに諦めの色を滲《にじ》ませている。

「せっかく剣を鞘に納められたというのに、再び抜かれるのですか？」

「愚かだと思うか？」

「そうは申しません。ですが、とても悲しいことです」

窓から差し込む夕陽のせいで、その表情はよくわからない。

龍興はふと、聖堂の中を見回した。

ここにいれば、神の祝福を受けながら穏やかな一生を過ごせるのかもしれない。だが、一歩外に出れば、この国は戦と死の臭《にお》いに満ちているのだ。

「ヴィレラ殿。貴殿は、人は神によって祝福された存在だと言う。しかし、人の世にはあらゆる不幸が蔓延《はびこ》っている。何ら報われることなく病に倒れる者。他人から奪わなければ生きられない者。人を斬る修練を日夜重ねる者。これが本当に、神によって祝福される存在か？」

「人は罪深きがゆえに、神によって救われるのです。この世で深い苦しみを味わった者こそ、神の下に召された後に大いなる幸福を手に入れることでしょう」

「殺し合いの中に喜びを見出すような愚かな人間でも、か？」

ほんの束の間、ヴィレラの表情が強張る。だが、すぐに確信に満ちた声で答えた。

「神の愛は、全ての者に等しく注がれます」

訴えかけるような視線を、龍興は目を逸《そ》らさずに受け止める。

「ヴィレラ殿。そなたは変わらず、神の愛を説けばいい。だが私は、誰も見たことのない神に縋るより、今この世に生きる人々を救いたい」

自分にできることなど、たかが知れている。行き場のない旧臣たちに生きる場を与え、ともに戦うことくらいのものだ。

それが、死んだ後の幸福を願って祈りを捧げるよりも、今やるべきことだと思える。

立ち上がり背を向けた龍興の耳に、ヴィレラの悲しげな声が響く。

「剣を取る者は皆、剣に滅びます」

龍興は束の間足を止めた。

あれこれと理由をつけていても、本当は、自分がこの穏やかな日々に耐えられなくなっただけなのかもしれない。戦場に立って、思う存分剣を振るいたいだけなのかもしれない。

だとしても、やることは変わらない。

「承知の上だ」

振り返らず、答えた。

ここを出れば、二度と帰ることはない。躊躇《ためら》いを振り払うように戸を開くと、冷たい風が頬を撫でた。

すでに家に戻ったのか、子供たちの姿はない。落ち葉が散り敷いた庭を夕陽が照らし、一面を紅く染め上げている。

血の色に似ている。そう思いながら、龍興は足を踏み出した。

第五章　暁の軍師

一

新年を迎えた京の都に鳴り響く早鐘は、いかにも無粋で不似合いだった。薄っすらと雪の積もる都大路では、武装した人馬がひっきりなしに行き交っている。

久方ぶりの戦に、竹中重治の心は浮き立っていた。具足と厚手の陣羽織を着込んでいても、我知らず足取りが軽くなる。

この正月で、重治は二十六歳になった。織田家に仕官して二年以上になるが、美濃攻略の後は大きな合戦もなく、いまだ目立った武功は立てていない。

「麾下《きか》の軍勢千五百、全員集まりましてございます」

重治の報告に、木下藤吉郎秀吉は床几《しょうぎ》から腰を上げた。

上京《かみぎょう》の東の外れに構えた、京奉行屋敷である。秀吉は、三好三人衆を破り畿内を制した織田信長から都の差配を任せられていた。

「では、直ちに出陣じゃ。急ごうぞ」

「いえ、出陣は深更がよろしいかと」

「なぜじゃ。早うせねば、公方《くぼう》さまが……」

秀吉は今にも泣き出しそうな顔で訴える。

永禄《えいろく》十二年（一五六九）一月五日、本拠の阿波に逃れていた三好三人衆の軍勢が京に侵入し、信長が擁する将軍足利義昭の宿所京都本圀寺《ほんこくじ》を包囲した。信長とその配下の大軍が岐阜へ戻ったところを見計らっての挙兵である。

本圀寺の守兵は、明智光秀の指揮する幕府奉公衆《ほうこうしゅう》を中心とした一千余。対する三好勢は、五千とも八千とも言われていた。

秀吉の本領は調略や交渉事であって、武功で出世してきたわけではない。数倍の敵を前に、明らかに腰が引けていた。それでも出陣を急ごうとするのは、義昭が討たれた時の信長の怒りを恐れてのことである。

「公方さまの身に万一のことがあれば、わしの首も胴から離れてしまう。わしは、公方さまと心中なんぞしとうないぞ」

秀吉の皺だらけの猿顔は、気の毒なほどに青褪《あおざ》めている。

足利幕府再興の名のもとに上洛した信長にとって、義昭の存在は大義名分そのものである。その義昭が正式に将軍に任官されたのは、わずかふた月前のことだ。就任したばかりの将軍が討たれたとあっては、義昭を後見する信長の面目は丸潰れとなる。

「ご安心召されよ。本圀寺は堀や高い塀に囲まれた、そこらの小城よりもずっと堅固な寺。千の兵があれば、今夜いっぱいは持ち堪《こた》えましょう。物見の報告でも、敵はいまだ境内《けいだい》に踏み込めずにおりまする」

「しかし、夜まで待って何とする？」

「今夜のうちにも摂津、河内のお味方が京に達します。敵は多数の兵を割いて迎撃に向かうでしょう」

三好勢の動きは、三日前からすでに察知していた。周辺の織田方には、早馬で後詰《ごづめ》を要請してある。

「そして手薄になった包囲の軍を我らが襲う、か」

「ご明察」

「なるほど、見事なものじゃ。あの稲葉山城をわずかな手勢で落としたのも頷《うなず》ける」

秀吉は素直に感嘆の表情を浮かべた。

「阿波から京への行軍と戦、そして寒さに疲弊した敵ならば、我らのみでも十分に勝算があります。手柄は、木下さまと明智殿で分け合うことになりましょう」

そこまで言うと、ようやく秀吉は納得したようだった。織田家中では成り上がり者と見られている秀吉は、戦場での手柄を喉から手が出るほど欲しがっている。それは、重治にとっても同じだった。秀吉の武功は、そのまま軍師である自らの評価に繫《つな》がる。

夜が更けるまで兵たちに十分な暖を取らせ、出陣した。千生瓢簞《せんなりびょうたん》の馬印を掲げ、高倉大路を粛々と進む。

本圀寺の北へ出た頃には、東の空が薄っすらと明るくなっていた。周辺の民家は打ち壊され、敵陣の篝火《かがりび》が闇の中に点々と浮かんで見える。だが、その数は少ない。予想通り、敵は半数を桂川方面に向かわせ、援軍の迎撃にあたらせている。

「木下さま」

頷き、秀吉は采配を振った。

「かかれぇっ！」

銃声が轟《とどろ》き、唸《うな》りを上げて矢が飛ぶ。瞬く間に、敵陣に混乱が広がっていく。早くも得物《えもの》を捨てて逃げ出す兵が出ている。やはり、敵は寄せ集めで士気も高くはない。夜明け前の冷え込みで、動きも鈍い。

間を置かず、全軍で突撃を開始した。陣形を立て直す暇もなく、敵は敗走に移った。

「追撃だ。手柄の稼ぎ時ぞ！」

秀吉の声に、将兵は歓喜の声を上げた。隊伍を整え、西へ向かって逃げる敵を追う。追撃戦ほど容易《たやす》い戦はない。弱兵揃いの織田兵でも、手柄はいくらでも挙げられる。

だが、前衛が敵の最後尾に雪崩《なだ》れ込んだ時、右手の雑木林から突如轟音《ごうおん》が響いた。味方がばたばたと倒れ、重治の周囲でも悲鳴が上がる。

不意を衝かれ混乱するこちらに向かって、一千ほどの敵が向かってくる。鋒矢《ほうし》の陣。まるで、自軍の敗走を予期していたかのような動きだった。

秀吉は軍を止め、陣を組み直した。ぶつかる。一瞬で、容易な敵ではないとわかった。他の敵とは、士気も練度も段違いだ。数では勝っているものの、このままでは犠牲が大き過ぎる。

「木下さま、ここは一旦退《ひ》くべきです！」

「……わかった」

砂を噛むような険しい顔つきで、秀吉が後退を下知《げち》した。半町ほど下がり、陣を組み直す。敵もそのまま、敗走する自軍を護衛するような位置を取りながら後退していく。深追いしてくるようなら、反撃の手立ては考えてあった。だが、それを見越したような鮮やかな引き際だった。

日の光が、夜の闇をあらかた追い払っていた。あの軍勢を指揮していたのは何者なのか。敵の旗印に重治は目を凝らした。

二頭立波《にとうたつなみ》。美濃斎藤家の旗。

「あの男か」

思わず、手綱を握る手に力が籠った。奥歯を噛み締めながら、遠ざかる旗を睨みつける。

斎藤龍興《たつおき》。稲葉山落城後に伊勢長島へ落ち延びたと聞いたが、その後の消息は絶えて久しい。どこへ消えたのかと思えば、またしても自分の前に立ちはだかっていた。かつては美濃一国の主を目前にした重治を完膚なきまでに打ち破り、今また手柄を立てる機会を叩き潰した。自分とあの男は、よほどの因縁で結ばれているらしい。

まあいい。いずれ決着はつけてやる。朝焼けの中、遠ざかっていく旗を見つめながら、心の中で呟《つぶや》いた。


一月八日、信長がわずかな供廻りを引き連れ京に入った。通常三日かかる行程を二日で走破するという強行軍である。

三好勢は、摂津からの援兵を桂川で迎え撃ったものの惨敗、堺へと敗走していった。すでに阿波へ逃れたとの情報もある。京は周辺から駆けつけた織田方の軍勢で埋め尽くされ、三好残党の狩り出しもすでに終えていた。

諸将の出迎えを受けた信長は本圀寺に入るや、寺を守り抜いた明智光秀の功績を褒め称えた。

光秀は巧みな采配で三好勢に損耗を強い、時には自ら櫓《やぐら》に登り、鉄砲で敵の騎馬武者を撃ち倒したという。誰がどう見ても、今回の一番手柄は光秀だった。

その一方で、秀吉に対しては何の沙汰《さた》もなかった。

今にして思えば、義昭は単なる餌にすぎなかった。信長は三好の勢力を壊滅させるため、わざと京を手薄にしたのだろう。せっかく洛中に引き入れた三人衆を取り逃がした秀吉に、恩賞が出るはずもなかった。それは、重治の読みの甘さが招いた結果でもある。

「我らも身を粉《こ》にして働いたというのに、恩賞どころかお褒めの言葉もなしか！」

盃を叩きつけ、吠えるように言ったのは蜂須賀小六《ころく》だった。秀吉とは古い付き合いで、頭数の少ない木下家臣団の中では筆頭の位置にある。広間で車座を作る他の家臣たちも、酔いに任せて口々に信長への不満をぶちまける。

規律も何もあったものではない。まるで、野伏せりが集まって酒を呑んでいるように見える。秀吉の与力となって二年以上になるが、いまだにこうした雰囲気に慣れることができない。重治は車座には加わらず、広間の隅に座って手酌で呑んでいた。

「そう申すな、小六どん。公方さまがご無事だっただけでもよかったではないか。明智殿の奮戦がなければ、兄者《あにじゃ》の首も飛んでおったやもしれんぞ」

やんわりと窘《たしな》めるのは、秀吉の弟の小一郎秀長である。ほんの数年前まで故郷の中村で百姓をしていたらしく、親しみやすい人柄で家中の信望は篤い。

「明智光秀か」

秀吉は溜息をつくように漏らし、強くもない酒を呷《あお》った。酔いが回り赤くなったその顔には、まさしく猿という渾名《あだな》が相応《ふさわ》しい。

「これで、お館《やかた》さまの覚えもめでとうなった。ちょっと前までただの牢人じゃったというに、公方さまに召し抱えられたおかげで大した出世よ。やはり、名門の生まれは違うのう」

光秀は美濃源氏の名門土岐《とき》家の流れで、かつては斎藤道三《どうさん》の家臣だった。道三が息子の義龍《よしたつ》に討たれた際に美濃を出て、それからは諸国を流浪していたという。

「そう愚痴るな、兄者。氏素性がなければ、次の戦で手柄を立てりゃあええ」

「そうじゃそうじゃ、ここにいる者たちは皆、藤吉郎の才覚を見込んで集まってきた者たちよ。竹中殿という優れた軍師もついておるのじゃ。お主はいずれ、明智 某《なにがし》なんぞよりも大きゅうなる。わしらはそう、信じておる」

「そうか。すまんのう……。わしも、皆のことを頼みに思うておるぞ」

秀吉の涙声に、重治は鼻白む思いだった。この連中はなぜ、ここまで互いを信頼し合えるのだろう。今回の失態は、自分の読みが甘かったせいでもある。それを責めようともしないばかりか、頼みにしているという。

立身出世がしたいのならば、他に見込みのありそうな部将はいくらでもいる。重治が秀吉のもとで力を尽くしているのも、軍略家としての己の名を天下に知らしめるためだ。

だが、小六たちは秀吉を信じ、わずかな禄にも文句ひとつ言わない。秀吉も、家臣たちを信頼しきっているようだった。

信じた相手に裏切られて敗れていった者を、重治は嫌というほど見てきた。道三は息子に殺され、孫の龍興は家臣である重治に城を追われた。そして重治自身も、味方の裏切りに遭って敗れている。

「ああ、お寧《ね》に会いたいのう……」

秀吉は遠い目で妻の名を口にした。京奉行に任じられたとはいえ、織田家が京を制してまだ日は浅く、妻子を呼べる状況ではない。そのため、屋敷はむさ苦しい男所帯である。

「辛気臭いのう。よし、祇園の女郎屋にでも繰り出すか！」

「そりゃええなあ、小六どん。久しぶりに馬鹿騒ぎじゃ！」

妻を恋しがっていたことなど一瞬で忘れたように、秀吉が立ち上がった。一同からは、猥雑な喝采が上がる。

「竹中殿もいかがじゃ。たまにはよかろう？」

「いえ、私は遠慮しておきます」

「そうか、残念じゃのう」

口ではそう言いながらも、頬はだらしなく緩んでいる。秀吉は家臣たちを引き連れてぞろぞろと出ていった。

ようやく解き放たれた。静けさを取り戻した屋敷で重治はひとり、次の戦に思いを馳せる。

二

桜の花が残らず散り、新緑に覆われた山々の麓に、その町はあった。

東西を高い山に守られた南北に細長い谷の中に、家並みが続いている。谷の入り口は高い土塁と堅牢な門で閉ざされ、町全体がひとつの城の形をなしていた。数万の大軍をもってしても、落とすのは容易ではないだろう。

斎藤龍興は、越前朝倉家の首府一乗谷《いちじょうだに》にある、朝倉館常御殿《つねごてん》の大広間にいた。金箔の鏤《ちりば》められた屛風や名のある絵師が手がけたと見える襖絵《ふすまえ》を見ただけで、朝倉家の富裕は見て取れる。庭も屋内も気品が漂い、京の公家屋敷だと言われても頷ける。

本圀寺での戦から、一年とふた月が過ぎ、龍興は二十三歳になっていた。

あの戦は、初手から敗北が決まっていた。信長はいまだ勢力を保つ三好三人衆を討つため、壮大な罠を仕掛けたのだ。龍興も三人衆も、まんまとその罠に嵌《は》まった。それほどの損害を出さずに戦場を逃れられたのはほとんど奇跡に近い。

敗戦の後、龍興は三好三人衆とともに阿波に逃れた。兵を鍛えながら再起の機を窺《うかが》っているものの、龍興は三人衆の力量はすでに見限っている。

居場所を失った家臣のため、美濃を取り戻す。そう意気込んでみたところで、尾張、美濃、近江と北伊勢に加えて畿内五ヶ国を押さえる信長の兵力は、おそらく十万に近い。龍興と三人衆だけで太刀打ちできる相手ではなかった。

今は、ひとりでも味方を増やさなければならない。そう考えた龍興が訪れたのが、越前朝倉家である。信長にとっても、二万の精兵を擁する朝倉は目障りな存在だろう。

「お待たせいたした」

おっとりとした声で言うと、朝倉義景は上段の間に腰を下ろした。左右には、朝倉家の重臣たちが居並んでいる。

「こちらこそ、突然の訪《おとな》いに時を割いていただき、かたじけのう存じまする」

型通りの挨拶を述べ、上座に座る男を上目遣いで眺めた。

当年三十八。肉付きは豊かで、その双眸《そうぼう》に鋭さはまったく見られない。瓜実顔《うりざねがお》に柔らかな微笑を浮かべる様は、武人らしさとはほど遠かった。戦を好まず文事に耽《ふけ》る暗愚の将という評判も、この風貌では納得がいく。

「して、前美濃《さきの》国主自らおでましになられたは、いかなる用向きにござろうか」

ふくよかな頬に笑みを湛《たた》えたまま、義景が切り出す。国を失い、今や一介の牢人にすぎない龍興に対しても、高圧的なところはない。

「すでに、お察しはついておられましょう。天下に害悪をもたらす逆賊織田弾正忠《だんじょうのじょう》信長を誅せんがための盟約を結びたく、こうして参上仕《つかまつ》った次第」

左右に居並ぶ重臣たちの何人かが、失笑を漏らした。構わず、龍興は義景ひとりに視線を注ぐ。

「盟約を結んだとして、貴殿はそれからいかがいたすおつもりか」

「御家が義昭公の名のもとに反信長の旗幟《きし》を鮮明にされれば、今は織田に与《くみ》する浅井《あざい》家も離反いたしましょう。朝倉、浅井に向き合う信長の背後を、四国より打って出た我らが衝きまする」

「そうなれば、畿内はもとより近江、越前までが戦乱の巷《ちまた》と化す。天下の庶人にとっては、甚《はなは》だ迷惑なことじゃ」

「御家にも、公方さまより御内書がまいっておりましょう。信長を討つは、公方さまのご意思。すなわち、天下の意思にござる」

本圀寺での合戦以来、足利義昭は密《ひそ》かに信長を討てとの密書を諸国に送っている。征夷大将軍という地位に就いたにもかかわらず、信長に実権の全てを握られることに我慢がならなくなったのだろう。

それに対して信長は、殿中御掟《でんちゅうおんおきて》と称する二十一ヶ条に及ぶ掟書を義昭に突きつけた。政《まつりごと》は信長に任せ、義昭は禁裏の儀式などに専念しろという内容である。義昭は表向き承認したものの、信長との溝は決定的に深まっている。

「その公方さまを襲い、害し奉らんとしたのはどなたであったかな？」

家臣のひとりが言うと、何人かが追従《ついしょう》の笑い声を上げた。

「本圀寺を襲ったは、義昭公を信長の手からお救いせんがため。信長が義昭公を担いで天下に己《おの》が威を示そうと目論んでおることは明白にござろう」

一同を見渡しながら、龍興は続ける。

「御家はすでに、信長が上洛後に出した上洛要請を黙殺された。すなわち、越前朝倉家は信長に敵対すると天下に表明したも同然。手を拱《こまね》いていては、いずれこの一乗谷は信長の手に落ちましょうぞ」

「精強を謳《うた》われた我が軍が、織田の弱兵に負けると？」

「信長という男を甘く見られぬことだ。あの男の恐ろしさは、誰よりも私が知っており申す」

見据える目に力を籠めると、その家臣たちは口を噤《つぐ》んだ。

「斎藤殿」

それまで黙っていた義景が口を開く。

「わしとて、信長の専横を快く思うているわけではない。されど、家臣や領民を戦に駆り立てるつもりもないのだ」

「では、信長が攻めてまいったらいかがなされるおつもりか。信長は今、京で密かに戦仕度を進めておるとの情報もございます。若狭を攻めると称してはいますが、諸事を勘案すれば、狙いが越前であるのは明白」

「攻めてくるならば戦う。必要があるのなら、貴殿や三好とも手を組もう。だが、自ら流血の巷に飛び込むつもりは毛頭ござらぬ」

重臣たちが、我が意を得たりと頷く。万事に腰が重いのは、義景だけでなく、この連中も同じらしい。

「守るばかりでは勝てませぬ。それがしも、美濃を守ることのみに専念し、こうして国を追われ申した」

「守ることがすなわち攻めにもなる。そのような局面も、戦にはござろう。信長が攻め寄せてきたその時こそ、かの者の最期。この越前が信長の死に場所となろう」

義景の顔から、すでに笑みは消えている。その目の奥に、一瞬だけ鋭い光がよぎった。

「何か、策がおありなのですか」

「なんなら、斎藤殿も我が陣に加わり、信長の最期を見届けられてはいかがかな？」

再び微笑しながら、義景が言う。龍興はふと、この男の策がどんなものか見てみたくなった。

「それでは、お言葉に甘えさせていただきましょう」

「よろしい。斎藤殿にはしばらくこの一乗谷に滞在していただく。皆の者、異存はないな？」

義景の言葉を聞きながら、龍興は認識を改めた。何を企んでいるのかはわからないが、この男は巷間《こうかん》に噂されるほど暗愚な太守ではない。自身の器量を知り、できることとできないことをしっかりと見定めている。

「わしの力量では、越前一国を保つのがやっと。我が意思は、この越前と領民を守ることのみにある」

最初の印象とはまるで違う毅然とした声音で、義景は述べた。

「龍興さま」

広間を退出して控えの間に戻ると、富沢主膳が出迎えた。

主膳はかつての龍興の旗本で、稲葉山陥落後は伝手《つて》を頼って朝倉家に仕官していた。不惑を過ぎ、武功にも縁がないが、和歌や絵画に通じる教養と温厚な人柄を義景に気に入られているらしく、今回の会見にこぎつけられたのも主膳の骨折りがあったからこそだった。

「いかがでございました？」

不安げな面持ちで訊ねる主膳に、龍興は首を振る。

「わかったことがひとつある。朝倉殿は、かつての私に似ている」

言うと、主膳は小さく頷いた。

朝倉館を出ると、小牧源太や可児《かに》才蔵ら数名の供を連れて主膳の屋敷に向かった。才蔵は本圀寺での戦でも、初陣ながら見事な戦いぶりを見せていた。

辿《たど》り着いたのは、どこの百姓家かと思うほど小さな屋敷だった。義景のお気に入りといっても、暮らしに余裕を持てるほどの禄は得ていないのだろう。

その夜、主膳から酒肴のもてなしを受けた。源太たちも、別室で酒を振る舞われている。料理は川魚の焼き物や山菜の煮物といった質素なものだが、味は良い。心の籠ったもてなしに、慣れない交渉事に疲れた心身が癒される心地だった。

「このたびは、お力になれず申し訳ございませぬ」

主膳が頭を下げながら酌をする。

「なんの。無理な願いを聞き入れてくれた。感謝いたす」

「はっ、もったいなきお言葉にございます。それにしても、我が屋敷に龍興さまをお迎えすることになるとは、思うてもみぬことでした」

「まこと、人の世はわからぬものだな」

家臣の中でも、主膳は取り立てて目立つほうではなかった。言葉を交わしたことも、数えるほどしかない。

「長井さまはお元気にしておられますか？」

「ああ。歳のせいか、ますます小言が多くなって困る」

「それは、相変わらずでございますな」

主膳は懐かしそうに笑った。この歳で新参者として他家に仕えるのは気苦労も多いのだろう。どこか寂しげな面持ちだった。

しばらくとりとめのない話をしながら盃を交わした。米と水がいいのか、越前の酒はなかなか美味い。ついつい盃を重ねるうちに酔いが回り、視界がぼんやりと歪みはじめた。

「さあさ、どんどんお呑みくだされ。かつての美濃国主ともあろうお方が、これしきの酒で潰れるはずはありますまい」

主膳も相当に酔っているのか、すっかり饒舌になっている。しかも、かなり酒癖が悪い。

「おや、空になってしまいましたな。おおい、誰か」

主膳が手を叩いて新しい酒を命じると、やがて襖の向こうから女の声が聞こえた。

「お酒をお持ちいたしました」

静かに襖が開き、若い娘が頭を下げる。

「これなるは我が娘の加代にございます。これ、龍興さまにご挨拶を」

主膳に促され、加代と呼ばれた娘が顔を上げる。その瞬間、龍興は夢の中にいるような錯覚に陥った。

目の前になぜか、りつがいる。

いや、りつは六年前に死んだはずだ。こんなところにいるはずがない。酒で濁った頭で思い直し、改めて加代の顔を眺める。やはり、他人とは思えないほどよく似ていた。

「加代にございます。酒癖の悪い父で申し訳ございません」

「これ、余計なことを申すでない」

「余計なことではありますまい。ほどほどにしておかないと、明日になってまた後悔いたしますよ」

母に窘められた子供のように、主膳は口をへの字に曲げる。

「料理は、お口に合いましたでしょうか？」

「これは、そなたが？」

「はい。このような暮らしぶりゆえ、大した物もお出しできませんが……」

「いや、美味かった。礼を申す」

「そうですか。ようございました」

加代は心から嬉しそうに、顔を綻ばせた。

貧しさを感じさせない明るい声は、りつとはあまり似ていない。りつがその目に帯びていた愁いや孤独も、加代とは無縁のものに思える。

「……龍興さま、いかがなさいました？」

主膳の声が、いきなり耳に飛び込んできた。

「いや、何でもない」

加代に見惚《みと》れていたのだと気づき、慌てて視線を逸《そ》らす。

「別室に床を用意してあります。父は放っておいても構いませんので、お疲れでしたらお休みになってくださいませ」

「あ、ああ」

動揺を押し隠し、曖昧に頷いた。加代はてきぱきと空いた食器を盆に載せていく。

「それでは、ごゆるりと」

邪気のない笑顔を浮かべて、加代は退出していった。

「五年前に妻に先立たれてからというもの、加代はずっと、幼い弟や妹の母親代わりを務めようと励んでおります」

茶でも啜《すす》るように盃を舐めながら、主膳が言った。主膳には他に、十歳の息子と七歳になる娘がいるという。

「おかげで何かと助かってはおりますが、十八になっても縁談を断り続ける娘を見ておると、父としてはいささか心配にもなりまする」

その目は半分閉じかけ、呂律《ろれつ》も回っていない。

龍興は加代の顔を思い浮かべ、あれは別人なのだと自分に言い聞かせた。

三

入梅を目前に控えた京は、岐阜とは比べ物にならないほどの蒸し暑さだった。

やはりこの町は苦手だと、竹中重治は思った。夏は蒸し風呂の中にいるような熱気に覆われ、冬はつま先が痺《しび》れるほど冷え込む。京に上ってずいぶん経つが、暑さも寒さも慣れることがない。

半年ほど前に、京奉行屋敷の近くに小さな屋敷を与えられた。政情もある程度落ち着いてきたので、昨年の暮れには妻子も呼び寄せた。

重治は居室に籠り、床に広げた絵図を睨んだ。京から近江、若狭、越前までを描いたものだ。主な街道や城、砦《とりで》にいたるまで、知り得る限りの情報が詳細に描き込まれている。

「やはり、越前か」

二月二十日に上洛した信長は、周到に戦仕度を進めていた。新しい将軍御所の落成を祝う能を主催し、それを名目に三河の徳川家康、大和の松永久秀といった与力の大名を、配下の兵とともに呼び寄せた。今、洛中に集結した織田方の兵は、三万を大きく超えている。そして今日、若狭の武藤友益討伐のために出陣すると全軍に伝えられた。出陣は、四月二十日である。

武藤友益など、取るに足りない弱小大名にすぎない。三万もの大軍を動かして討つほどの相手ではなかった。狙いは越前、朝倉家。それは間違いない。

畿内近国で最大の兵力を有する朝倉家は、信長の上洛要請を今も黙殺し続けている。これを放置しておくほど、信長は寛容な男ではない。

そして、ここまで周到に準備を進め、若狭攻めという虚報まで流しているのは、朝倉に対する工作というよりも、小谷《おだに》の浅井長政に出兵を悟られないためだろう。

信長の妹市を娶《めと》り、これまで忠実な同盟者であった浅井長政だが、朝倉家とも古くからの盟友関係にある。数代にわたるその絆は、織田家とのものよりもずっと深い。信長は長政に対し、独断で朝倉を攻めることはしないと約束していた。それを反古《ほご》にすれば、浅井の離反もあり得る。

それを承知の上で出兵を強行するのは、長政が態度を決する前に朝倉を滅ぼせると踏んでいるのか、それとも、よほど義弟を信頼しているのか。もしも後者だとすれば、信長らしからぬ甘さだった。信長ほど、他人を信じるという行いが似合わない男もいない。

それでも、重治は浅井の離反はないと読んでいた。織田と朝倉では、時の勢いがまるで違う。朝倉についたところで、浅井に利はない。

どちらにしろ、どれほど早く一乗谷に攻め入り、義景の首を奪《と》れるかが此度《こたび》の戦の鍵となる。

そこで、自分が手柄を立てるにはどうすればいいか。

思案を断ち切るように、縁側から小刻みな足音が響いてきた。

「父上、見て！」

いきなり襖を開けて、奈々が飛び込んできた。この正月で六歳になった、重治の娘である。

「勝手に入るなと何度申したら……」

「奈々が書いたの。上手でしょう？」

父の言葉に耳を貸さず、ほとんど真っ黒に染まった半紙を突き出して誇らしげに胸を張る。紙面からはみ出しそうな勢いで書かれた太く大きな文字は、何と書かれているのかも定かではない。

「う、うむ。これはなかなかのものだな」

我が子は厳しくしつけるつもりだった。だが、満面の笑みを浮かべる娘を見ると、いつも叱責の言葉はどこかへ掻き消えてしまう。そうした重治の態度が影響してか、奈々は母親の悠に似て、勝ち気な娘に育っている。日に日に妻に似てくる娘を見ていると、この先嫁の貰い手があるだろうかと不安にもなる。

「奈々、またこのようなところに」

顔を上げると、縁先に悠の姿があった。

「このようなところとはなんだ」

夫の不機嫌顔を意にも介さず、勝手に部屋に上がり込んで奈々の手を取る。

「父上は、次の戦で手柄を立てるために頑張っておられるのです。邪魔をしてはいけませんよ」

「手柄を立てたら、もっと大きなお屋敷に住めるのですか？」

「ええ。こんな小さなお屋敷ではなく、お城を頂ける日も遠くはありません」

お城と聞いて、奈々ははしゃいだ声を上げる。ちらと重治の顔を見て、悠は笑みを作った。思わず、重治は妻から視線を逸らす。

昨年の本圀寺での合戦以来、悠は何かと明智光秀を引き合いに出して、手柄はまだかと催促してくる。父親が出世しなければ、奈々がいい縁談に恵まれないと考えているらしい。

「さあ、手習いの時間はまだ終わってはいません」

「はーい」

ふたりが出ていくと、去っていく嵐を見送るような気分で、重治は息を吐いた。今度の戦で手柄を立てなければ、この家の敷居は跨《また》げないかもしれない。

重治も、手柄には飢えていた。領地が欲しいのではない。ましてや、大きな屋敷に住みたいわけでもない。ただ、正当な評価が欲しかった。自分の名は、まだ織田家中にも知れ渡っていない。あくまで、秀吉の与力のひとりにすぎないのだ。その秀吉でさえ、光秀に水をあけられつつある。

この戦で織田家中の、天下の耳目を集めるような手柄を。その思いは、日に日に強くなっていく。


四月二十日、織田軍三万は京を発し、湖西《こさい》街道を北上した。一旦若狭に入った織田軍は東へ転進、二十五日には朝倉領の越前敦賀《つるが》郡に侵攻する。その日のうちに天筒山《てづつやま》城を落とし、翌日には金《かね》ヶ崎《さき》城を攻め立てて開城に追い込んだ。わずか二日で敦賀郡は織田の手に落ちた。

「なんとも手応えがないのう」

二十七日夕刻、金ヶ崎城近郊に置かれた織田軍木下隊の陣所で秀吉は大笑した。三万の大軍を金ヶ崎城のみで収容しきれるはずもなく、周囲には他の隊もひしめいている。

天筒山攻めの指揮を任された秀吉は、一日で城を落としたことを信長から賞されていた。戦場とあって酒はないが、左右に居並ぶ諸将の顔も上気している。
「やはり、朝倉の兵など取るに足らんなあ」
のう、竹中殿。話を向けられ、曖昧に頷いた。
「何じゃ、気にかかることでもあるのか？」
「敵が、少々弱過ぎるような気がいたしまする。城には兵も鉄砲も少なく、金ヶ崎にいたっては
ほとんど抵抗らしい抵抗も見せずに開城いたしました」
「そりゃあ、わしらがいきなり攻めてきたもんで、ろくに戦備えもしとらんかったんだわ」
尾張訛《なま》り丸出しで、蜂須賀小六が言う。
「しかし、我らが京を出陣したのは七日も前のこと。その間、何の備えもしなかったというのは
いかにも不自然かと」
笑いを引っ込めた秀吉が、金壺眼《かなつぼまなこ》を向けてきた。
「朝倉は大将も家来も総じて腰が重いというぞ。ましてや、我らが本当に越前に攻め入るかどう
かもわからぬのだ。備えが遅れたとておかしくはあるまい」
「ですが、後詰の軍が現れる気配さえないというのは」
「あまり、敵を過大に評価されぬことじゃ。越前は、かの名将朝倉宗滴《そうてき》が死んで以来、たがが緩
んでおる。この十年以上、大きな戦もなかったゆえ、危急の際にどうしたらいいのかわからんの
じゃ」
上機嫌に水を差された秀吉の声には、かすかな苛立ちが滲《にじ》んでいる。やむなく、重治は口を噤
んだ。

「さあ、明日には木ノ芽《きのめ》峠を越え、一乗谷へ向かうぞ。各々方、しかと働かれよ！」

秀吉が檄を飛ばすと同時に、陣幕をくぐって伝令が飛び込んできた。

「全軍に通達、直ちに退き陣の仕度にかかれとの由にございます！」

予想外の下知に、陣所が一斉に色めき立った。

「退き陣じゃと！」

「峠を越えれば一乗谷はすぐそこぞ。何ゆえ引き上げねばならんのだ！」

伝令の兵を質《ただ》したところで答えられるはずがない。それでも秀吉はこの下知の意味するところを察しているのだろう、皺だらけの顔を強張《こわば》らせている。

「これより、本陣にて軍議が開かれます。木下さまも、至急本陣へ」

「承知した。皆の者、落ち着いて撤退の仕度にかかれ」

命じる秀吉の顔はやはり硬い。重治も、背中が嫌な汗で濡れていくのを覚えていた。

ここにいたって撤退する理由はただひとつ。浅井長政の離反以外あり得ない。


慌ただしく人馬が行き交う中、秀吉が陣所へと戻ってきた。本陣へ出向いて、まだ四半刻と経ってはいない。

「軍議では、何と？」

陣幕をくぐった秀吉に、諸将が訊ねる。床几に腰を下ろすと、秀吉は一同を見回した。

「すでに察しはついておろう。浅井長政が裏切った。小谷を出た浅井軍八千が、この金ヶ崎に向かっておる」

予想していた通りだった。すでに覚悟していたのか、諸将にもさしたる反応は見られない。

やや青褪めた顔で、秀長が沈黙を破った。

「して、お館さまは？」

「すでに馬廻りとともに離脱されておる。長政に裏切られるとは夢にも思われなかったのであろう、珍しく打ちひしがれたご様子であられた」

「我らとて、浅井が裏切るなどとは……」

人を信じるからだと、重治は思った。他者とは利用するものであって、決して必要以上に信じてはならない。美濃一国を手中に収めかけた重治は味方の裏切りで敗れ、勝った龍興も家臣の裏切りに遭って美濃を追われた。

長政が離反を決意した理由は知る由もないが、いかに義弟とはいえ、他人に背後をさらした時点で信長の負けだった。

沈みかけた場の空気を振り払うように、秀吉は明るい声を作る。

「まだ、木ノ芽峠を越える前でよかったわ。越前深くまで攻め入っていたら、我らはまさに袋の鼠よ」

「それが、義景の狙いだったのやも」

重治の呟きに、秀吉が顔を上げる。

「敦賀郡がいとも容易《たやす》く落ちたのは、最初から我らを越前の奥深くに誘い込む意図があったからでしょう」

「だがそれなら、浅井はもっと後に動くはずではないか」

「朝倉と浅井の間に連絡の齟齬《そご》があり、長政が出陣を早まったとも考えられます」

「まさか、あの義景にそのような大それた策が……」

「しかし、朝倉義景に直に会うたわけではありますまい。風評など、あてにはなりません」

「しかし竹中殿、それはあくまで推測でござろう」

秀長が口を挟んだ。

「戦において、敵を侮るのは最も危険な行為です。推測とはいえ、その可能性があるならば、それを前提に行動すべきでしょう」

腕組みして唸る秀長に、重治は続けた。

「我らをてぐすね引いて待ち構えていたのであれば、敵はすぐにも追撃に出てまいりましょう。朝倉の二万に加え、浅井軍八千。そのほとんどが、我らを追ってくるかと」

「それがまことなら、殿軍《でんぐん》は間違いなく全滅……」

諸将のひとりが漏らす。最後尾で味方の撤退を援《たす》ける殿軍は、戦の中でも最も困難な役目である。勢いに乗った敵の追撃を受け止め、本隊が退くための時を稼がなければならない。当然死傷者も増え、時には全滅の憂き目にも遭う。

ふと見ると、俄かに秀吉が体を震わせはじめた。

「兄者、まさか……」

恐る恐るといった様子で秀長が訊ねると、いきなり秀吉が叫んだ。

「外様の光秀めが殿軍を命じられたんじゃ。成り上がり者のわしがおめおめと逃げ帰るわけにいくか！」

「そ、それで兄者も殿軍を志願したと？」

弟の問いかけに、険しい顔つきで頷く。

「よもや、手柄の立て時などと考えたのではありますまいな」

「いや、それもまあ、なくはないが……」

諸将の冷たい視線を受け、秀吉は肩を竦《すく》めた。

「何という、たわけた真似を……」

「何がたわけじゃ。我らのような成り上がり者は、人に先んじなければ上には行けんのじゃ！」

「兄者は子供の頃からそうじゃ。何でもひとりで勝手に決めおって。死んだら終わりじゃろうが！」

今にも取っ組み合いをはじめそうな兄弟を、小六や他の家臣たちが羽交い締めにして押さえつける。

そんな喧騒をよそに、重治はじっと思案に耽った。

確かに、この局面で殿軍を請け負うほど困難なことはない。

だが、困難であればあるほど、武功は大きくなる。重治は、この周辺の地形を頭に思い浮かべた。彼我《ひが》の戦力を勘案し、執れる策を探る。木下隊はたったの千人にすぎない。他の隊からも志願者が加わるというが、二千を超えることはないだろう。だが、困難を厭うては手柄など立てられるはずもない。

「よろしいではありませんか」

沈黙を破った重治に、一同の視線が注がれた。

「手柄の立て時に変わりはありますまい。我らが織田軍三万の将兵の命を救うたとあらば、お館さまの覚えもめでたくなるというもの」

秀吉を押さえていた小六が、大きな目を剝《む》いて食ってかかる。

「しかし、生きて帰れなければ、手柄など意味はあるまいに」

「ひとりでも多く生き残る算段をするのが、軍師の務めに候」

毅然と答えると、小六の腕を振り払った秀吉が言った。

「竹中殿の申される通りじゃ。お館さまの、織田家の未来が、我らの手に委ねられておる。これほどの栄誉が他にあるか！」

その声に、小六もようやく大人しくなった。沈みかけていた諸将の目に、見る間に覇気が灯っていく。

たったひと言で将兵を奮い立たせる。やはり、この男の器量は並みではないと、重治は思った。

「竹中殿。矢でも鉄砲でも、必要なものがあったら何でも言ってくれ。脅しつけてでも、他の隊から分捕ってくるぞ」

しばし思案して、重治は答えた。

「では、各隊の旗指物《はたさしもの》をご用意願えますか。それと、ありったけの油と煙硝《えんしょう》を」

四

城を包む炎が天を焦がしていた。

薄い雲が広がる空に星は見えず、月明かりもない。漆黒の闇を照らす一本の松明《たいまつ》のように、金ヶ崎城は燃え盛っている。あの炎の中で何十人、あるいは何百人かの敵兵が煙に巻かれ、焼かれているはずだ。

空城《くうじょう》の計の応用だった。篝火を盛大に焚き、旗指物を残して城兵が残っているように擬装し、敵の足を止める。城が空であることに気づいた敵が城に入るところを見計らい、城内に残った身軽な者が火を放つ。城の要所要所に仕掛けた油と火薬で、城は瞬く間に炎に包まれた。

「存外、上手くいくものだな」

馬上から策の成功を認め、重治は馬を返した。数騎の護衛がそれに続く。木下隊はすでに、金ヶ崎から遠く離れている。同じく殿軍を受け持つ明智隊も、別道を使って後退をはじめていた。

これで、かなりの時を稼げた。敵がどこまで追撃に本腰を入れるかはわからないが、まさか京の都まで押し寄せることはないだろう。湖西の朽木谷《くつきだに》まで逃げきれればと、重治は思っていた。領主の朽木元綱は織田方に属し、今回の遠征にも参陣している。

湖西街道は、すでに浅井軍によって封鎖されているだろう。一旦若狭に入ってから進路を南に取り、山中の険しい道を進まなければならない。途中の戦闘も考慮すれば、どれだけ急いでも三日はかかるだろう。志願者を加えても味方は千八百。このうちの何人が生き残るかは、重治も読めなかった。

山道を駆け続けると、松明の灯りが見えてきた。

「ようやってくれた、竹中殿」

戻った重治を、秀吉が満面の笑みで出迎えた。

「まだ、はじまったばかりです。今のうちに、少しでも進みましょう」

「承知した。全員、足を止めるな。進み続けるのじゃ！」

一刻近く休みなく歩き続けると、秀吉はようやく休止を命じた。

やや開けた場所で、置き捨てられた物資を使って柵を作った。気休め程度だが、何もないよりはましだ。水と兵糧《ひょうろう》を詰め込み、交代で眠らせた。

東の空がわずかに白みはじめた頃、地鳴りのような音が近づいてきた。

「思うたよりも早うございますな」

「どうする、竹中殿」

「この陣地にいたるまでは、狭い山道が続き、さらに道の両脇は木々に覆われております」

それだけで、秀吉は重治の意図を理解した。

「では、迎え撃つか」

頷くと、秀吉は手早く下知を出していく。その間に、重治は数人の組頭を集めて策を授けた。

秀吉とともに竹束に身を隠し、敵を待ち受けた。あたりが次第に明るくなっていく。前方に土煙が上がり、敵の騎馬隊が見えてきた。

「まだだ。まだ、撃つなよ」

敵兵の顔が見て取れるほどに近づいた時、秀吉が声を張り上げた。

「放てぇっ！」

轟音が響き、百挺の鉄砲が火を噴いた。あらかじめ、敵兵ではなく馬を狙うよう指示してある。

筒音に驚いた馬が棹立《さおだ》ちになり、騎乗の士《さむらい》を振り落とす。足が止まった敵に向け、さらに無数の矢が降り注ぐ。

だが、混乱する騎馬隊を掻き分けるようにして、槍隊が押し寄せてくる。再び矢玉を浴びせるが、勢いは止まらない。

不意に、道の両脇から喊声《かんせい》が上がった。木々の合間から湧き出した伏兵が斜面を駆け下り、敵の横腹を深く抉《えぐ》る。伏兵は蜂須賀小六配下の二百名で、剽悍《ひょうかん》な兵が揃っている。敵は混乱に陥り、後退をはじめた。

「今だ、退くぞ!」

秀吉が立ち上がり、走り出す。蜂須賀隊も戦場を離脱するのを見届け、重治は合図を出した。軋《きし》むような音を立てて、道の両側の木々がゆっくりと倒れはじめる。やがて、道を塞ぐ高い壁が出来上がった。これで、多少の時間稼ぎにはなる。

それから、戦っては退くことを繰り返した。追撃の圧力は、想像していた以上だ。補充の利かない味方に対し、敵は入れ替わりながら攻め寄せてくる。

三日目の夜になると、兵は限界に近づいてきた。頬はこけ、顔は泥や返り血で汚れきっている。すでに北近江に入っているはずだが、朽木谷へはさらに険しい道を進まなければならない。

一歩足を進めるごとに、重治の不安は大きくなっていった。

兵たちが泥のように眠りこける中でも、重治は絵図を睨み、次の策を練っていた。事前に用意した策はすでに尽きている。取り得る手立ては、それほど多くはない。

想定していたよりも消耗が激しい。戦死と逃亡を合わせ、六百以上を失った。残りの兵も、傷を負っていないほうが少ない。矢も玉薬《たまぐすり》も、残りはわずか。手柄を立てるどころか、生きて帰れるかどうかも危うくなってきた。

　やはり、秀吉が何と言おうと殿軍など引き受けさせるべきではなかった。そんなことを考えていると、ひとりの足軽が握り飯を運んできた。

「竹中さま、お召し上がりください」

　兵糧を摂《と》るのも忘れていた。軽く礼を言って、固い握り飯を頬張り竹筒の水で流し込む。

「輜重隊《しちょうたい》の者か？　ずいぶんと塩気が強いようだが」

「はい。我らが生き残れるかどうかは竹中さまにかかっておりますゆえ、お力をつけていただかねばと、上の者が」

　荷を最小限にして逃げ続ける退却戦では、塩さえも貴重になる。兵卒に与えられる塩は、ほんのわずかなものだった。

「そうか、すまんな」

　足軽はまだ若い。たぶん十六、七といったところだ。顔は泥で汚れ、声も表情も硬い。

「戦ははじめてか？」

「はい、竹中さま。俺は、恐ろしゅうてたまりません。絶対に手柄を立てて褒美を貰おうと思っていたのに、こんなことになって。本当に生きて帰れるのかと考えると……」

　夜目にも、震えるその顔は青褪めて見えた。

「生きて帰らなければならない理由でもあるのか？」

　我ながら、馬鹿なことを訊いたと思った。生きたいと思うことに理由などありはしない。それでも足軽は、小さく頷きを返した。

「村に、好いた女子《おなご》がおります。幼馴染みで、この戦が終わったら嫁になってくれと打ち明けるつもりでした」

「死ぬと決まったわけではないぞ。足が動かなくなったら、その娘の顔を思い浮かべろ。そうすれば、少しは力が湧く」

「……はい」

「必ず生き延びて、その娘を嫁に迎えろ」

力強く頷き、足軽が立ち上がる。名は訊ねなかった。知ったところで、重荷にしかならない。

再び絵図に目を落とした時、不意に何かが肌を打った。陣地を囲む森に目を凝らす。闇の中で無数に光る、蛍火のように小さな灯り。

「敵襲だ、伏せろ！」

これまで上げたこともない大音声で叫び、兜《かぶと》をかぶる。直後、落雷のような轟音が耳を打った。頬に焼かれたような痛みが走り、兜が飛ぶ。一瞬にして地獄に叩き込まれたような心地だった。悲鳴が上がり、血と火薬の臭《にお》いが入り混じって鼻を衝く。

すぐ目の前に、あの足軽の姿があった。うつ伏せに倒れたその頭から、夥《おびただ》しい量の血が流れている。もう助からないことは一目でわかった。

やはり、名前くらい訊いておけばよかった。そんな後悔を断ち切るように、敵が喊声を上げて斬り込んでくる。

「退け。一旦退却だ！」

秀吉の声。姿は見えないが、無事だったらしい。刀を抜き、視界に飛び込んできた敵兵を斬り伏せると、脇目も振らず走った。

十町ほど駆けて、一旦足を止めた。敵が追ってくる気配はない。遅れて敗走してくる兵を待ち、隊伍を整え直した。

生き残ったのは、八百に満たない。弓も鉄砲も、ほとんどを失っている。水や兵糧も置き去りにしたままだった。

「敵が夜襲を仕掛けてくることは、考えられないことではありませんでした。見抜けなかったのは、それがしの失態にございます」

秀吉以下、主立った将を前に、重治は頭《こうべ》を垂れた。

「顔を上げられませ。このような状況では、誰もが正常な判断ができなくなるもの。いちいち気にされることはござらぬ」

穏やかな声音で、秀長が言う。

「そうじゃ。我らがここまで生き延びられたのも、軍師殿の策のおかげじゃ」

小六が、大きな掌《てのひら》で背中を叩いた。顔を上げた重治の目を、秀吉が覗《のぞ》き込む。

「小六の申す通りよ。今は、軍師殿だけが頼りじゃ。我らは今後も軍師殿を信じ、その策に従おう」

他の面々も、秀吉の言葉にしっかりと頷いた。

この連中は、うつけ揃いだ。信長が他人を信じて窮地に陥ったのを目の当たりにしたばかりではないか。頭ではそう思っても、怒りや苛立ちの感情は湧いてこない。むしろ、冷えかかっていた心の底に、小さな灯りが点ったような気がした。

「誰しも間違いはある。そう気落ちされるな、軍師殿」

「殿軍など志願した兄者が申されるな」

秀長が言うと、秀吉は決まりが悪そうに頭を掻いた。その様を見て、諸将がげらげらと笑う。

重治も笑みを作ろうと努めたが、上手くはいかなかった。

物見を先行させ、すぐに進発した。味方は疲労困憊の体《てい》だが、足を止めるわけにはいかない。

「どうやら、追ってくる気配はありませんな」

背後を振り返り、重治は大きく息を吐いた。

「あと半里も進めば朽木谷じゃ。敵もようやく諦めてくれたらしいわ」

将兵に安堵《あんど》が広がりはじめたその時だった。

「前方に敵、およそ二千！」

「何じゃと！」

見る間に、絶望が安堵に取って代わった。

東の山々の向こうから、日が顔を出しはじめた。正面の坂を上りきった先に、軍勢が見える。

旗印は三つ盛り木瓜《もっこう》。この数日の間、嫌というほど目にしてきた朝倉家の旗だ。

啄木鳥《きつつき》の戦法。一隊が奇襲を仕掛け、逃れた相手を別働隊が捕捉する。川中島の合戦で武田信玄が採ったといわれる策だ。実際に用いるのは難しく、結果として信玄も失敗している。

だが、敵は見事に成功させた。これほどの軍略家が朝倉家中にいるとは、聞いたことがない。

思えば、先ほどの奇襲も水際立ったものだった。これまでの敵とはどこかが違う。嫌な予感が、全身を捉えて離さない。

　重治は、この窮地を脱する方策を探った。が、何も思いつかない。

「軍師殿、何か策は？」

「正直に申して、何もございません」

　秀吉は声を上げて笑うと、似合いもしない槍を天に突き上げ、将兵に向かって叫んだ。

「皆の者、よく聞け。我らが軍師殿が、とてつもない策を用意しておられる。我らはただ、前に向かってひた駆ければええ」

「木下さま……」

　重治を遮り、秀吉は続ける。

「これからは、ふたり一組で行動せよ。ひとりが倒れたら、もうひとりが肩を貸せ。もしもひとりが命を落としたら、もうひとりはその者の分まで生きるのだ。ふたり揃って生き残った組には、後でたっぷりと褒美をやるぞ！」

　その檄に応え、将兵が声を揃えて鯨波《げいは》を上げた。

　見事なものだった。小手先の策ではなく、ひとりひとりに力を取り戻させる。目の前の小柄で貧相な男に、重治ははじめて尊敬の念を抱いた。

「兵どもの目を見たか？　皆、軍師殿を信じておるのじゃ」

　重治に向き直って悪戯《いたずら》っぽく笑うと、秀吉は下知を下した。

「全軍、突撃！」

　一丸となって駆け出した。負傷兵も、肩を支えられながら懸命に走る。重治は槍を摑《つか》み、秀吉坂を駆け上り、陣を組んだ敵の中に突っ込んでいく。目の前の敵を倒し、一歩でも前へ。それだけを重治は考えた。
全体の戦況などわかりはしない。横目で秀吉を捉えながら、ひたすら槍を突き出す。秀吉の背
後から襲いかかる敵を突き伏せ、重治に向けられた槍を秀吉が払いのける。
どれほどの時が経ったのか。いつの間にか槍を失い、刀を振るっていた。秀吉も、刃毀《はこぼ》れだら
けの刀で敵と斬り結んでいる。
何人目かの敵を斬り伏せた時、視界の隅に白馬に乗った武者が映った。六尺近い長身。馬上で
巧みに槍を遣っている。その顔を見て、重治は束の間目を疑った。
ここになぜ、あの男がいる？ 見間違えるはずもない。長身の武者は、斎藤龍興だった。隣の
大柄な武者は小牧源太だろう。なぜ朝倉軍の中にいるのかはわからないが、理由などどうでもい
い。あの男はまた、自分の前に立ちはだかっている。
龍興がこちらを向いた。視線がぶつかる。龍興は一瞬、懐かしそうな表情を浮かべた。
かっと、全身が熱くなった。駆け出そうとした重治の袖を、秀吉が摑む。
次の刹那、秀吉は顔を激しく歪めた。左の太腿に槍の穂先が突き刺さっている。雄叫《おたけ》びを上げ
るや、秀吉は刀を振るい、槍を持つ足軽を叩き伏せた。
「木下さま！」
倒れた秀吉に駆け寄ると、青褪めた顔でにやりと笑う。
「大した傷ではない。それより軍師殿、見る場所が違うとりゃせんか？」

そうだった。今は、前だけを見ていなければならない。過去と向き合うのは、生き残ってからだ。

秀吉に肩を貸し、立ち上がった。左腕で秀吉を支え、右手で刀を振るう。本当に生き残れるのか。周囲の味方は、目に見えて数を減じていた。重治自身も無数の手傷を負い、出血と疲労で意識が朦朧《もうろう》としている。

心の中で妻と子の名を呼んだ。悠、奈々。すまない。手柄どころか、生きて帰るのも難しそうだ。できることなら、大きな屋敷に住まわせてやりたかった。奈々がどんな娘に育つのか、この目でしっかりと見届けたかった。だが、そんな小さな願いも叶えられそうにない。

「……軍師殿、軍師殿。しっかりいたせ！」

耳元で叫ばれて、我に返る。どれだけの時が経ったのだろう。いつの間にか、足を負傷した秀吉に、逆に支えられている格好だった。

見ると、なぜか敵が背を向けはじめていた。どこから湧いてきたのか、味方が増えている。その味方は鬼神のような強さで敵を追い立てていた。旗印は三つ葉葵。三河徳川家の紋だ。

「徳川殿じゃ。敵の背後を、徳川殿の軍勢が衝いてくれたんじゃ！」

感極まったような声で、秀吉が叫ぶ。

やがて、徳川家の後に朽木谷から駆けつけた織田の軍勢も続き、敵は総崩れとなって敗走をはじめた。ここまで来れば、敵の本隊も諦めるだろう。

「……生き残った」

呟いても、まるで実感は湧かない。だが、体中に負った傷の痛みが、この身が生きていることを雄弁に訴えている。

木下隊の面々が秀吉のもとに集まってくる。足取りは重いが、表情には歓喜が満ち溢れていた。

朝陽が、ひとりひとりの顔を照らし出している。

重治は、名前も訊かなかった足軽を思った。あの足軽と自分に、いったいどんな違いがあったのか。何が生死を分けたのか。

「何を暗い顔をしとるんじゃ、軍師殿。せっかく生き残ったんじゃ、笑え！」

小六が髭だらけの顔に満面の笑みを浮かべ、背中を叩く。

痛みに軽く顔を顰《しか》めながら思った。考えるのは後だ。今は、生き残った喜びを素直に感じればいい。

すっかり顔を覗かせた朝陽を見上げ、頬を緩める。

今度は、上手く笑えたような気がした。

第六章　誰がための旗

一

足元に突き刺さった鉄砲玉が、土煙を巻き上げる。

斎藤龍興《たつおき》は、伸ばした足を思わず引っ込めた。

龍興が身を隠す竹束にも、矢玉が大粒の雨のように叩きつけ、撥《ばち》で打つような音を立てている。

竹束は三人が隠れるのがやっとで、身動きすらままならない。

「まったく、いつになったらやむのだ？」

うんざりしながら言うが、その声は戦場に轟《とどろ》く筒音に掻き消され、すぐ隣に控える長井道利《みちとし》にさえ届かない。

元亀《げんき》元年（一五七〇）九月十二日、龍興主従は摂津福島城に籠っていた。

四月、盟友浅井《あざい》長政の裏切りによって越前攻めに失敗し、命からがら逃げ延びた織田信長は、本拠の美濃に戻るや即座に反撃を開始した。六月、姉川《あねがわ》の合戦で浅井・朝倉連合軍を破り、長政の居城小谷《おだに》から目と鼻の先にある横山城を奪取している。

一方、本圀寺《ほんこくじ》での合戦に敗れ阿波へ敗走した三好三人衆は、七月の下旬に再び兵を挙げ、八千の軍勢で摂津に上陸した。近隣の織田の城を攻略すると、野田、福島の古城を修復して籠城の構えを取った。三好家の客将である龍興も当然参陣し、今は福島城の指揮を任されている。

野田城と福島城は、指呼《しこ》の間《かん》にある。すぐ西に海が迫るこの一帯は、淀川の支流が複雑に入り組んでおり、大軍の動きを阻むには絶好の場所だった。

対する信長は、馬廻衆《うままわりしゅう》を率いて自ら出陣、八月二十六日に野田、福島から南東へ一里余の天王寺に本陣を置いた。

信長は今回の出兵に際し、自らが傀儡《かいらい》として擁立した将軍足利義昭も出馬させていた。腹の底はどうあれ、信長は幕府再興という錦《にしき》の御旗《みはた》を掲げている。将軍親征という体裁を取ることによって、幕府に背く逆賊を討つという自らの大義名分を誇示するつもりだろう。その効果もあってか、織田軍には周辺の地侍が続々と参陣し、総兵力は四万にも達している。

十二日払暁、敵の攻撃がはじまった。福島城を囲んだ一万余の敵は、城の周囲に土塁を築き、無数の櫓《やぐら》を設けている。そこから間断なく射撃を加え、城兵の士気を殺《そ》ぐ狙いだろう。

塀際で防戦の指揮を執る小牧源太も、身を隠すのに精一杯で、撃ち返す余裕さえない。城に籠る味方は三千。塀や竹束に隠れ、矢玉が自分に当たらないことを祈るしかなかった。

「お館《やかた》さま！」

同じ竹束に身を隠す家臣の可児《かに》才蔵が、大声で叫んだ。

「敵の攻撃がはじまって、もう一刻以上じゃ。このままやられっぱなしで黙っておるおつもりか？」

「ああ、うるさい。耳元で喚《わめ》くな」

「しかし、このままでは埒《らち》が明かん。いっそのこと、全軍で打って出ましょうぞ！」

まだ十七歳の才蔵は、籠城戦ははじめてだった。反撃もままならない戦況に苛立っているのだろう。

「敵陣に辿《たど》り着く前に全滅するのが落ちだ。そんなに行きたければ、ひとりで行け」

「ええい、情けなきお言葉じゃ」

「なんとでも言え。私は蜂の巣になって死ぬのなど御免だ」

それでも出撃を言い立てる才蔵と言い争っていると、道利が横から袖を引いた。

「お館さま！」

「うるさいっ、後にしろ！」

「いや、しかし……」

道利の顔は、心なしか青褪《あおざ》めている。

と、おかしな臭《にお》いが鼻を衝いた。見ると、竹束の真ん中あたりから黒々とした煙が上がっている。

「お館さま。竹束が……」

燃えていた。いつの間にか、火矢が突き立っていたらしい。水筒の水をかけた程度では消せそうにないほど、炎は大きくなっている。

「まずいではないか！」

「とりあえず、あちらへ！」

道利の指差す先に、米俵が積んであった。距離は五間（約九メートル）ほど。

「よし、走れ！」

矢玉が降り注ぐ中を、脇目も振らずに駆けた。耳元を矢が掠《かす》め、羽風が頰を打つ。

白刃の上を渡るような心地で米俵の陰に滑り込んだ時、龍興の陣羽織は穴だらけになっていた。

米俵の陰には、数人の先客がいた。いずれも脇に鉄砲を抱え、玉込めの作業をしている。

「これは龍興殿。ご無事にござったか」

言って白い歯を見せたのは、一際派手な身なりの大柄な男である。

赤地に金銀の刺繡《ししゅう》を鏤《ちりば》めた陣羽織の下に、鈍い光を放つ銀色の鎧《よろい》。南蛮胴と呼ばれる最新の具足で、丈夫だがどこにいても目立ってしまうという代物だ。

「おお、孫一《まごいち》殿か」

雑賀《さいか》孫一。多数の鉄砲と有能な射手を抱え、銭で戦を請け負う紀伊雑賀衆の頭目である。今回の戦では三好三人衆の依頼により、二千の配下とともに福島城に籠っていた。龍興よりふたつ上の二十五歳と若いが、将としての力量は諸国に知れ渡っている。

「せっかくだ。面白いものをお見せしよう」

言うや、火縄に火を点じ、片膝立ちで鉄砲を構えた。孫一の鉄砲は、普通のものよりも長く、口径も大きい。通常使用する玉は六匁《もんめ》（約二十三グラム）程度だが、孫一のそれは、おそらく十匁（約三十八グラム）を優に超えているだろう。

「あの櫓が少々目障りゆえ、黙らせるといたそうか」

孫一は、正面に見える敵の櫓に筒先を向けた。距離は一町（約百十メートル）近くあり、並みの射手ではまず当たらない。

櫓の上には、五人の鉄砲足軽の姿が見える。

「とくとご覧《ろう》じろ」

特に狙いをつける様子もなく、孫一が引き金を引く。一瞬の後、敵兵が弾かれたように後ろに倒れた。

結果を確かめるでもなく鉄砲を足軽に渡すと、別の鉄砲を受け取り、再び引き金を引く。また、敵兵が喉を掻きむしるような仕草をして櫓から転げ落ちる。その間に、足軽たちは玉込めや銃身の掃除をし、孫一に渡していく。

全ての動きが流れるようで、一切の無駄がない。十数えるほどの間もなく孫一は五発を放ち、その全てを命中させた。

「いかがかな？」

火薬の臭いが漂う中、孫一は鉄砲を下ろす。

信じられないものを見た思いだった。道利も才蔵も、物《もの》の怪《け》にでも出くわしたかのように口を半開きにしている。

「まあ、これは曲芸のようなもの。我ら雑賀衆の本当の戦ぶりは、近いうちにお目にかけるといたそう」

その時が愉しみでならないという顔つきで、孫一は笑った。

ようやく矢玉の雨がやんだのは、翌十三日の未明だった。

「これは」

孫一と連れ立って物見櫓に登った龍興は、思わず声を上げた。

射撃がやんだだけでなく、城を囲んでいた敵が、十町（約千百メートル）近くも後退していた。代わりに、城の周囲は広大な沼地と化し、福島城は水の中に浮かぶ小さな島といった趣きである。敵の櫓は、あるものは傾き、あるものは崩れて水中に没していた。

啞然とする龍興に向かって、孫一はにやりと笑う。

「強い西風で淀川が逆流したのだ。この時季にはままあることでな、それに合わせて堤を切った。そのため川の水が溢れ、辺り一面が水浸しになったという次第だ」

「しかし、いったい誰が堤を。福島城も野田城も厳重に包囲され、城から兵を出すことなど到底叶わぬはず」

「一向《いっこう》門徒だ」

「なんと」

「石山本願寺が動いた。これで、信長は底なし沼に首まで浸かったようなものよ」

全国各地に多数の門徒を抱える一向宗石山本願寺は、並みの大名では到底太刀打ちできないほどの武力を備えている。

加賀では対立する守護を滅ぼして一国を支配し、奈良や堺の諸寺院を瓦礫《がれき》の山へと変えたことさえある。その総本山である石山は、野田、福島から一里と隔たってはいない。

「しかし、なぜ石山が」

「信長はかねてから、本願寺に対して高圧的な態度を取っていた。矢銭《やせん》を要求し、石山からの退去さえ求めたのだ。本願寺は矢銭こそ支払ったが、信長を快く思うはずがあるまい」

「では、我らがここに籠ったのも、最初から……」

「なんだ、聞いておられなかったのか」

「ええ、まあ……」

龍興は曖昧に言葉を濁した。三好三人衆とは戦の方針をめぐって何かとぶつかることが多いが、まがりなりにも客将の自分が何も知らず、銭で雇われた孫一が全て知っているというのも情けない話である。

一瞬気の毒そうな顔をすると、孫一は今回の策を明かした。

「大風が吹く時季に兵を挙げ、大軍の動きを阻む。そして、敵の背後を本願寺が衝く。だが、今回の仕掛けはそれだけではない。信長が摂津に釘付けになっている間に浅井、朝倉が京に向かって動く。今頃は、それぞれの本拠を出陣したところだろうな」

六月の姉川合戦には、龍興は参加していない。相当な激戦だったと聞いたが、浅井も朝倉もまだ十分な余力を残していたということだろう。

「他にも、本願寺の檄に応じた伊勢長島の一向門徒が近々蜂起する手筈になっている。江南でも、六角承禎《ろっかくしょうてい》が再び兵を挙げると確約した」

「なるほど。見事な策です」

六角承禎は、かつて南近江を領する大名だったが、一昨年に信長に敗れ、甲賀山中に逼塞《ひっそく》していた。伊勢と江南での蜂起が実現すれば、信長とその主力は、本拠の美濃から完全に切り離される。

「それにしても、誰がこれほど大がかりな仕掛けを？」

「絵図を描いたのは征夷大将軍、足利義昭公だ。反織田の諸勢力を結びつけ、信長を包囲する。言葉にするのは簡単だが、実行するのは容易ではない。ただの操り人形かと思っていたが、なかなかどうして、油断のならないお方よ」

何でもないことのように答える孫一を、龍興は舌を巻くような思いで見つめた。

あちこちに信長を討てとの密書を送っているのは知っていた。しかし、信長に担がれて将軍の地位に就いた義昭がこれほどの謀略を考え出し、実現するとは。

「此度《こたび》の戦の黒幕が義昭公であることを、信長は？」

「おそらく勘付いていよう。それでも平然と義昭公を出馬させるのが、あの男の恐ろしいところよ」

京に残して背後で色々と画策されるより、手元に置いて監視しようということだろう。逆に、こちらは敵の本陣を攻めることができなくなった。義昭の身にもしものことがあれば、反信長の諸侯は要《かなめ》を失い、おまけに将軍殺しという大罪まで背負うことになる。言うなれば、総大将を人質に取られているようなものだ。

信長と義昭は、自分には想像もつかないような駆け引きを今も続けているのだろう。到底ついていけないと、龍興は思った。

それでも、信長が窮地に陥りつつあるという状況には変わりない。雲を摑《つか》むように思えた信長打倒も、俄《にわ》かに現実味を帯びはじめていた。

その夜、石山を発した本願寺の軍が、織田軍の陣に夜襲を仕掛けた。喊声《かんせい》や筒音、打ち鳴らされる鉦《かね》の音が、福島城の龍興のもとまではっきりと聞こえてくる。

石山本願寺軍が襲った織田軍の陣所は、福島から西へ半里ほどの天満《てんま》ヶ森《もり》である。福島城を囲む敵の動きが慌ただしくなり、軍勢が移動する気配が伝わってきた。

「敵は、天満ヶ森の救援に向かうつもりだろうな。ずいぶんと舐められたものよ」

煌々《こうこう》と篝火《かがりび》が焚かれた敵陣に目を凝らしながら、孫一が言った。

「水に浸かった我らは、身動きできぬと踏んでいるのでしょう」

龍興は答えた。

「しかし、足場が悪いのは敵も同様。織田軍の特徴である速さは活かせませぬ」

「では龍興殿、我らもひと当ていたそうか。我らを放っておけば痛い目に遭うということを教えてやったほうがよかろう」

「私も、そのつもりでしたよ」

得たりとばかりに、孫一は笑みを浮かべた。

二

四半刻後、龍興は膝まで水に浸かり、中腰のまま慎重に歩を進めていた。

城の守りに五百を残してきたため、率いるのは二千五百。二千は雑賀衆で、残る五百が龍興の麾下《きか》である。士気も練度も劣る三好兵は、全て留守居に回した。

信長の本陣を直接衝くわけにはいかないので、やむなく手近なところにある敵陣を襲うことにした。

月は雲に隠れ、頼りは敵陣で焚かれる篝火の灯りしかない。旗指物《はたさしもの》の代わりに薄《すすき》や葦《あし》を差し、顔には泥を塗りたくっている。

「まったく、いい格好ですな。泥の中を這《は》いずり回るとは、まさにこのことじゃ」

隣を進む道利が、小声で愚痴を並べる。中腰の姿勢が、いかにも辛そうだ。

「鉄砲は濡らすなよ。人はいくらでもいるが、鉄砲も玉薬《たまぐすり》も銭がかかるからな」

闇の向こうから、戯言《ざれごと》混じりの孫一の言葉が聞こえてきた。低いが、よく通る声だ。

「それがしは、あの孫一という男、どうも好きになれませんな。生きるために戦で銭を稼ぐだけならまだしも、あの男は戦そのものを愉しんでいるようにしか思えませぬ」

「そう申すな。三好の連中などより、よほど頼りになる相手ではないか」

「しかし……」

なおも言い募る道利を制し、龍興は右手を挙げた。それに合わせて、全軍が足を止める。

前方に、松明《たいまつ》の灯りが見えた。哨戒《しょうかい》に当たっている敵の足軽だろう。弓の達者な者を呼び、射倒させる。

「よし。前進を再開する」

篝火の灯りが、徐々に近づいてくる。戦を前にした昂《たか》ぶりが龍興を捉えていく。槍の握り具合を確かめ、乾いた唇を舐めた。

再び、闇の中から孫一の声が響いた。

「やれ!」

続けて、目の前に雷が落ちたかと思うほどの轟音《ごうおん》が響いた。

千挺を超える鉄砲が続けざまに放たれ、敵陣から夥《おびただ》しい数の悲鳴が上がる。筒音は途切れることなく続き、混乱が広がっていった。

敵の前衛が崩れるのを見て取り、龍興は立ち上がった。

「よし、かかれぇ！」

源太の指揮する先鋒が、喊声を上げて駆け出した。その間も雑賀衆の射撃は続き、敵に反撃の余裕を与えない。

先鋒が逆茂木《さかもぎ》を取り払い、柵を引き倒した。破れた堤から水が溢れるように、味方が敵陣へ雪崩《なだ》れ込んでいく。

龍興も、向かってくる敵を三人、四人と突き倒した。戦場の臭いに、全身の血が熱くなるのを感じる。雄叫《おたけ》びを上げ、逃げる敵を追って槍を振るった。

やはり敵は、大部分を天満ヶ森の救援に回していたらしい。数は少なく、鉄砲の猛射で士気も殺がれている。

「敵を固まらせるな。道利、敵の玉薬に火を放て」

「御意」

道利が五十人ほどを連れて駆け出す。しばらくすると、激しい轟音とともに火柱が上がった。敵は気を呑まれ、反撃もほとんどできないまま敗走していった。

「なんだ。もう終わりか」

思わず呟《つぶや》いていた。槍を振って穂先の血を払い、撤収を下知《げち》する。さすがに、これ以上とどまるのは危険だった。

「見事な采配にござったな」

孫一が側に来て言った。肩に鉄砲を担ぎ、全身から火薬の臭いを漂わせている。

「なんの。孫一殿の助けがあったればこその勝利です」

「いや、美濃で信長に幾度も辛酸を舐めさせたと聞いて、前々からどんな戦をする男なのかと気にかけておった。思った通り、小気味いい戦ぶりであったわ」

「私は一介の客将の身。褒めたところで何も差し上げられませんぞ」

「そんなことはない。信長を討って美濃の国主に復帰した暁に、我らを雇ってくれればよい」

そう言って、孫一は声を上げて笑う。この男はやはり、戦を生業《なりわい》としているだけではなく、心の底から戦うことが好きなのだろう。

龍興もまた、戦い足りないという思いを抱いていた。この程度の敵を蹴散らしたところで、素直には喜べない。本当の勝利はまだ、ほど遠いところにある。

「お館さま、こちらへ」

撤退の下知を出しているところに、源太が声をかけてきた。

源太の後に続いて陣幕をくぐると、中には倒れた床几《しょうぎ》や卓が散乱し、数人の足軽の死体が転がっていた。

その中に、後ろ手に縛り上げられ、槍を突きつけられた男の姿がある。

歳の頃は、二十代半ばくらいか。身につけた具足を見れば、それなりの身分だとわかる。鉄砲の玉でも浴びたのか、伸ばした左足の太腿あたりが血に染まっていた。

篝火に照らされたその顔を覗《のぞ》き込み、龍興は声を上げた。

「そなたは……」

見知った顔だった。氏家直昌《なおまさ》。西美濃三人衆と呼ばれる有力国人のひとりで、かつて龍興から信長に寝返った、氏家卜全《ぼくぜん》の嫡男である。

「腹を切ろうとしておりましたゆえ、捕縛いたしました。いかがなさいます？」

龍興は、直昌の前にしゃがみ込んだ。

「久しいな。達者にしておったか？」

「はい。まさかこのような形で再びお目にかかるとは、思うてもおりませんでしたが」

淡々とした口ぶりで、直昌は言った。

「首を、刎《は》ねられませ」

「よいのだな？」

「それがしは武士にござる。戦に敗れた以上、首を刎ねられるのも致し方ありますまい。それに、父の寝返りがなければ、龍興さまが美濃を追われることもなかったやもしれません。積もる恨みもございましょう」

龍興は無言で立ち上がり、刀の鞘を払った。俯《うつむ》き、首を差し出す直昌の肩が、小刻みに震えている。

構わず、刀を振り下ろす。音を立てて、直昌の手首を縛る縄が切れた。

「何のおつもりです？」

「私も家臣たちも、私怨を晴らすために戦うているのではない。怯《おび》える者を斬ったところで、後味が悪いだけだ」

「馬鹿な。それがしは、怯えてなど……」

はじめて感情を露わにした直昌を無視して、龍興は刀を納めた。

「死ぬのが恐ろしければ、生きるために足掻《あが》き続けよ。己の命運を、他人に委ねるな」

直昌は俯き、顔を歪める。

「兵をまとめろ。順次舟に乗り、撤収する。殿軍《でんぐん》は源太、そなたに任せる」

直昌のほうは振り返らず、陣幕の外に出た。

私怨を晴らすために戦っているのでないならば、自分はいったい何のために戦をしているのか。歩きながら、そんなことを考えた。

いつの間にか、頭の中には戦のことしかなくなっていた。味方をどう動かせば、敵を打ち破れるか。鉄砲を効果的に使うにはどうすればいいか。

孫一のように、戦そのものが愉しいと思いはじめてはいないか。

遠くから、喊声が聞こえてきた。一旦敗走した敵が、反撃に転じてきたのだろう。

「急げ。一兵たりとも置き去りにするな」

声を張り上げ、舟に乗った。

考えるのは後でいい。今は、信長に勝つことが全てだ。


翌日からはさらに水嵩《みずかさ》が増し、戦どころではなくなった。

散発的な小競り合いは幾度か起こったものの、大軍同士のぶつかり合いは絶えている。

二十三日、敵が撤退を開始した。京を目指して進軍していた浅井・朝倉連合軍三万が、湖西の宇佐山城を守っていた織田軍を破ったとの報《しら》せが届いたのである。信長の宿将森可成《よしなり》はあえなく討ち死に、信長の実弟信治も討ち取られたという。

浅井・朝倉軍はそのまま比叡山に上り、京を睨む態勢に入っている。

「やはり、追撃は無理でしょうね」

引き上げていく織田軍を物見櫓から見据えながら、龍興は隣の孫一に向けて言った。

「敵は相当厳重に警戒しておる。殿軍は、織田家中でも一、二を争う戦上手の柴田勝家。迂闊《うかつ》に出ていけば、数で劣る我らは散々な目に遭うであろう」

口惜しげに答え、遠ざかる敵に向かって鉄砲を撃つ真似をする。

「それに、三好三人衆が追撃など許すまい。あの者たちは、この機に摂津全土を取り戻す腹づもりだ。まったく、己の足元しか見えておらん」

「孫一殿も、その戦に加わるのですか？」

「冗談ではない。俺が請け負ったのは、この城を守り抜くところまでだ。これ以上、あの阿呆どもの下で働くのは御免だ」

自分の雇い主に向かって辛辣《しんらつ》な言葉を吐くと、龍興のほうに向き直る。

「どうだ、龍興殿。俺と一緒にもうひと暴れせぬか？」

「と言うと？」

「戦場はここだけではない。俺と龍興殿が組めば、面白い戦ができる。ふたりで、信長に一泡吹かせてやろうではないか」

そう言った孫一の顔は、祭りを待ちわびる童《わらべ》にも似ている。

確かに、物足りない戦ではあった。三好三人衆の客将という立場を離れれば、思う存分戦うこともできるだろう。

だが、愉しむために再び剣を取ったわけではない。そう思いながらも、龍興は誘惑に抗《あらが》うことができず、頷《うなず》きを返していた。

三

竹中重治は、横山城本丸の床に広げられた絵図を見つめていた。

十月も半ばにさしかかり、山上に築かれた横山城は冷え込みが厳しい。だが、それよりも冷え込んでいるのは、軍議の席にもかかわらず何の意見も出てこないこの場の雰囲気だった。

「やあ、どえりゃあことになってまったのう。こりゃ、どう見ても八方塞がりじゃ。何か、よい手立てはないものかのう?」

木下藤吉郎秀吉が、ことさら明るい声音で言う。が、広間に集った麾下の諸将は誰もが俯き、口を開こうともしない。

信長率いる本隊からの連絡が途絶え、もう三日になる。将兵の不安と苛立ちは頂点に達しつつあった。

「いっそのこと、こんな小城は捨てて、中村に帰って百姓でもするか。のう、小一郎」

話を振られた小一郎秀長は、本気とも戯言ともつかない兄の言葉に曖昧な笑みを返し、すぐに元の沈鬱な表情に戻った。

「何じゃい皆の衆、陰気な顔をしおって。そんな面つきでは、運にも見放されてしまうぞ」

「やかましい!」

堪《こら》えきれずに怒声を上げたのは、家臣筆頭の蜂須賀小六《ころく》である。秀吉とは古い付き合いだけあって、遠慮というものがまるでない。

「我らはとうに運に見放されておるからこそ、こんな状況に陥っておるのだろうが。そんなこともわからんのか、このど阿呆が！」

「おのれ、主に向かって阿呆とは何じゃ！」

「阿呆ではない。ど阿呆と言うたんじゃ。耳まで遠くなったか！」

「ええい、言わせておけば！」

不毛以外の何物でもない子供じみた口喧嘩を尻目に、重治は絵図に視線を落とした。絵図は畿内から近江や美濃、尾張まで記した大きなもので、城や街道がびっしりと描き込まれている。点々と置かれた白と黒の碁石は、それぞれの軍勢である。

織田軍を表す白の碁石は分散し、それぞれに孤立している。合流しようにも、主要な街道は黒の石が塞いでいた。

これまで断片的にもたらされた情報をもとに、重治は戦況を分析する。

九月二十三日、摂津から兵を返した信長は翌二十四日、休む間もなく逢坂《おうさか》の関を越え、比叡山の東麓坂本に陣を敷いた。その後、延暦寺に対し中立を保つよう使者を送ったものの、回答はなし。それからひと月近くが経つが、織田軍本隊と比叡山に立て籠る浅井・朝倉軍の間では、今も睨み合いが続いていた。

四千とも五千とも言われる僧兵を抱える比叡山延暦寺は、これまでどの大名にも与《くみ》せず、常に中立を保ってきた。その延暦寺が反信長の旗幟《きし》を鮮明にしたことは、畿内近国の武士たちに計り知れない影響を与えるだろう。実際、若狭では一旦織田家に降《くだ》った地侍が叛旗を翻している。

織田軍本隊が去った摂津方面では、三好三人衆が暴れ回っていた。

近隣の諸城をいくつか攻め落とし、徐々に版図《はんと》を広げつつあるが、今のところ京へ打って出る気配はない。この機に乗じて旧領を取り戻すつもりなのは明らかだった。是が非でも信長を討つという気概は見られず、さしたる脅威にはならないだろう。

石山本願寺の軍も似たようなもので、信長が去った後は我関せずとばかりに傍観を決め込んでいる。ただ、呼応した伊勢長島の門徒たちは不穏な動きを続けていた。

厄介なのは、江南の情勢だった。甲賀では六角承禎が兵を挙げ、本願寺の檄に応じた門徒と地侍も、連合して方々で蜂起している。本隊との連絡が途絶えているのも、そのせいである。

これにより織田家の版図は分断され、信長の地盤である美濃、尾張からの兵站《へいたん》も断たれている。この状況が続けばいずれ兵糧《ひょうろう》が尽き、本隊は戦うことなく瓦解するだろう。

だが、江南の一揆を鎮圧し兵站を確保しようにも、各地の織田軍はそれぞれに敵を抱え、兵力がまるで足りない。この横山城も、主兵はわずか二千。対する小谷城には、およそ三千の兵が残っていた。

「ふたりとも、いい加減になされよ！」

今にも取っ組み合いに発展しそうな秀吉と小六を見かねて、秀長が声を荒らげた。常に温厚な秀長ではあるが、さすがにこの絶望的な状況では平静を保てないのだろう。

「今は、つまらぬ言い争いをしておる時ではありますまい。この窮地に、我らがどう対処するかでしょう」

秀吉と小六が肩を竦《すく》めて黙り込んだ時、廊下から足音が響いてきた。ひとりの武者が、縁で片膝をついて名乗りを上げた。

「何事じゃ。軍議の最中ぞ」

「お待ちください」

苛立ちを滲《にじ》ませる秀吉を制し、重治は武者を手招きした。

「この者は、それがしの家臣にございます。ひとつ確かめたきことがあり、物見に出しておりました」

怪訝《けげん》な顔の秀吉に一礼し、武者は重治に耳打ちする。

「そうか。ご苦労であった、下がってよいぞ」

武者を下がらせると、重治は一同を見回した。

「まず我らがなさねばならぬのは、美濃と京を結ぶ線を確保し、本隊を孤立から救い出すことです」

「そのようなことはわかっておる。しかし、たったの二千しかいない我らに何ができると言うのだ」

不貞腐れたように言う秀吉に向き直り、重治は続けた。

「木下さまは、直ちに城兵の半数を率いて出陣なさいませ。留守は、それがしが守りまする」

「しかし、それでは小谷の軍が攻め寄せてまいろう。援軍もなく、たったの一千で浅井の強兵を相手にするなど」

「援軍は、まいります」

「阿呆なことを言うとったらあかんわ。どこから援軍なんか……」

重治は腰に差した扇を抜き、絵図の片隅を指した。

「三河……家康殿か！」

「この状況で援軍を期待できるとすれば、徳川さまのみ。そのことをお館さまが見落とすはずはありません。おそらく、とうに援軍要請は出したはず。そう思い、独断で物見を出し申した」

「して、結果は？」

「徳川軍五千、すでに木曽川を越え、美濃にまで達しております」

重治の言葉に、諸将が沸いた。越前金ヶ崎での退き陣、続く姉川の合戦で、徳川軍の精強さは織田家中に知れ渡っている。

「徳川殿がまことに来てくだされば百人力、いや千人力じゃ。お館さまの下にも馳せ参じられる」

呟いた秀吉の目には、強い光が戻っていた。それまでの投げやりな口ぶりはきれいに消え失せている。

「じゃが軍師殿。徳川殿の援軍が来るとしても、まだ数日はかかろう。それまで、城を持ち堪《こた》えられるか？」

「ご安心を」

不安げな面持ちの秀吉に向け、重治は笑みを作った。

「それがしは、十六人で稲葉山城を落とした男にござるぞ。一千で城を守るなど、容易《たやす》きことにございます」

言うと、秀吉は声を上げて笑った。

「そうであったのう。わしとしたことが、余計な心配であったわ。小一郎、そなたもここに残り、軍師殿をお助けいたせ。よいな」

「ははっ」

「小六、兵の選抜はおぬしに任す。他の者も直ちに仕度にかかれ。弓と鉄砲の大半は城に残す。兵糧も三日分でよい。用意ができ次第、出陣じゃ」

立ち上がり、秀吉は手早く下知を飛ばしていく。

「織田家の存亡は我らの手にかかっておる。皆の衆、しかと働こうぞ！」

諸将が立ち上がり、おおっ、と声を揃える。

つい先刻まで秀吉と言い争っていた小六も、嬉々《きき》とした表情で真っ先に広間を出ていった。

何度見ても、不思議な光景だった。弱音を吐き、大人げなく家臣と喧嘩をしたかと思えば、瞬く間に将兵を団結させる。そして重治自身も、越前金ヶ崎でともに死線を潜り抜けて以来、秀吉以外の誰かの下で働く気などなくなっていた。

「まさに、人たらしだな」

ふと漏らした呟きを聞きつけ、秀長が微笑した。

「醜男《ぶおとこ》で喧嘩も弱く、何かといえば泣き言ばかり言っているくせに、兄の周りにはいつの間にか人が集まっているのですよ。そして、一度集まった者は決して裏切ることがない。兄は、童の時分からああでござった」

「なんとなく、想像がつきます」

言いながら、重治は別の男のことを思い浮かべていた。

斎藤龍興。金ヶ崎の退き陣では、手痛い目に遭わされた。野田、福島では三好軍に加わっていたというが、その後の消息は途絶えている。

あの男はいつも、自分の前に立ちはだかってきた。美濃、本圀寺、金ヶ崎。何度敗れても立ち上がることができるのは、美濃国主時代の家臣たちが今も支えているからだ。あるいは、どこか秀吉と似たところがあるのかもしれない。

もしも、龍興の将器がもっと早く開花していれば、今頃自分は龍興の下で軍師を務めていただろうか。

埒もない考えを、重治は頭から追い払った。

たったの二千とはいえ、元は信長の草履取りだった男が一軍を率い、城を任されている。他家であれば、あり得ないほどの出世である。

だが、まだ足りない。自分の力で、秀吉を織田家一の家臣に押し上げる。それが、今の重治の望みだ。そのためには、こんなところで立ち止まっているわけにはいかない。

立ち上がり、秀長に声をかけた。

「さあ、我らも籠城の仕度にかかりましょう」

四

門徒たちの唱える念仏は、波の音のように途切れることなく続いていた。

浄土真宗の門徒が毎朝欠かさず行う勤行《ごんぎょう》である。冬枯れの野に集まった三千を超える人間が一斉に唱える『南無阿弥陀仏』の六字名号は、さながら地鳴りのようで、龍興は一向に慣れることがない。

「うるさくてかなわんな。これでは、ろくに朝寝坊もできん」

忌々しげに言いながら、雑賀孫一が陣幕をくぐって本陣に入ってきた。まだ夜が明けたばかりで、西の空は薄暗い。

福島城で織田軍本隊の撤退を見届けた龍興は、孫一とともにわずかな手勢を引き連れ、江南へ移動した。美濃と織田軍本隊を分断し、信長を孤立させるためである。

最初は一千足らずの小勢だったが、街道を扼《やく》する織田方の砦《とりで》を襲い、輜重隊《しちょうたい》の襲撃を繰り返すうち、どこからともなく周辺の地侍や一向門徒たちが集まりはじめた。石山本願寺からの命なのだろうが、今では全軍で四千に達し、それなりの勢力になっている。

とはいえ、門徒たちの装備はろくなものではない。古びた胴丸に錆《さ》びかけた手槍、鋤《すき》や鍬《くわ》がせいぜいで、中には兜《かぶと》の代わりに鍋をかぶった者までいる。

このままではとても戦力にならないので、源太に命じて戦稽古をさせているが、老いた者や戦の経験がまるでない者も多く、あまり期待はできない。

「まったく、毎日毎日、よくも飽きないものだ。戦の稽古もこのくらい熱心にやってくれればいいのだが」

陣幕をくぐり床几に腰を下ろした孫一が、うんざりしたように言う。

「孫一殿とて、門徒でしょうに」

「まあ、いちおうそういうことになってはいるがな。家が代々そうだというだけで、俺は弥陀も極楽も信じてなどおらん。だいいち、念仏を唱えただけで行ける極楽など、たいして面白い場所ではあるまい」

孫一らしい答えに、龍興は苦笑した。斎藤家は代々法華宗だが、龍興も仏の教えに関心を持ったことはない。

「申し上げます」

見ると、陣幕の外で、百姓姿の若い男が片膝をついている。

「九右衛門《きゅうえもん》か。いかがいたした」

美濃にいた頃から使っていた忍びのひとりである。稲葉山落城後は故郷の伊賀に戻っていたが、龍興が再挙したと聞き、五人の配下を引き連れて駆けつけてきた。

「横山城の木下秀吉が一千の軍を率い、こちらへ向かっております。途中で丹羽長秀の軍とも合流し、総勢は二千二百。昨夕、観音寺近郊で六角軍とぶつかり、激戦の末に六角軍は敗走したとの由」

「秀吉は、横山城を捨てる覚悟か」

「横山には浅井勢が攻め寄せておりますが、かなり手こずっているようです」

「情けない。元は自分たちの城であろうに」

嘆息する孫一に、龍興は答えた。

「木下秀吉とその麾下は、侮り難い力を持っておりますからな」

秀吉とは、本圀寺と越前金ヶ崎で干戈《かんか》を交えた。あの絶体絶命の窮地にあっても決して諦めようとしない戦いぶりは見事なものだった。

浅井軍の主力は比叡山にあり、小谷に残る留守部隊は龍興たちと同じく、江北の一向門徒がかなりの割合を占めている。いくら浅井軍が数で勝ってはいても、そう容易くは落とせないだろう。

「ご苦労だった。引き続き、木下勢から目を離すな」

龍興らが陣を敷いているのは、草津の南に位置する小さな砦である。観音寺からはおよそ五里。敵がそのまま進んでくれれば、今日中にはぶつかる。

「さて。どうする、龍興殿。迎え撃つか、それとも一旦逃げ散ってやり過ごすか？」

試すような顔つきで、孫一が問う。

孫一とその麾下の兵からは、鉄砲の使い方から兵の動かし方、戦稽古のやり方にいたるまで、多くのものを学んだ。自分よりはるかに多くの戦場を渡り歩いてきた孫一の話は、聞いていて飽きることがない。龍興は、戦の奥深さを改めて思い知らされた。

「迎え撃ちましょう。ここで敵を打ち破れば、織田領の分断は完璧なものとなる。敵の士気に与える影響は計り知れません」

答えると、孫一は満足そうに微笑んだ。

それからすぐに、龍興は出陣を命じた。この砦は小さ過ぎ、街道からも離れている。馬もわずかしかいないので、素通りされれば追いつくのは困難だ。

半里ほど移動し、街道を塞ぐ形で布陣した。

前衛から三段目までは門徒と地侍。周囲を見渡せる小高い丘に本陣を置き、麓には龍興と孫一の麾下それぞれ五百を配した。敵が二千ならば、練度で劣っても士気の高い門徒兵は数で押し切れる。そう判断しての布陣だった。加えて、敵は昨日六角軍と激戦を演じ、損耗している。敵の中に、竹中重治はいるだろうか。いるのであれば、想像もつかないような策をとってくる。秀吉が動いたと聞いた時から、龍興は自分の心が浮き立っていることに気づいていた。福島城の戦は、つまらないものだった。江南に移って敵の輜重隊や砦を襲っても、手応えはなかった。重治と秀吉が相手なら、思う存分戦える。布陣が終わるのを待つ間も、興奮は抑え切れなかった。

布陣を終えてもまだ、時間の余裕があった。観音寺近郊で夜営した敵がここまで達するのは、早くとも正午を過ぎてからだろう。

それぞれに兵糧を摂《と》るよう命じると、龍興はひとりで陣を見て回った。輜重隊や砦の襲撃は龍興と孫一の麾下だけで行っていたので、門徒や地侍の兵を実戦に出すのははじめてだ。

あちこちに、門徒兵が作った旗や幟《のぼり》が掲げられている。

『南無阿弥陀仏』『進者往生極楽　退者無間地獄』。粗末な筵《むしろ》には、そんな文句が墨で書かれている。

「物騒な教えだ」

粗末な旗を見上げ、誰にともなく呟いた。

進む者は極楽往生、退《ひ》く者は無間地獄。進もうと退こうと、その先にあるのは死の他にない。

だが、門徒たちの表情は明るく、すぐ目の前に死が迫っているのを喜んでいるようにも見える。

それほど、生きているのが辛いということだろうか。

龍興は、門徒兵の車座に足を向けた。輜重隊が用意した薄い粥《かゆ》を手を合わせて受け取り、ありがたそうに啜《すす》っている。

「どうだ、美味いか？」

「これは、御大将……！」

「ああ、よい、楽にしてくれ」

驚いて平伏しようとする兵たちを制し、空いている場所に腰を下ろした。

「すまんが、私にも一杯粥を頼めるか？」

「へえっ」

継《つ》ぎ接《は》ぎだらけの胴丸をつけた若者が、勢いよく駆け出した。

門徒の全てが貧しいというわけではない。中には名主もいれば、それなりに豊かな商人もいる。それでも、圧倒的多数を占めるのは貧農や小作人だ。

「ひとつ、訊ねたいのだが」

若者が運んできた粥を啜り、龍興は言った。

「そなたたちは、なぜ危険を冒して戦おうと思ったのだ。それほど、織田家の統治は厳しいものだったのか？」

「そのようなことは。六角さまが領主であった頃のほうが、年貢の取り立てなどはよほど厳しゅうございました」

答えたのは、車座の中で最も年嵩の男だった。男は、この近くの村の長《おさ》を務めているという。

「ではなぜ、織田家に刃を向ける？」

「多少取り立てが緩やかになったとて、我らの暮らしが楽になるほどではありません。戦や疫病、日照りや大水と、不幸の芽は掃いて捨てるほどございます。されど、弥陀の教えを守るために戦って死ねば、死後の極楽は約束されるのです」

「それでは……」

本願寺に使い捨てにされるだけだ。言いかけて、龍興は口を噤《つぐ》んだ。真摯《しんし》に語る村長の声には、深い絶望と、極楽を目前にした喜びが同居している。

「戦が終わった暁には」

どこか遠くを見つめるような目で、村長は言った。

「何卒《なにとぞ》、我らの戦いぶりを石山の法王さまにお伝えくださいませ」

戦に向かう者とは思えない、穏やかで思慮深さを感じさせる口ぶりだった。もしかするとこの村長は、自分たちが本願寺顕如《けんにょ》の駒にされていることを悟っているのかもしれない。

それでも、神仏の他に縋《すが》れる相手などいないのだろう。誰が領主になろうと、苦しみから解き放たれることはない。ならば、極楽往生に一縷《いちる》の望みを託して戦に身を投じるほうが、まだましということか。

「わかった。伝えよう」

どうにもならない居心地の悪さを覚え、龍興は味のほとんどしない粥を一気に掻き込んだ。

美濃国主だった頃、龍興は大水に怯える領民のために堤を築いたことがあった。急ごしらえの小さな堤ではあったが、いくらかは民を救うことができたはずだ。

今の自分は、誰かを救っているのだろうか。

頭をもたげかけた疑念を振り払い、龍興は椀と箸を置いた。信長を討てば、多くの武士や民が救われるのだ。今は、迷う必要などない。

「お館さま！」

本陣に戻ろうと腰を上げたところで、才蔵が切迫した様子で駆けてきた。

「このようなところにおられましたか。至急、本陣へお急ぎください！」

「何事だ、騒々しい」

「先ほど、九右衛門が戻りました。敵が、半里先まで迫っております」


「何という速さだ」

本陣に駆け戻った龍興は、呻《うめ》くように呟いた。

小高い丘の上に設けた本陣からは、土煙を上げながら進む敵の姿がはっきりと見えた。

夜が明ける前に出立しなければ、これほど早くこの場所に現れるはずがない。

「それほどまでに、信長の下に駆けつけたいということか」

信長という武人が、龍興にはわからなくなった。他者を信じず、金ヶ崎では将兵を置き去りにして真っ先に逃げたような男だが、人を引きつける何かを持っているというのか。

敵は十町ほど先で一旦止まり、陣を組んだ。鋒矢《ほうし》の陣。鏃《やじり》のように真っ直ぐ突き進み、中央を突破するための陣である。

敵はやはり、六角軍との戦いで損害を出していた。物見の報告によれば、兵力は二千をわずかに超える程度だという。

だが龍興は、敵陣から言いようのない圧力を感じていた。

「敵は、正面から仕掛けてくるつもりでしょうか」

傍らで敵を睨む孫一に訊ねた。

「わからん。だが、敵の放つ気が尋常ではないな。六角を破り、五里の道のりを駆け通してきた。こういう敵は怖いぞ」

冬の最中だというのに、孫一の額には汗が浮かんでいた。

「龍興殿。俺は配下とともに前衛に出るぞ。敵の出足を鉄砲で止める」

「お待ちください。敵がこのまま攻め寄せてくるとは思えない。何か、策があるはずです」

雑賀衆の兵は鉄砲を最も得手としているが、白兵戦《はくへいせん》の能力もきわめて高い。切り札として、手元に残しておきたかった。

龍興は、周囲を見回した。見通しが利くように、四方の陣幕は巻き上げてある。

戦場は広大な平野で、兵を埋伏《まいふく》できる森も山もない。だが、秀吉の下にはあの竹中重治がいる。必ず、何か奇策を仕掛けてくるはずだ。どこかに見落としはないか。地侍の軍勢に、不審な動きはないか。

戦場の隅々まで目を配る龍興の耳に、法螺《ほら》の音が響いた。

鉄砲よけの竹束を押し立てた敵の先鋒が前進をはじめ、全軍がそれに続いて動き出す。

「馬鹿な。もう動くのか」

ろくに休息も取っていないはずの敵兵だが、動きは統率が取れていて、遅れる者はいない。

前衛の門徒兵が礫《つぶて》を放つが、敵は足を止めるどころか勢いを増して向かってくる。礫がやむと、敵は竹束を放り出した。

　ぶつかった。衝撃がここまで伝わってくるかのような、重い一撃。織田軍の三間半の長槍が中天に掲げられ、門徒兵の頭に一斉に振り下ろされる。見る間に、前衛の中央が押し込まれていく。

「お館さま！」

　本陣に控える才蔵が、声を上げた。

「落ち着け。敵はこちらの半数だ。押し包んで崩していけばいい」

　自分に言い聞かせるように、龍興は答えた。

　だが、一丸となって突っ込んできた敵の勢いに、前衛は早くも割られつつある。

　敵の先鋒を率いる一際大柄な男が、派手に暴れ回っていた。金ヶ崎でも見たことがある。確か、蜂須賀小六とかいった。

「第二段、前に出ろ。先鋒の将を狙え！」

「龍興殿、第三段も出さねば敵の勢いは止められん」

　孫一の進言を、首を振って却下した。敵の策が明らかになるまでは、本陣を手薄にするわけにはいかない。振り返って後方を見渡すが、新たな敵が現れる気配はない。伏兵も側背からの奇襲もないとすると、どこかに内応者がいるのか。

　まさか、雑賀衆が。いや、あり得ない。裏切るなら、ぶつかる前にとうに自分の首を奪《と》っている。

　気づくと、第二段が中央を破られ、第三段も乱戦に呑み込まれていた。

　龍興は唇を噛んだ。流れ出す血を拭いもせず、采配を握り締める。

　策など、何もありはしなかった。敵は、主君の危機に駆けつけようと、ただがむしゃらに前へ進もうとしていただけだ。

「死んで楽になろうとする者と、生きようと足掻く者。その差が出たな」

孫一が、吐き棄てるように呟いた。

「もうどうにもならん。ここは退くべきだ」

自分の従者に馬を命じ、龍興に下知を促す。

最早、挽回するのは不可能だった。数を恃《たの》み過ぎた。ここにいるのかどうかもわからない竹中重治の策を警戒して、全てが後手に回った。敗因の全ては自分にある。

「どうした、早く下知を出さねば手遅れになるぞ」

苛立った声で、孫一が言う。敵の勢いは止まることなく、味方は崩壊寸前だった。手を拱《こまね》いていれば、敵は本陣まで殺到してくる。

わかってはいる。だが、ここで逃げれば、信長と同じではないのか。その思いが、下知を押し止めていた。

不意に、念仏の声が聞こえたような気がした。

空耳か。思ったが、声は確かに聞こえていて、次第に大きくなっている。

「お館さま、あれを」

才蔵が指差す先を見て、孫一が眉をひそめる。

「愚かな。それほどまでに、死にたいのか」

崩れかけた第三段の後方で、敗走したはずの門徒たちが再びまとまりはじめていた。念仏を唱えながら、『進者往生極楽　退者無間地獄』の旗に集まってくる。足を引きずり、全身を血に染めてもなお、闇夜に光明を見つけた羽虫のように、旗へ向かって歩いていく。その中には、龍興と話した村長の姿もあった。

念仏の声は、次第に大きくなっていく。数百が集まると、門徒たちは前進をはじめた。

だが、敵の勢いを止めるにはいたらない。次々と突き倒され、馬蹄にかけられていく。すでに、戦とも呼べない。門徒たちは、敵を使って自死しているようなものだった。

「龍興殿。この期《ご》に及んで退却をなされぬのなら、我らだけで退かせていただく」

言い捨て、孫一は本陣を後にした。丘の麓に陣を敷く雑賀衆五百が、戦場から遠ざかっていく。

「お館さま、撤退のお下知を！」

悲鳴のように叫ぶ才蔵をよそに、龍興の目は凄惨な殺戮《さつりく》の場と化した戦場に釘付けになっている。

ついに、門徒兵の中からも得物《えもの》を捨てて逃げ出す者が出はじめた。

そうだ。それでいい。そう、龍興は思った。門徒たちを極楽に送るために、自分は戦ってきたわけではない。

「才蔵」

とうとう潰走に移った門徒兵を見つめながら、龍興は言った。

「私はこれまで、いったい何のために戦を続けてきたのだろう」

「それは、信長を討ち、美濃の地を取り戻して……」

「そうだ。そのはずだった」

戦や大水から、民を守る。全てを失った旧臣たちに、生きる場所を与える。口ではそう言いながら、自分はいつしか、戦そのものを愉しむようになっていた。そして、いまだ誰ひとりとして、救ってはいない。

馬を命じ、飛び乗った。丘を駆け下り、麾下の将兵に告げる。

「これより敵の横腹を衝き、敗走する門徒兵を支援する。敵を攪乱した後、離脱いたす」

戸惑いを見せる将兵に構わず、刀を抜き放った。

五

琵琶湖を渡る寒風が、血の臭いを運んできた。

竹中重治は顔を歪めつつ、鎧直垂《よろいひたたれ》の襟元をかき合わせる。

夕陽に赤く染め上げられた城の内外には、無数の死骸が転がっていた。まだ息があるらしい敵に向かって、味方の兵が槍を突き立てて回る。三日間にわたって恐怖を味わされた兵たちは、戦が終わってもなお、槍を振るわずにはいられないのだろう。

「切り抜けましたな」

いつの間にか物見櫓に登ってきた木下秀長が、安堵《あんど》の表情を浮かべる。

「ええ、何とか」

「勝ちはしたものの、まこと、恐ろしき戦にござった」

述懐する秀長の顔は、たった三日ですっかりやつれていた。たぶん、自分も似たようなものだろう。

籠城戦は、想像よりはるかに苛烈なものになった。

敵の多くを占めるのは一向門徒で、装備は貧弱なものだったが、念仏を唱えながら押し寄せてくる。

死を恐れない敵には、どんな策も効果はない。人の頭ほどもある石をぶつけても、油を浴びせて火矢を射込んでも、血を流し、炎にくるまれながら向かってくる。城兵は完全に気を呑まれ、狂を発する者も出た。

一時は半分近い郭《くるわ》を奪われ、重治も落城を覚悟した。徳川軍の来援があと一日遅れていれば、自分も秀長も腹を切る他なかっただろう。

駆けつけた徳川軍が敵を粉砕したのは、ほんの半刻ばかり前のことだ。一向一揆と戦った経験もある三河兵は、一片の容赦もなく敵の背後から襲いかかり、敵兵を殺戮していった。徳川軍は今も、残敵掃討と戦場の後片付けに当たっている。

城下には大きな穴が掘られ、敵の骸《むくろ》が投げ込まれている。通常なら敵兵から武器や具足を剝ぎ取って戦利品とするが、門徒兵が相手ではそれもできない。

金ヶ崎での戦は、生き延びるためのものだった。だが今回は、目の前の恐怖を振り払うために戦うしかなかった。危機は脱したものの、これほど陰惨で不快な戦は経験したことがない。

一昨日、秀吉が江南で破った四千の敵も、多くが一向門徒だった。総大将は、斎藤龍興。まったく、どこにでも現れる男だった。

龍興の最後の突撃でかなり損害を出したものの、戦そのものは圧勝だったという。

龍興の生死は定かではない。一刻も早く信長のもとに馳せ参じたい秀吉は、首実検をする間も惜しんだのだろう。

この程度で死なれてたまるか。あの男は自分の手で討つ。その思いは、今も変わらずあった。


横山城は辛うじて守り抜いたものの、全体の戦況は織田軍の圧倒的な不利に傾いていた。

本隊には秀吉が合流したものの、浅井・朝倉軍との睨み合いがいつ果てるともなく続いている。徳川軍が睨みを利かせる江南では敵の動きは鎮まっているが、十一月二十一日には、伊勢長島で蜂起した一向門徒が尾張小木江《こきえ》城を攻略した。城将を務める信長の弟信興《のぶおき》は奮戦の末に自刃。二十五日には湖西堅田《かたた》で合戦があり、織田家重臣の坂井政尚《まさひさ》が討ち死にした。

「馬鹿な。これでは降参したも同然ではないか」

横山城本丸で兄からの書状に目を通し、秀長は口惜しさを滲ませた。

一向に好転しない戦況に、信長はついに和議を決断した。朝廷を動かし、天皇から和議を命じる綸旨《りんじ》を引き出した信長は、「天下は朝倉殿が持ちたまえ。我は二度と望まず」とまで言って、浅井、朝倉に頭を下げてみせたという。

十二月十四日、信長は比叡山から兵を退き、翌日には浅井・朝倉軍も山を下りて帰国の途についている。

「これでは、何のために兵を死なせたのかわからぬ」

「このままで終わるはずがありませぬ」

肩を落とす秀長に、重治は言った。

「和議はあくまで、態勢を立て直すための方便。お館さまは一旦兵を休め、再戦を期すおつもりでしょう」

「では我らは、また門徒どもを相手に戦わねばならぬ、ということでしょうか」

表情を翳《かげ》らせた秀長に、頷きを返す。

本願寺を屈服させるには、門徒たちを殺して、殺し尽くすしかない。相手が民であろうと、己に逆らう限り、信長は一切の妥協を許さないだろう。

これからは、策も駆け引きもない、ただ殺すだけの血腥《ちなまぐさ》い戦が続くことになる。

「秀長殿、我らは……」

いったい何のために戦っているのか。口にしかけた言葉を、重治は呑み込んだ。

「木下さまを迎える仕度をいたしましょう。兵糧は心もとないが、酒ならばいくらかは残っているはず」

「そのようなことは、それがしにお任せください。酒ならば、商人に命じて買い集めまする」

秀長が一礼して退出すると、重治も本丸の外に出た。

今年は例年よりも冷え込みが厳しい。琵琶湖の対岸にそびえる山々は、真新しい布でもかぶったかのように白く染まっている。

その一点の穢《けが》れもない光景から、重治は目を背けた。

第七章　流浪の果ては

一

山が、燃えていた。

麓から山頂にいたるまで無数に築かれた堂宇がことごとく炎を噴き上げ、山全体が闇夜を照らす松明《たいまつ》と化したかのように燃え盛っている。

こんな光景をいつかも目にしたと、竹中重治は思った。

あれは、稲葉山城を乗っ取った時のことだ。暗愚な主君斎藤龍興《たつおき》から国主の座を奪うため、わずかな手勢で兵を挙げた。あの時焼いたのは城下の町屋だけだったが、これで美濃一国が自分の掌中に収まると思えば、興奮を抑えることができなかった。

だが今、重治を捉えているのは、織田信長という男への畏怖だけである。

燃えているのは、敵が立て籠った山城ではない。天台宗の総本山として八百年近くにわたり都の鬼門を守護してきた、王城鎮護の聖地である。

それでも信長は、躊躇《ためら》うことなく焼き討ちを命じた。神仏に対する畏れも、由緒ある仏像や古文書を灰にし、無辜《むこ》の民を手にかける後ろめたさも、信長の心中にはないのだろう。

「軍師殿。そろそろ、山から逃げ出した者たちが下りてくる」

陣幕も張らず立ったまま、木下藤吉郎秀吉が言った。

「兵どもは、やれると思うか？」

常に闊達さを忘れることのない秀吉だが、役目が役目だけに、さすがにその声は暗く沈んでいる。

「やるしかありますまい」

「そうじゃな。愚問であったわ」

元亀《げんき》二年（一五七一）九月十二日。木下秀吉とその麾下《きか》二千は比叡山の北方、横川《よかわ》に布陣していた。延暦寺へ続く参道の両側は、鬱蒼《うっそう》たる木々に覆われている。月明かりも届かず、篝火《かがりび》の灯りだけが頼りだった。

「悪いのは叡山じゃ。僧兵を抱え、肉食妻帯し、あまつさえ浅井《あざい》、朝倉に味方までしおった。焼き払われるのも、当然の報いじゃ」

自分自身に言い聞かせるように、秀吉はぶつぶつと呟《つぶや》いている。

事の発端は昨年九月、京を目指して出兵した浅井・朝倉連合軍が、比叡山に籠ったことにある。信長は比叡山に中立を保つよう要請したが、完全に黙殺された。その時信長は、あくまで敵対するのであれば、全山ことごとく焼き払うと言い放った。

当然、敵味方問わず、誰もが脅しにすぎないと判断した。だが信長は、一年の時を経てその言葉を実行に移す。岐阜を発し、江北を荒らし回って浅井長政を牽制した後、さらに西へ軍を進めた。そこではじめて、全軍に比叡山攻めが知らされたのだ。

前衛が陣する辺りから、鉄砲の筒音が響いた。

「来ましたな」

重治が言うと、秀吉は無言で頷《うなず》いた。

闇の向こうから、喚声《かんせい》とも悲鳴ともつかない声が響いてくる。

秀吉が与えられた任は、比叡山の南から攻め上る本隊から逃れようと山を下りてくる者たちを待ち構え、ことごとく撫で斬りにすることである。

比叡山にいるのは僧侶だけではない。四千を数える僧兵もいれば、その相手をする遊女、まだ年端もいかない稚児もいる。加えて、織田軍の侵攻から逃れるために、麓の坂本から多くの民が逃げ込んでいた。

僧俗、老若男女を問わず、そのことごとくを討ち果たせ。一人《いちにん》たりとも逃がすな。坂本に本陣を置いた信長は、比叡山を包囲した四万の将兵にそう下知《げち》していた。

「蜂須賀小六《ころく》さまより伝令。山上から逃れてきた僧兵と交戦に入ったとの由にございます」

「わかった。蜂須賀隊の士気は？」

秀吉が訊ねると、伝令の兵は束の間口ごもり、「は、何ら問題はありませぬ」と答えた。

秀吉の表情が見る間に曇っていく。

「軍師殿。わしも前へ出るぞ」

「木下さま」

「こういう時こそ、大将が陣頭に立たなあかんわ。小六どんはああ見えて優しい男だで、女子供が相手では矛先も鈍ってしまう」

小六の報告には僧兵とあったが、実際には女子供も多く交じっているのは間違いない。

「わかりました。それがしもまいります」

秀吉に従い、重治はわずかな近習《きんじゅ》とともに前衛へと向かった。

前線に近づくにつれ、血と火薬の臭《にお》いが強くなっていく。前方から聞こえてくる悲鳴には、明らかに女のものも交じっていた。

「小六どん」

「何じゃ。大将がこんなところへ何しに来た」

前衛の指揮を執る小六は、必死に何かを堪《こら》えているようだった。僧侶や女子供を手にかける後ろめたさなのか、信長やその命を諾々と受け入れた秀吉への怒りなのか。

「ほれ、また来たぞ。撃ち殺せ」

小六のどこか投げやりな号令の下、一斉に矢玉が放たれた。山道を駆け下りてきた十数人の男女が、折り重なって倒れていく。続けて前に出た槍隊が、生き残った者たちに穂先を突き立てていった。

殺すためだけの戦。軍師など必要ともしない戦。それがまさに今、目の前で繰り広げられている。

「おい、ひとり逃げたぞ！」

参道を逸《そ》れて森の中に逃げ込んだ若い女を、数人の猛《たけ》り狂った兵が追いかけていく。やがて、闇を切り裂くような甲高い悲鳴が上がった。何が行われているかは考えるまでもない。同じような光景は、そこかしこで繰り広げられている。

「おい、止めんのか」

押し殺した声で問う秀吉に顔も向けず、小六は答える。

「鬼かけだものにでもならねば、誰がこんな戦に加われるものか」

話はそれで終わりだというように、小六は前衛の兵に前進を命じた。

「どうするつもりじゃ？」

「山の上には、息をひそめて隠れておる者がいくらでもおる。それを狩り出しに行くんじゃ」

それが望みなのだろう。そんな言葉を言外に滲《にじ》ませ、小六は歩き出した。秀吉は唇を嚙み締め、小六の背中を睨んでいる。

「戻りましょう。やはり、大将は軽々に前に出るものではありません」

「そうじゃな。小一郎を横山城に残してきたのは正解であったわ。あやつに、こんな戦はできん」

秀吉の弟秀長は、兄が城番を務める近江横山城で留守を任されていた。温厚な秀長には、確かにこの戦は苛酷過ぎる。

陣に戻ろうと歩き出した刹那だった。突然、耳を聾《ろう》する轟音《ごうおん》が響いた。

「木下さま！」

とっさに、秀吉の体に組みつく。鉄砲の筒音。一斉射撃ではなくばらばらに撃っているが、一向に途切れることがない。地面に伏せたまま顔を上げると、蜂須賀隊の兵がばたばたと倒れていくのが見えた。

敵は右側の森に隠れ、数は判別できなかった。射撃の間隔は、火縄銃とは思えないほど短い。狙いも正確で、伏せていても体を撃ち抜かれる者が続出している。重治の目の前の地面にも玉が何発か突き刺さり、土埃が舞い上がった。

顔だけ上げ、重治は叫んだ。

「松明を消せ。敵は、松明の灯りで狙いをつけている」

言われた通りに松明を踏み消そうとした足軽の頭が、いきなり弾けた。血と脳漿《のうしょう》をまき散らし、その場に崩れる。

「軍師殿、こいつらは……」

僧兵などではない。考えられるのは浅井軍だが、これほどまでに鉄砲を使いこなす将は浅井家中にはいない。

「雑賀衆《さいかしゅう》、か」

その名を口にした途端、体から血の気が引いていくのを感じた。秀吉も、顔を引き攣《つ》らせている。

銭で戦を請け負う、紀伊の地侍の集団だ。大量の鉄砲と優秀な射手を抱え、諸国にその名を轟《とどろ》かせている。直接干戈《かんか》を交えたことはないが、重治もその戦ぶりは耳にしていた。

「なんということじゃ。やはり、坊主を殺したせいで罰が当たってしもうた……」

秀吉は、頭を抱えて震えている。

ようやく射撃がやんだ。煙と火薬の臭いが立ち込める中、不自然なまでの静寂が漂う。

重治は立ち上がり、刀の鞘を払った。

「来るぞ。備えよ！」

叫んだ直後、森の中から無数の人影が湧き出してきた。こちらが陣を組む間もなく、周囲は争闘の巷《ちまた》と化す。

最早、ここで持ち堪《こた》えるのは不可能だった。秀吉だけでも連れて、他の隊の陣に逃げ込むしかない。近くにいた兵を十数人集め、秀吉を囲むようにして後退していく。

重治は、敵が現れたのとは反対側の森へ向かうよう下知した。ここを抜ければ、後方の味方と合流できる。

森の手前まで進んだ時だった。不意に、誰かが上げた絶叫が耳に飛び込んできた。槍で串刺しにされた味方の足軽が、見世物のように宙に掲げられている。

槍を持つのは、丸太のような腕をした大男だった。

大男が槍をぶん、とひと振りした。足軽の体が毬《まり》のように宙を飛び、重治の足元に落ちる。

弾かれたように、三人が飛び出した。相手も、同時に前に踏み出す。敵味方の位置が入れ替わった時、三人は地面に崩れ落ちていた。

敵がどう動いたのか、重治にはまるで見えなかった。得物《えもの》が触れ合う音すら聞こえなかったのだ。

「ば、化け物じゃあ……」

今にも下帯を濡らしそうな顔で、秀吉が言う。

「この攻め口の御大将とお見受けする」

低い声が響いた。大男が発したものではない。その声を耳にした瞬間、重治の体が震えた。

「兵を退《ひ》き、叡山より逃れ出る者たちを逃がしていただきたい」

声は、重治たちが目指していた森の中から聞こえる。目を凝らすと、無数の小さな灯りが見えた。鉄砲の火縄。このまま森へ向かって進めば、間違いなく全滅だろう。振り返ると、すでに後方にも敵が回り込んでいる。

　気がつくと、刀槍の音はやんでいた。周囲を完全に囲まれ、槍や鉄砲がこちらを狙っている。これでは、味方も手の出しようがないのだろう。

　重治は数歩前に出ると、暗い森へ向かって叫んだ。

「話がしたいのであれば、姿を見せたらどうだ、斎藤龍興殿」

「その声は竹中重治か。久しいな」

　闇の向こうから声が響いた。出てくるつもりはないらしい。

　昨年の十月、江南で秀吉に敗れて以来、龍興の消息は絶えていた。最後に直接言葉を交わしたのは、重治が奪った稲葉山城を返還した時だ。もう、七年前になる。

「そなたがいたにしては、ずいぶんと簡単に奇襲を許したな。やはり、叡山を攻めることには畏れがあったか」

「愚かな。私腹を肥やし、政《まつりごと》にまで介入する叡山は、焼かれて然《しか》るべき存在だ。畏れることなど何もない」

「山に逃げ込んだ無辜の民を殺すことにも、か？」

「そうだ。大義のためには、犠牲もやむを得ない」

　言いながら、なぜか恥じるような気分に襲われた。唇を噛む重治の耳を、くぐもった笑い声が逆撫でする。

「何がおかしい？」

「強い者が好みそうな理屈だな。もっとも私には、信長の単なる意趣返しにしか見えないが」

そう言って、龍興はまた笑った。その声には、明らかな侮蔑の響きが混じっている。

「強い者が武力で天下を平定せねば、民の不幸はいつまでも続く。それがなぜわからん」

「信長は、無駄な血を流し過ぎる。そのような男が天下人になることが、民にとっての幸福か？」

重治の脳裏に、ほんの数日前に目にした江北の野が浮かんだ。織田軍の侵攻で浅井領の田畑は荒らされ、村々は焼かれた。逆らって殺された民や、犯された女はいくらでもいる。

腹の底から、怒りが込み上げてきた。それが誰に向けられたものなのか、自分でも判別できない。

「まあいい。そなたと議論している暇はない。退くか、全滅か。好きなほうを選べ」

「兵を退くわけにはいかん」

答えたのは、秀吉だった。

「だが、ここへ逃れてくる者の命は助けよう」

「木下さま」

「わしはまだ、死にとうない。お館《やかた》さまに叱責されるのも、死ぬほど恐ろしい。じゃが、何の罪もない民をこれ以上殺すのも嫌じゃ。だもんで、こんな中途半端な口約束しかできんが、わしを信じて引き上げてはもらえんかのう？」

子供じみた言い草だが、なぜか反対しようという気にはならなかった。

数拍の間の後で、答えが返ってきた。

「正直な御仁だ。よろしい、こちらが退くことといたしましょう。ただし」

声の調子を変えて、龍興は続けた。

「もしも約束を違《たが》えるようなことがあれば、その首、貰い受けにまいる」

地の底から響くような声音に、秀吉は身を硬くする。重治の肌にも、粟が生じていた。

「退くぞ、源太」

「承知」

先ほどの大男が答えた。その声は龍興の馬廻衆《うままわりしゅう》筆頭、小牧源太のものだ。

龍興がどれだけの兵を率いているのかわからないが、比叡山の周囲には四万の織田軍が展開している。それでも、龍興の声には余裕すら窺《うかが》えた。

鉄砲の筒先をこちらに向けたまま、敵が後退をはじめる。

「待たれよ！」

重治は、思わず声を上げた。敵兵の張り詰めた気が全身を打つが、それでも質《ただ》さずにはいられなかった。

「龍興殿。貴殿は、いったい何のために戦うておられる。織田家に抗《あらが》い続ければ美濃を取り戻せると、本気で考えておられるのか？」

四方から筒先が向けられるのを感じながら、闇の向こうを睨んだ。

しばしの沈黙の後、声だけが返ってきた。

「信長を生かしておけば、また多くの血が流れる。私はそんな光景を見たくない。だから信長を討つ。ただ、それだけだ」

声高に糾弾するでもなく、己の正しさを誇るでもない。

将器を開花させただけではない。かつて自分が仕えた暗愚な国主の面影は、もうどこにもない。

やがて、敵の姿は森の奥深くに消えていった。

「藤吉郎、軍師殿！」

事態を見守っていた小六が、駆け寄ってきた。

「このまま黙って見逃すつもりか。ただちに追撃を……」

「わからんか、小六。見逃されたのは我らのほうじゃ。追撃などいたせば、いつ鉄砲玉がここに飛んでくるかわからんくなる。おちおち眠ることもできんわ」

秀吉は、自分の眉間を指して苦笑する。

「とにかく今は、約束を果たすしかあるまいて。小六どん、他の隊に見つからんよう、上手く逃がしてやってくれ」

「まあ、そういうことであれば致し方あるまい」

そう言いながらも、小六の顔にはどこか安堵《あんど》の色が浮かんでいる。僧侶や女子供を殺すことには、やはり耐え難いものがあったのだろう。

「それにしても、軍師殿が我らの味方でよかった。今もあの男の下に軍師殿がいれば、我らの首などとうに胴から離れておったろうな」

どう答えるべきかわからず、重治は軽く頭を下げた。

二

北国越前とはいえ、七月の半ばともなれば相応な暑さに見舞われる。一乗谷《いちじょうだに》朝倉館の一室で目当ての人物を待つ間、龍興は絶え間なく扇子を使わなければならなかった。

一昨年の十月に江南で秀吉の軍に敗れた龍興は、半年ほどの流浪を経て朝倉家の客将となっていた。

「お待たせいたした」

入ってきたのは、義景の側近、前波《まえば》吉継である。内衆《うちしゅう》と呼ばれる譜代の家柄で、領国経営に深く携わり、家中でも指折りの切れ者と言われていた。

「今月分の玉薬《たまぐすり》と補充用の具足、兵糧《ひょうろう》の目録にござる」

「かたじけない」

目録を受け取り、目を通した。細かな数字が並んだ後に、義景の花押《かおう》が入っていた。

「確かに」

一昨年の敗戦で、麾下は三百にまで減っている。堺の豪商日比屋了珪《ひびやりょうけい》からの資金援助は今も続いているが、龍興は兵を補充するよりも、鉄砲と玉薬の購入に充てていた。今では雑賀衆に勝るとも劣らない精鋭が揃っていると自負している。

ただ、鉄砲衆は維持するだけでも銭がかかる。了珪からの援助だけでは次第に苦しくなり、龍興は三ヶ月ほど前から義景に玉薬の支給を求めていた。

「正直なところ、我が家の台所事情も楽ではござらん。できれば、訓練に使う玉薬はいま少し節約していただければ助かるのですが」

「そうしたいのは山々なれど、鉄砲衆の稽古には、実際に撃ってみねばわからぬというところもござる」

玉薬は、龍興の麾下だけのものではなかった。武器や兵糧の支給を条件に、龍興は朝倉軍の鉄砲衆の訓練を請け負っていた。そのためには、少しでも多くの玉薬を確保しておきたい。

「わかりました。ここだけの話ですが、家中には斎藤殿を快く思うておらぬ者もおります」

その連中が文句をつけてきたということだろう。龍興は内心嘆息しながら、目録を懐にしまった。

吉継に礼を述べ、早々に退出した。客将という微妙な立場には慣れていても、やはり朝倉館は居心地のいい場所ではない。露骨に白い眼を向けてくる者が何人もいるのだ。

待たせていた供の者を連れて、城下に与えられた屋敷に戻った。日はだいぶ傾き、暑さもやわらいでいる。

帰るなり、龍興は酒を命じた。

「何とも厄介な役を引き受けてしまった。こんなことなら、朝倉兵の訓練など請け負うのではなかった」

運ばれた酒を呷《あお》り、早速愚痴を零《こぼ》す。

かつて、名将朝倉宗滴《そうてき》の下で精強を謳《うた》われた越前兵の面影は最早ない。義景の治世となり、宗滴も没してからは比較的平和が続き、二年前の織田家による越前攻めが初陣という者も多い。早朝から具足をつけて鉄砲を担ぎ、野を駆けさせる。そんな基本的なところから、稽古をはじめざるを得なかった。

　朝倉鉄砲衆は、稽古をはじめて三ヶ月ほどでそれなりには戦えるようになった。とはいえ、諸将がそれぞれに抱える鉄砲衆を集めて稽古をつけるため、揉め事も絶えない。大身《たいしん》の部将の配下は小身《しょうしん》の者を見下し、主同士の仲が悪ければ、配下の者たちが喧嘩を起こすこともある。何かと理由をつけて兵を送ってこない者も、少なからずいる。

「そう仰せられますな。断れば、兵糧も玉薬も手に入らなくなるやもしれなかったのですぞ」

　晩酌の相手をするのは、決まって源太か道利《みちとし》である。可児《かに》才蔵は、一乗谷の郊外に建てた陣屋で、麾下の兵とともに起居していた。

「嫌なものは嫌なのだ。気位ばかり高い連中の相手をするのも、朝早く起きるのも」

「情けのうござる。まったく、お館さまの怠け癖は、いくつになっても直らぬ」

　道利が、手酌で注ぎながら嘆息した。越前に来てからは髪も薄くなり、すっかり老け込んでいる。朝倉家中との交渉や訓練中の揉め事で、気苦労が絶えないのだろう。

「失礼いたします。新しいお酒をお持ちいたしました」

　縁から声がして、襖《ふすま》が開いた。

　酒を運んできたのは、朝倉家臣富沢主膳の娘、加代だった。主膳はかつて斎藤家に仕えていて、今は龍興と義景の橋渡し役を務めている。加代はその縁で、女手の足りない龍興の屋敷に奉公に来ていた。

「加代殿はよう働くのう。お館さまも、少しは見習うたらいかがじゃ」

憮然とする龍興の前に、加代は苦笑しながら徳利を置く。

「小牧さまのお酒も空になっておりますね。ただ今、お持ちいたします」

「あ、ああ。かたじけない」

言いながら、源太は加代から視線を逸らす。龍興はそれに気づかないふりをして、自分の盃に酒を注いだ。

「それにしても、よう似ておる。何度見ても、りつ殿にそっくりじゃ」

加代が出ていくと、道利がしみじみと言う。

りつは、美濃国主だった頃に側に置いていた女だった。龍興が心を許せるたったひとりの女子《おなご》だったが、竹中重治の謀反に巻き込まれて命を落とした。加代は、そのりつによく似ていた。

「お館さま。そろそろ妻帯いたすおつもりはございませんのか。お館さまももう二十五。跡継ぎのことも考えていただかねば」

「もうよせ。領地すら持たぬ客将の身で、跡継ぎも何もあるまいに」

龍興の言葉を無視し、酔いで呂律《ろれつ》が回らない口調で道利は続ける。

「加代殿などいかがです。独り身で、歳も近うござる。何より、りつ殿に瓜二つじゃ。のう、源太」

源太は答えず、じっと盃に視線を落としている。

重治の手に落ちた稲葉山城を脱出する時、源太はりつの亡骸《なきがら》を背負っていた。加代の顔を見れば、何か思うところもあるのだろう。

「何じゃ、相変わらず愛想がないのう。お館さまも、憎からず思うておられましょう」

「よせと言うておろう」

覚えず出た強い口調に、道利は一瞬表情を硬くした。源太が、ちらりとこちらに目をやる。

「そうですな、ちと酔い申した。先に休ませていただきます。ご無礼の段、平にご容赦を」

頭を下げ、難儀そうに立ち上がる。一昨年の敗戦で受けた傷が元で、道利は左足をわずかに引きずるようになっていた。

退出する道利の背中を、見るともなしに眺めた。以前よりも、ずいぶんと小さくなったように感じる。龍興はかすかに、胸が刺されるような痛みを覚えた。

「申し訳ありません」

「いや、そなたが謝ることではあるまい。とりあえず、呑め」

気まずさを紛らわすように、源太の盃に注ぐ。

「長井さまは、疲れておられるのでしょう」

ぽつりと、源太が言った。

「もう、還暦を過ぎておられます。ここは、隠居を勧められてはいかがかと」

「隠居だと？」

「織田家との戦は、今後ますます厳しさを増していくでしょう。今の長井さまでは、その厳しさに耐えられるかどうか……」

耐えられなければ、死ぬしかない。その前に、隠居させるべきだということだろう。源太が自分から意見を具申してくることなど、めったにない。

そうすべきかもしれないと、龍興は思った。

長く、流浪を続けてきた。信長に敗れて美濃を追われたのは、もう五年近くも前だ。その時から、いや、龍興が家督を継いで以来、ずっと労苦を背負わせている。

堺で再び兵を挙げてからは、兵站《へいたん》や軍資金の調達を全て任せてきた。戦場で大きな働きをすることはあまりないが、若い家臣や兵たちの相談相手にもなり、道利を慕う者は多い。だが、もう六十一になっていた。他に、還暦を過ぎている者はいない。

物心ついた頃から、道利の姿は常に側近くにあった。反発を覚えた時期もあったが、自分の側を離れることなど想像したこともない。隠居させるとして、いったいどう伝えればいいのか。

「考えておく」

それだけ言って、龍興は盃を呷った。

結局、道利には何も切り出せないまま十日余りが過ぎた。

隠居させるとしても、後を任せるに足る人材が育っていない。家来には源太や才蔵のような武《ぶ》辺者《へんもの》は多いが、実務に長《た》け、商人や他の大名との交渉もこなせる者は道利の他にいない。

どうしたものか頭を悩ませているうちに、信長が動いた。五万に上る大軍を率い、江北浅井領に攻め入ったのである。

横山城に入った信長は、小谷《おだに》周辺の青田を刈り、諸方に兵を出して村々を焼き払った。琵琶湖にも織田方の水軍が現れ、浅井領の湊《みなと》や竹生島《ちくぶしま》が襲われたという。

浅井家からの援軍要請に応え、義景は家中に戦仕度を命じた。出陣は、明後日の七月二十七日。

信長は、民の血を流し過ぎる。やはり、生かしておくべきではない。報《しら》せを受け、龍興は改めて思った。

「まあ、恐ろしいお顔」

朝餉《あさげ》の膳を運んできた加代が茶化すように言って、くすくすと笑った。

道利にはああ言ったものの、ひと月ほど前から、加代とは床をともにするようになっていた。それは自然なことで、りつに似ているからというわけではない。そう思ってはいても、床の中で時折りつの記憶が蘇《よみがえ》ることがある。

「何がおかしいのだ？」

「お館さまは、時々怖いお顔をなさいます。酔っておられる時はあんなにだらしないのに」

「うるさい。酔った時の顔など、誰でも似たようなものだろう」

一見控え目だが、加代は思ったことを遠慮なく口にする。不思議と、あまり腹は立たない。そのおかげで、こちらも気を遣わずにすむというところはあった。

「でも怖い顔は、お館さまには似合いませぬ」

そう言って、加代はまた笑った。憮然としながら、龍興は箸に手を伸ばす。一軍の将とはいえ、食事は兵卒が口にするものとほとんど変わらない。もっとも、龍興の信条というより、台所事情のほうが大きいが。

質素だが、味は悪くない。早くに母を亡くした加代は、弟や妹の母親代わりを務めていた。そのおかげで、料理の腕は確かだ。この山菜は何かと訊ねて、そんなことも知らないのかと笑われることもある。それでも加代がいなければ、一乗谷での暮らしはもっと荒《すさ》んだものになっていただろう。

「加代。この越前という国は好きか？」

ふと訊ねると、加代は微笑を浮かべて答えた。

「はい。美濃に較べれば少し寒うはございますが、人は温かく思います。一乗谷は豊かで戦もなく、暮らしやすい町です」

「そうか」

「お館さまは、越前がお嫌いですか？」

「いや、そのようなことはないが、どうもこの一乗谷は、息苦しく感じてしまうな」

一乗谷はその名の通り、高い山に挟まれた細長い谷に築かれた町だった。どこを向いても山が迫り、圧迫されるような気分になる。

「そのうち慣れてしまいます。住めば都と申しますし」

自分が慣れるまで、この町は存在し続けるだろうか。信長に敗れれば、一乗谷は叡山のように焼き払われ、武士も民も、ひとり残らず撫で斬りにされるかもしれない。

気づくと、加代がじっとこちらを見ていた。

また、怖い顔をしていたらしい。龍興は意識して頬を緩めた。

「この戦が終わったら、気晴らしにどこか遊山《ゆさん》にでも行くか」

「それはよろしゅうございますね。長井さまもこのところお疲れのご様子ですし、ぜひ行ってらっしゃいませ」

「何を言っている。そなたも一緒に行くのだぞ。なんなら、そなたの父や弟、妹たちも連れて行こう」

言うと、加代は顔を輝かせた。

七月二十九日、近江との国境を越えた一万五千の朝倉軍は、小谷城のすぐ北に位置する大嶽砦《おおずくとりで》に入った。

先発していた五千と小谷に籠る浅井軍を合わせても、織田軍の半数程度にしかならない。浅井領の一向《いっこう》門徒はあらかた掃討され、敵の背後を攪乱することも不可能だった。

龍興と三百の麾下は、大嶽城の郭《くるわ》のひとつを任された。

「信長は、今回の戦で決着をつけるつもりはなさそうだな」

物見櫓《ものみやぐら》から敵陣を眺め、龍興は呟いた。

敵は、小谷から南西におよそ二里の虎御前山《とらごぜやま》で大規模な作事《さくじ》を行っていた。柵や逆茂木《さかもぎ》ばかりでなく、堀や土塁、櫓まで備えた本格的な砦である。

「しかし、目と鼻の先で悠々と砦を築かれるのは、あまりいい気はしませんな」

腕組みしながら、隣で道利が言う。一乗谷での雑務から解放されたおかげで、出陣してからは生き生きとしている。

「作事を妨害しようにも、砦の周囲には五万の大軍だ。黙って見ている他あるまい」

「これでは、何のために出陣したのかわかりませぬわ」

「そう言うな。武田が動けば、この膠着《こうちゃく》も破れる。我らの働きどころも出てくるだろう」

これまで織田家とは友好を保っていた甲斐の武田信玄が、反信長に転じていた。十月には、三万の軍で上洛戦を開始することになっている。ひとりで尾張兵四人を相手にできると言われる武田軍の上洛を知れば、さすがの信長も驚愕するだろう。

「信長を討ち、我らの美濃を取り戻す。夢でしかないと思っていたその願いが、手の届くところにまで来ている。そう思うと、体が震えまする」

道利の声には、一乗谷にいた時にはなかった張りが戻っている。これも、武人の性《さが》というものだろう。複雑な思いで、龍興は頷き返した。

ぶつかり合いもないまま数日が過ぎた八月六日夜、全軍に動揺が走った。

あの前波吉継が、わずかな一族郎党を連れて城を抜け出したのである。吉継は脇目も振らず、虎御前山の敵陣に駆け込んでいったという。

狼狽《ろうばい》する兵たちを鎮める間もなく、翌日には家中でも指折りの勇将として知られた富田長秀が出奔し、さらにその次の日、池田隼人助が脱走を試みて露見、首を刎《は》ねられた。

吉継は、織田家に内応の約束をしていた。その事実が露見し、捕縛される前に陣を抜けたのだという。富田と池田の脱走も同様だった。龍興が朝倉館で会った時、吉継はすでに朝倉の前途を見限っていたのかもしれない。

いずれにせよ、朝倉家中のかなり深い部分にまで、調略の手が伸びている。兵の士気に与えた影響は大きく、逃亡も相次いだ。

その後は、また対峙《たいじ》が続いた。

業を煮やした信長は使者を遣わして決戦を呼びかけてきたものの、義景も長政もこれを黙殺した。こちらが挑発に応じないと見るや、小人数で繰り返し夜討ちを仕掛けてきたが、これは龍興が麾下を率いて、そのたびに撃退した。

十一月に入ると、信長は上洛戦を開始した武田軍に対するため、虎御前山を木下秀吉に任せて岐阜へ戻っていった。

正面からの圧力はいくらか軽減したものの、朝倉軍は最早打って出られる状態ではなかった。陣中には疑心暗鬼が渦巻き、兵の戦意は極端に落ち込んでいる。

雪で越前への帰路が閉ざされる前に、義景は撤退を決断した。元亀三年（一五七二）十二月三日のことである。

三

風に散らされた桜の花弁が、粉雪のように宙を舞っている。

時折吹く風はまだ冷たいが、こんな光景が見られるのならばそれもいいと、龍興は思った。

一乗谷から程近い、九頭竜《くずりゅう》川の河原である。堤の上に植えられた桜の木の下で、龍興たちは花見の宴に興じていた。地面に敷いた筵《むしろ》には酒や重箱が並べられ、少し離れた場所では、加代の父富沢主膳が自慢の唄声を披露し、周囲の失笑を買っている。

まったく、呑気《のんき》なものだった。三河では、ひと月に及ぶ合戦の末に、武田軍が徳川家の野田城を攻略した。ほんの数日前には、将軍足利義昭がついに反信長の旗幟《きし》を鮮明にし、京都二条城に立て籠っている。

信長に対する包囲網がじわじわと締め付けを強める中、朝倉家は分裂しかけた家臣団の統制と軍の建て直しに追われていた。

今年が決戦の年になる。そう確信する龍興は、寸暇を惜しんで朝倉軍の戦稽古に立ち会った。そんな多忙な日々にあってわざわざ花見に出かけてきたのは、戦から戻ったら遊山に出かけるという約束を果たせと、加代にせがまれたからだ。

「お館さまは働き過ぎです。少しは花を愛《め》で、季節の移ろいに心を寄せるゆとりも必要にございましょう。それに、女子との約束も果たせぬお方に、どうしてご家来衆がついてこられましょうか」

そんなもっともらしい言葉に道利や才蔵が賛同し、今回の運びとなった。約束通り、主膳や十三歳になる加代の弟新十郎、十歳になる妹のふみ、さらには屋敷で働く他の下女たちまで連れてきたため、護衛を入れて二十人近い大所帯になっている。

「こうして日頃の面倒を忘れて遊ぶのも、たまにはよろしゅうございましょう」

ぼんやりと桜を眺めながら盃を舐めていると、加代が隣に来て言った。珍しく酒を口にしたのか、頬のあたりが薄っすらと桃色に染まっている。

家臣たちも、思い思いに愉しんでいるようだった。源太の太い腕にぶら下がったふみが、歓声を上げている。才蔵は新十郎から挑まれた相撲の勝負に熱中し、道利は他の家臣たちに「近頃の若い者は……」と、酔った時のいつもの説教をして煙たがられている。

こうしていると、越前の外で今も戦が続いているとは、まるで信じられない。戦陣で血刀を振るっていた日々が、悪い夢の中の出来事のように感じる。

「いかがです。一乗谷を、お好きになっていただけましたか？」

「ああ、まあな」

美濃を追われ、安住の地になり得た堺は自ら捨てた。それからは、戦のために流浪を繰り返している。残りの生をこの一乗谷で送るのもいいと、龍興は思いはじめていた。

河原には、近在の百姓や商人たちの姿もちらほらとあった。花見に興じられるということは、それなりに豊かな者たちなのだろう。この時勢でも民にそれなりの余裕があるのは、朝倉家の治世の賜物といえる。

乱世の只中にあっても、小さいが確かな幸福は存在する。戦の勝ち負けや天下の行く末など、本当は瑣末《さまつ》なことなのかもしれない。

そんなことを考えていると、近くの車座から三人の百姓らしき男たちがやってきた。

「失礼ですが、斎藤龍興さまのご一行じゃございませんか？」

ひとりが前に出て、護衛の兵に訊ねる。

「いかにも、ここにおられるのは斎藤龍興さまである。何か用か」

「いやあ、あの信長に一泡も二泡も吹かせたお方じゃと聞いておりますので、お顔を拝見できたらええ土産話になるかと」

男が言った直後、素早く腕を振った。直後、護衛の兵が呻《うめ》き声を漏らし、首筋から赤い飛沫《しぶき》を噴き上げる。

同時に、残るふたりが何かを地面に投げつけた。轟音とともに煙が巻き起こる。続けて、肉を斬る音がいくつか聞こえた。

一瞬の出来事だった。咳き込みながら、龍興は足元の刀を摑《つか》み立ち上がる。

「お館さま！」

「加代、私から離れるな！」

叫んで、周囲に目を凝らした。煙の向こうで、いくつもの影が交錯する。剣戟《けんげき》の音だけでなく、筒音まで木霊《こだま》した。

刺客。誰が放ったものか、考える余裕もない。とにかく、敵はあの三人だけではない。

いきなり、影が飛び出してきた。突き出された切っ先を辛うじて払いのけ、刀を薙《な》ぐ。が、相手は後ろに跳んであっさりとかわした。

相当な手練《てだ》れだった。使っているのは小太刀で、片手で続けざまに突きを放ってくる。かわしきれず、浅い傷をいくつか受けた。

また、どこかで筒音が響いた。龍興は、正眼の構えを取りながら大きく息を吐き、剣先をわずかに下げる。すかさず、相手が踏み込んできた。龍興も同時に前に出て、刀を撥《は》ね上げる。

小太刀の柄《つか》を握る指が、何本か飛んだ。返す刀で、動きを止めた相手の肩から胸にかけて斬り下ろす。その刹那、背後から短い悲鳴が上がった。

振り返る。加代が、肩を押さえて蹲《うずくま》っていた。指の間から流れる血。すぐ側で、見知らぬ男が小太刀を振り上げている。

不意に、九年前の記憶が溢れ出した。背中に矢を受けたりつの、青褪《あおざ》めた顔。死にたくないという、呪詛《じゅそ》にも似た最期の言葉。

自分のものとは思えない叫び声とともに、体が勝手に動き出す。

気づくと、男の頭は脳天から両断されていた。

「加代っ！」

駆け寄り、傷の具合を見てようやく安堵した。たいしたことはない。恐怖に顔を強張《こわば》らせてはいるが、龍興の呼びかけにはしっかりと答えている。

また、人の足音が増えている。新手《あらて》。背中に冷たい汗が流れた。

煙の中から、人影が近づいてくる。龍興が刀を構えると、男はゆっくりと前のめりに倒れた。その背中には、短い矢のようなものが突き立っている。

次第に、あたりを覆う煙が薄くなってきた。

「お館さま」

町人の身なりをした長身の男が、体を寄せてきた。

「九右衛門《きゆうえもん》か」

龍興が使っている忍びである。新手と見えたのは、九右衛門とその配下だった。

「申し訳ありません。一乗谷に忍びが入り込んでいるのは察知しておりましたが、まさか、お館さまが狙われるとは」

織田家の放った刺客。他に、考えようがなかった。

龍興が朝倉兵の訓練に当たっていることが、信長の耳に入ったのだろう。いまだ二万の兵力を持つ朝倉軍に精強さが加わるのは、信長にとって喜ばしいことではない。

「よく駆けつけてくれた。危ういところだった」

「敵はあらかた討ち取りました。まずは、傷の手当てを」

「それより、皆は……」

言い終わる前に、周囲の惨状が目に飛び込んできた。

死骸や斬り飛ばされた腕が、血溜まりの中に散乱している。護衛の兵はほぼ全員が討たれていた。加代以外に三人いた下女も、ふたりが血を流して倒れている。主膳や新十郎は無事のようだが、生き残った者は半数にも満たない。

泣き声が聞こえてきた。まだ幼いと言ってもいい、女子の声。振り返ると、ふみが声を上げて泣いていた。その隣で、刀を握ったままの道利が放心したように地面に両膝をついている。

「道利!」

呼びかけても、答えはない。道利の視線を追った龍興の全身が、意に反して強張った。

ふみの前に、大柄な男が仰向けに倒れていた。ふみはその丸太のような腕を摑み、必死に揺さぶっている。

「源太が……」

搾り出すような声で、道利が言った。

「加代殿に向けられた敵の鉄砲の前に、身を投げ出したのです。柄にもなく、女子を守ろうなどと……」

道利の声が嗚咽《おえつ》に変わっていく。龍興は刀を納め、源太に歩み寄った。

小袖の胸のあたりが赤黒く染まっていた。口の周りも、血に塗《まみ》れている。少し離れたところにある桜の木の幹に、源太の槍が立てかけてあった。ふみの遊び相手をするのに邪魔だったのだろう。

「加代殿、は……?」

「大事ない。そなたの働きのおかげだ」

「そうですか。ご無事に、ござった、か」

焦点の定まらない目を龍興に向け、安堵の表情を見せる。加代が、傷口を押さえながら駆けてきた。

「小牧さま。何ゆえ、私などを」

源太は答えず、血で汚れた口元に微笑を浮かべ、それからゆっくりと目を閉じた。

「お師匠！」

源太から槍を習っていた才蔵が、亡骸にすがりつく。

りつが死んだ時、源太はその場にいなかった。そのことを、やはり悔いていたのだろう。込み上げるものを堪え、龍興は天を仰いだ。

「才蔵」

「は、はい」

才蔵が、涙で濡れた顔を上げる。

「泣いている暇などないぞ。源太の槍は、これからはお前が使え。馬廻衆筆頭の座も引き継ぐのだ。源太の槍で、信長を討て」

「承知！」

龍興は、源太の亡骸に視線を戻した。

いつの間にか、源太の髪にも白い物が増えていた。

祖父道三《どうさん》の遺言に従い、龍興を護り続けた。妻子も作らず、領地すら持たない。もしも自分ではなく他家に仕官していれば、もっと報われる生を送っていたかもしれない。

それでも源太は、満足げな表情を浮かべている。龍興にとっては、そのことがせめてもの救いだった。

四

四月に入り、情勢は激しく動きはじめた。

野田城攻略後もなぜか三河にとどまったままだった武田軍が、突然撤退を開始したのだ。重病、あるいはすでに死んだという風説が流れているが、信玄の身に何かあったのは間違いない。

岐阜で武田軍に備えていた信長は、矛先を京の義昭に向けた。自ら上洛して洛外の村々と上京《かみぎょう》を焼き払い、裸城と化した二条城を囲んだ。義昭はなす術《すべ》もなく、四月七日に和睦を受け入れる。翌四月八日には江南の六角承禎《ろっかくしょうてい》を攻め、さらにその三日後、六角軍や江南の一向門徒を支援する百済寺《ひゃくさいじ》を焼き払い、岐阜へ帰還。

「また焼き討ちか。信長という男は、どれだけ火を放てば気がすむのだ」

一乗谷の屋敷で九右衛門から報告を受け、龍興は呟いた。

「して、信玄の容態は?」

「軍勢の周囲は、武田の忍びによって厳重に固められております。織田、徳川の忍びのみならず、それがしの配下も近づけないという有り様で」

「それだけ、知られたくないことがあるということだな」

信玄はもう、この世にない。おそらく間違いないだろう。生きていたとしても、上洛軍を引き上げた以上、信長にとっては東からの脅威が消えたことに変わりはない。信玄に呼応して挙兵した大和の松永久秀も、すでに信長に降《くだ》っている。

信長に対する包囲網はあちこちが綻び、時の勢いはつい数ヶ月前まで滅亡の淵にあった信長へ、急速に傾いていた。

七月になると、瓦解寸前の味方を叱咤するように、義昭が再び兵を挙げた。京を出た義昭は山城の槇島《まきしま》城に籠り、周辺の地侍に参戦を呼びかけている。

「江北へ出兵いたす」

一乗谷朝倉館に諸将を集めた義景は、決然と言い放った。

「義昭公の下に馳せ参じた者はわずか二千足らず。信長は、今度こそ義昭公を赦《ゆる》すまい。遠からず槇島城は落ち、幕府は滅ぶであろう。その前に浅井と合流し、槇島を囲む信長の背後を衝く」

これまでの温和な印象を拭い去るような毅然とした口ぶりに軽い驚きを覚えながら、龍興は広間を見回した。

何かと理由をつけて所領に引き籠り、評定《ひょうじょう》に参加していない者も何名かいる。家臣団の結束が固まっているとはとても言い難い。それでも、ここに集まった者たちは覚悟の定まった顔つきをしている。

「浅井を見捨て、守りを固めるべきと申す者もおる。されど、浅井が滅びれば、この越前が戦場となろう。妻子や親しき者たちが暮らす、我らが生まれ育った土地を信長に踏み荒らさせるわけにはまいらぬ。ゆえに、私は出陣を決した。異論がある者はおるか？」

義景は、上座から一同を睥睨《へいげい》した。声を発する者はない。

「出陣は三日後。此度《このたび》の出兵は、信長を討つ最後の機会と心得よ」

おお、と諸将は声を揃えた。

勝算は限りなく小さい。どれほど兵を掻き集めても、二万を超えることはない。浅井軍は家臣の寝返りが相次ぎ、せいぜい五千程度だろう。対して、武田の脅威から解き放たれた信長がひとつの戦場に集められる兵力は、五万を優に超える。

朝倉を見限り、武田か本願寺を頼るという選択肢もある。だが、龍興は越前を離れる気にはなれなかった。

なぜなのか考えてみて、龍興は苦笑した。暗愚の烙印《らくいん》を捺《お》されてもなお、良き国主たらんと務める義景は、かつての自分そのものだ。

もしも、自分が美濃を治めていた頃に信長を討てていれば、天下にこれほどの戦乱を撒き散らすことはなかっただろう。源太も多くの兵も、命を落とさずにすんだ。だから、自分が今ここで逃げ出すわけにはいかない。

元亀四年(一五七三)七月十七日、二万の朝倉軍は一乗谷を出陣した。

朝倉景鏡《かげあきら》、魚住景固《かげかた》というふたりの重臣は、兵馬の疲弊を理由に参陣を拒否している。その影響もあってか、兵たちの間には重苦しい雰囲気が漂っていた。沿道で軍勢を見送る民の数もまばらで、表情は一様に暗い。

龍興はその中に、加代の姿を認めた。不安を押し殺したような、ぎこちない笑みを浮かべている。ほんの一瞬、胸の奥が締めつけられたような心地がして、龍興は手綱を強く握った。

必ず帰る。その思いを視線に籠めると、加代は無言のまましっかりと頷いた。馬は加代の前を通り過ぎていく。振り返りはしない。今生の別れになるかもしれないとも、思わない。勝ってあの家に帰れば、加代は笑顔で出迎えてくれる。

帰る場所があるという思いは、想像よりもずっと心強かった。そしてこの場所は、信長を討つことでしか守ることはできない。

龍興は前だけを見据え、静かに馬を進めた。


出陣の二日後、槇島城の義昭が降伏したという報せが届いた。

義昭は幼い我が子を人質に差し出し、河内へと追放されたという。義昭を攻める信長の背後を衝くという義景の軍略は、早くも破綻した。二十八日には信長の奏上により、元号が元亀から天《てん》正《しょう》へと改められている。

敦賀《つるが》安養寺にとどまり情勢を窺っていた義景は、全軍に進発を命じた。信長は岐阜へと帰ったものの、次の目標が江北であることは明らかである。

刀根《とね》峠を越えて近江に入り木之本にいたったところで、小谷から早馬が来た。

「阿閉貞征《あつじさだゆき》、寝返り！」

その報せに、諸将は色を失った。阿閉貞征は浅井家の重臣で、小谷の西方一里余にある山本山城の守将である。

騒然とする本陣に、次々と注進がもたらされた。

信長はその夜のうちに岐阜を出陣し、朝倉と浅井の合流を阻むように、小谷の北方に陣を据えた。周辺の織田軍も続々と集結し、総兵力は六万にも上るという。

小谷への道を閉ざされた義景は、やむなく木之本の田上山《たなかみやま》に軍を上げた。

八月十二日の夜には、激しい雷雨があった。陣幕や旗指物《はたさしもの》を吹き飛ばすほどの暴風が吹き荒れ、腹を揺さぶるような雷鳴が轟く空には、絶え間なく稲光が閃《ひらめ》いた。

ようやく雨風がやんだ翌十三日の卯《う》の刻（午前六時）過ぎ、朝倉軍の陣中に激震が走った。

「大嶽が落ちただと？」

報せを受け、龍興は思わず声を上げた。

大嶽砦は小谷城と峰続きで、より標高が高い。ここを奪《と》られれば、小谷の落城は必至である。

逃げ延びてきた守兵の話によれば、風雨の中を信長自ら馬廻衆を率いて攻め上ってきたのだという。あの嵐の最中に敵が押し寄せてくるなど、守兵の誰もが想像すらしなかっただろう。

続けて、小谷西麓の丁野《ようの》砦が陥落したという報せが入った。これで、小谷城は完全に敵の包囲下に置かれたことになる。

午《うま》の刻（昼十二時）近くになって、ようやく軍議が召集された。

「皆も承知の通り、大嶽と丁野が落ちた。この後、我らが採るべき道について、皆の意見を聞きたい」

義景に取り乱した様子がないのは、せめてもの救いだった。不利な戦況にあっては、総大将の態度が将兵の士気を大きく左右する。飛び抜けた将器は持たなくとも、そのあたりは心得ているのだろう。

「申し上げます」

最初に発言したのは、一門衆の有力者、朝倉景健《かげたけ》だった。姉川《あねがわ》の合戦では、義景に代わって総大将を務めている。

「最早、小谷を救うこと叶いませぬ。ここは一旦撤収し、木《き》ノ芽《め》、栃《とち》ノ木《き》の両峠を固めて織田軍を食い止めるべきと存ずる」

龍興は、一同を見回した。半数ほどが、やむを得ないといった顔で頷いている。

「お待ちください」

声を上げた龍興に、一同の視線が向けられる。

「金《かね》ヶ崎《さき》の合戦の折、浅井殿は信長を裏切ってまで、御家の窮地を救い申した。その浅井家の窮地に、一戦もせず引き上げよと申されるか」

こちらを見る景健の顔つきが険しくなった。客将にすぎない龍興が意見を述べることすら不快なのだろう。龍興は嫌悪の籠った視線を受け流し、義景に顔を向ける。

「状況は厳しくなったとはいえ、まだ小谷が落ちたわけではありません。ここで我らが退けば、御家の盟友浅井家は間違いなく滅びますぞ」

「我らはもう、浅井のために存分に血を流してまいった。他国者に何がわかると申すのじゃ！」

「やめぬか、景健」

義景は静かに制し、龍興を見据えた。

「では、龍興殿はいかがすべきと言われるか？」

龍興は立ち上がり、卓の上の絵図を指し示した。

「万事に慎重な信長は、背後に朝倉軍を置いたまま小谷城を攻めることはありますまい。となれば、次の狙いは我が軍。そこで我らは先手を打ち、田上山を下って南下いたします。高時川《たかときがわ》に沿って布陣して野戦の構えを取れば、敵も必ず誘いに乗ってまいりましょう」

「馬鹿な。小谷の押さえを残しても、敵は三万を優に超えよう。その相手に野戦を挑むなど、正気の沙汰《さた》とは思えぬ」

景健が鼻を鳴らす。無視して、龍興は続けた。

「そして本隊とは別に、二千ほどの別働隊を作ります。別働隊は、本隊が田上山を下ると同時に東へ向かう」

「東とな？」

怪訝《けげん》な顔で、義景が言った。田上山の東には、深い山々が広がっている。龍興は頷き、指で絵図に記された山々をなぞる。

「別働隊は北の山中を迂回して大嶽を奇襲、奪回します。その後、浅井軍と合流して小谷山を駆け下り、本隊と向き合う織田軍の背後を衝く」

諸将の何人かが、絵図を見つめながら唸《うな》った。義景も、手を顎に当てて考え込んでいる。

「殿。このような無謀な策、聞き入れてはなりませぬぞ。運よく奇襲が成功したとて、大嶽が落とせるとは限りませぬ。それに、別働隊が敵の背後を衝く前に本隊が崩れては元も子もない。危険過ぎまする」

「よいではないか。危険のない戦など、どこにもありはせぬ」

太い声で景健を遮ったのは、山崎吉家《よしいえ》である。いかにも荒武者といった風貌だが、朝倉家中では最も軍略に秀でている。

「出陣前、お館さまは此度の戦を、信長を討つ最後の機会であると仰せられた。それが一戦もせず、盟友を見殺しにして撤退するとなっては、満天下に恥を晒《さら》すこととなりましょう」

「言葉を慎め、山崎」

「いいや景健殿、この危急の時じゃ、言いたいことは言わせてもらう。貴殿の申されるように撤退するとしても、敵の追撃を受ければ損害は大きい。どうせ危険がつきまとうのであれば、信長の首を狙うてやろうではないか」

「それがしも、戦うべきと存ずる」

「わしも、吉家に同意じゃ」

数は少ないが、託美《たくみ》越後、河合安芸守《あきのかみ》らの諸将が吉家に賛意を示した。

「其《そ》の方《ほう》ら、正気か。浅井はすでに、虎に囲まれた手負いの鹿も同然ぞ。迂闊《うかつ》に助けようとすれば、我らが食い殺されてしまうわ」

「盟友を見捨てて生き長らえたところで、面目を失うては武士として死んだも同然にござろう」

吉家のひと言で、軍議の流れは完全に主戦論に傾いた。苦渋を浮かべる景健を尻目に、吉家が訊ねてきた。

「して斎藤殿、別働隊は誰が指揮する。最も危険な役目だが」

「無論、それがしが。精兵をお貸しいただければ、必ずや大嶽城を落としてご覧に入れまする」

自信はあった。昨夜落とされたばかりの城である。柵や塀は破られ、補修にはそれなりの時がかかるはずだ。加えて、敵も翌日に奇襲を仕掛けられるとは思わないだろう。

それでも、信長の首が奪れる見込みは限りなく薄い。ほとんど勝ち目のない賭けのような策で、何もせずに撤退するよりはましという程度だ。そのことは、吉家たちも承知の上だろう。

「その言やよし。では、本隊の前衛はそれがしが受け持とう。見事、織田の鋭鋒を受け止めてみせようぞ」

髭に覆われた口を歪め、吉家が笑った。

「待て」

低い声で言ったのは、義景だった。

「決戦は回避し、撤収いたす」

「殿！」

「聞いてくれ、吉家。決戦を諂《うと》うておきながら浅井を見捨て、一戦もせずに兵を返すは、わしとて口惜しい。されど、我らが真に守るべきは小谷城ではない。我らの父祖が守り、育んでまいった越前の土地と民じゃ。違うか？」

諸将の誰からも、反論はない。静まり返る一同をゆっくりと見回し、義景は続ける。

「満天下の笑い者となっても構わん。愚将の謗《そし》りも甘んじて受けよう。わしは、生まれ育った越前の地と、そこに住まう民を守らねばならん」

しばしの沈黙の後、吉家が口を開いた。

「わかりました。お館さまがそこまで仰せならば、それがしは最早何も申しませぬ」

「すまぬ、吉家」

それで、全てが決まった。

撤退開始は深更。陣中では盛大に篝火を焚き、滞陣しているよう擬装する。殿軍《でんぐん》は吉家が務めることとなった。

撤退の細かい段取りが決まり本陣を出た頃には、すでに日が落ちかけていた。敵陣でも篝火が焚かれ、こちらの奇襲に備えている。

その夥《おびただ》しい数の灯りを見つめながら、龍興は言いようのない疲れを覚えていた。信玄はすでに亡く、義昭も没落した。浅井も遠からず滅びるだろう。もう、誰にも信長の天下獲りを止めることはできない。

時勢に逆らい、多くの家臣や兵を死なせながら信長に抗い続けることにどんな意味があるのか。考えてみても、答えらしきものは見えなかった。

闇へ向かって馬を進めている。そんな気分だった。

松明を持つ者はほとんどいない。行列の中ほどを進む龍興は、配下に遅れる者が出ないよう気を配りながら、慎重に手綱を操っていた。

木之本を過ぎ、余呉湖《よごこ》を横目にさらに北上すると、道は細くなり、勾配もきつくなった。昨夜の雨でぬかるんだ地面に足や馬の蹄を取られ、行軍は一向にはかどらない。荷は必要最低限の兵糧と武具のみで、不要な物は全て田上山に残してきた。それでも、兵たちの足取りは重く、息遣いも荒い。

「私は此度の戦が終わったら、この軍を解散しようと思う」

声をひそめ、隣で馬を進める道利に向かって言った。

「無論、家臣たちは他家に仕官できるよう世話をする。それが全てすんだら、私は剣を捨てる」

「さようにございますか」

何か感じるところがあったのだろう、道利は引き止めようとはしなかった。

「それで、お館さまはいかがなされるおつもりで？」

「そうだな、絵師も油商人も向いていなかったからな。畑でも耕して、土を相手に生きるのも悪くない」

「それはよい。お館さまが百姓にござるか。されど、百姓の仕事はきつうございますぞ。まず、朝が早い。お館さまは朝に弱いゆえ、起きられるかどうか」

「それは、そなたがしっかりと起こしてくれればすむ話ではないか」

「なるほど、それもそうじゃ」

声を上げて笑う道利の目元にかすかに光るものが見え、龍興は視線を前に戻した。

その時、後方が不意に騒がしくなった。生暖かい風に乗って、人声や馬の嘶《いなな》きが聞こえてくる。

続けて、伝令の騎馬武者が行列を掻き分けるようにして駆けてきた。

「伝令、伝令にござる。お通しくだされ！」

「何だ。何があった？」

訊ねた龍興に向かって、騎馬武者が叫ぶ。

「織田軍が、追撃をかけてまいりました！」

小波《さざなみ》のように、戦慄が広がっていく。完璧に擬装を施し、整然と引き上げてきたのだ。これほど早く追いついてくるには、あらかじめこちらの撤退を予測していなければ不可能だった。

詳しい戦況を聞く間もなく、騎馬武者は先頭を行く義景のもとへと駆け去っていった。

「やはり、我らはとてつもない男を相手としていたのだな」

誰にともなく呟いた。道利も才蔵も、顔を歪めたまま押し黙っている。その間にも後方の混乱は大きくなり、徐々に近づいてきている。

唇を噛み、龍興は山々の向こうに広がる北の空を見上げた。あの空の下に一乗谷があり、加代が待っている。

すまぬ、辿《たど》り着けぬやもしれん。口惜しさと諦めの入り混じる心の中で、加代に詫びた。

第八章　旗は無くとも

一

背後から迫る喊声《かんせい》が、さらに大きくなった。

近くにいた足軽が恐怖に耐えきれず駆け出し、ぬかるみに足を取られて転ぶ。

「落ち着け。敵は殿軍《でんぐん》の山崎殿がしっかりと食い止めておる。慌てる必要はない」

斎藤龍興《たつおき》は、泥まみれの足軽の腕を摑《つか》み、引き起こした。

「皆の者も聞け。我先に逃げ出して隊列を乱せば、それだけ危険は大きくなる。焦らず、一歩一歩前へ進むのだ」

天正《てんしょう》元年（一五七三）八月十三日。近江余呉湖《よごこ》北方の、両側に森の迫る細い山道である。朝倉軍二万は、六万の大軍に包囲された盟友浅井《あざい》長政の小谷《おだに》城救援を諦め、越前へ向けて撤退中だった。最後尾では、追撃に出た織田軍と殿軍の山崎吉家《よしいえ》隊が熾烈《しれつ》な戦闘を繰り広げている。

空には厚く雲が垂れ込め、月も星明かりもほとんどない。さらに、昨夜から今朝にかけて降り続いた雨のせいで地面もぬかるんでいた。

越前まではまだ遠い。算を乱しての敗走だけは、何としてでも避けねばならなかった。

柳ヶ瀬峠に達すると、味方は二手に分かれた。義景と主力は刀根山口を通り敦賀《つるが》へ、その他の隊は中野内口から直接一乗谷《いちじょうだに》を目指す。龍興の隊は、朝倉景健《かげたけ》や託美《たくみ》越後、河合安芸守《あきのかみ》らの隊とともに敦賀へ向かうことになった。

迫り来る破滅の足音から逃れるように、ひたすら山道を登った。思うように進めない苛立ちと背後から迫る敵の重圧が、兵たちの疲労を倍増させる。

「この戦が終わったら、俺はもっともっと、槍の腕を磨きます」

馬廻衆《うままわりしゅう》筆頭の可児《かに》才蔵が、息を切らせながら言った。

「一戦もせずに逃げ出し、泥まみれで追い立てられる。こんな惨めな思いは二度と御免じゃ。だから槍を極めて、お師匠のように強い男になる。それが、俺の夢です」

もう、ひとりの勇士が局面を打開できる時代ではない。思ったが、口には出さなかった。代わりに、泥だらけの才蔵の肩を叩く。

「ならば、何があっても生き残れ。全てはそれからだ」

「はい」

決意の籠った声で、才蔵が答える。

ようやく登り勾配が終わったところで、殿軍の山崎吉家から伝令が届いた。

「織田勢主力、刀根山口に殺到！」

全身に粟が生じた。信長は、義景が敦賀へ向かうと読んでいたのだ。

「我らはこの場に踏みとどまり、最後まで敵を食い止める所存。では、これにて御免！」

伝令の騎馬武者はそれだけ告げると、馬首を巡らせ引き返していった。

「お館《やかた》さま」

道の脇に広がる森の中から、声がした。胴丸をつけ、陣笠をかぶった雑兵《ぞうひょう》だが、六尺近い長身である。九右衛門《きゅうえもん》だった。

「敵は、信長自らが先陣をきっております。主力は刀根山口と見抜いたのも、信長との由」

九右衛門と五名の配下には、信長の動向を逐一知らせるように命じてあった。その報告が間に合わないほど、信長の動きは速かったということか。

元々、信長は用兵の巧みな将ではなかった。龍興が美濃国主だった頃も、正面からの戦では、何度も信長は敗れている。それが今は、驚嘆するほどの采配を見せていた。これが、時の勢いというものかもしれない。

喊声が一際大きくなり、兵たちがざわついた。

「慌てるな。戦は山崎殿に任せ、先へ進むことのみ考えろ」

刀根山を越え、ようやく平坦な場所に出た。疋田《ひきだ》という土地で、小さいながら朝倉方の城もある。夜明けまでは、あと半刻というところだろう。

兵の疲労は限界に近い。中軍の指揮を執る景健は、小休止を命じた。兵たちはそれぞれに腰を下ろし、兵糧《ひょうろう》を水で流し込んでいる。

馬を降りて秣《まぐさ》を与えていると、九右衛門が側に来て囁《ささや》いた。

「山崎吉家さま、お討ち死に。味方はほぼ、全滅にございます」

「そうか」

吉家は追撃を六度にわたって食い止め、壮絶な戦いの後に敵兵と刺し違えて死んだという。

「信長は、今も先鋒か？」

「いえ。先鋒は前田利家、佐々《さっさ》成政らに任せ、すでに中軍に退《ひ》いております」

「わかった。大儀であった」

山崎隊を葬ったことで、敵はさらに勢いづく。このまま撤退を続けたところで、味方の壊滅は必至だった。そして敵は越前に雪崩《なだ》れ込み、加代の待つ一乗谷も戦場となる。

越前を、加代を救う途《みち》。ここまで追ってきた以上、織田軍が越前侵攻を取りやめることはあり得ない。たったひとつの場合を除いて。

迷いはほんの一瞬だった。賭けと呼ぶのも愚かしいほどに、成算は薄い。それでも、やるだけの価値はある。

決断し、龍興は馬腹を蹴った。景健の姿を探し、馬を寄せる。

「殿軍が壊滅いたしました。山崎殿もお討ち死になされた由」

「聞いた。山崎らしい最期よ」

景健の声音には、疲れの色だけではない翳《かげ》があった。撤退を主張したことを悔やんでいるのかもしれない。

「かくなる上は、我らで敵を食い止め、義景殿が落ち延びる時を稼ぐしかありません」

「うむ。わしもそう考えておったところだ。我が一命を賭《と》しても、この地で敵を食い止める所存じゃ」

その表情からは、固い決意が見て取れる。ここは、景健に任せても大丈夫だろう。

「疋田の城は手狭過ぎます。それに、城に籠れば敵は押さえの兵を置いて敦賀へ向かうでしょう」

「承知の上。もとより、籠城するつもりなどない。固く陣を組み、少しでも長く時を稼ぐより他あるまい。貴殿にも、一手を引き受けていただきたいが」

「私は、ここでの戦には加わりません」

言うと、景健は眉をひそめた。

「ではどうなさる。信長に降《くだ》り、許しを請われるか？」

殺気を滲《にじ》ませる景健に、龍興は首を振った。

「中軍が踏みとどまっただけでは、敵を止めることはできません。いずれは打ち破られ、敵が越前に攻め入るは必定」

「そのようなことはわかっておる。されど、他に手立てはあるまい」

「景健殿はでき得る限り長く、敵の先手を食い止めていただきたい。それがしは山中に潜み、機会を待ちます」

景健は一瞬、息を呑んだようだった。軍略に疎い男ではない。龍興のやろうとしていることは伝わったのだろう。

「何ゆえ、そこまでなさる。我が朝倉にそれほどの恩義があるとも思えん。美濃を奪うた信長への恨みか？」

「恩義でも、恨みでもござらぬ。ただ、一乗谷にはそれがしの帰りを待つ女子《おなご》がひとりおります」

「女子とな？」

景健が、心底呆れたような顔をする。

「信長を討ち、ひとりでも多くの民を救う。そんな大業は、それがしには少々荷が勝ち過ぎました。されど、たったひとりの女子くらいは守ってやりたい。そう思いましてな」

景健ではなく、自分自身と向き合うように、龍興は語った。

麾下《きか》も朝倉の将兵も置いてこの場からすぐに逃げ出せば、生きて帰ることだけはできるかもしれない。だが、それで生き延びたところで、胸を張ってその先の生を送ることなどできない。

不意に、景健が笑い声を上げた。

「女子か。それならば腑に落ちる。まったくもって武士とは、男とは愚かな生き物よ」

「まことに」

笑みを返し、龍興は一礼した。

「では、これにて。ご武運を」

「龍興殿こそ。貴殿が生きて戻られることを、我らも心から願うておる」

頷《うなず》き、踵《きびす》を返す。

兵たちの動きが慌ただしくなってきた。母衣《ほろ》をつけた使い番が駆け回り、組頭たちの下知《げち》が飛び交う。

麾下のもとに戻ると、龍興は三百の全将兵を集めた。

「これから私がやろうとしていることは、成算などなきに等しい、戦とも呼べない無謀な行いやもしれぬ。しくじれば、よほど運がよくない限り、生き延びることも難しいだろう」

三百人の視線が一身に注がれるのを感じながら、龍興は続けた。

「ゆえに、私に従えと命じることはできん。妻子のある者、帰る場所がある者は、何も言わずこの場から立ち去るがよい。咎《とが》めはせぬ。恥じる必要もない。生きたいと願うのは、人として当たり前のことだ」

瞑目し、しばらく待った。

ひとりひとりの顔と名を思い浮かべる。才蔵のように、代々の所領を奪われた者。親兄弟を織田軍に殺され、仇討ちのために戦う者。美濃に縁もゆかりもなく、ただ食い扶持《ぶち》を得るために加わってきた者。理由は様々だが、ともに戦場を駆け、死線をくぐり抜けてきた。ひとりとして、無駄死にはさせたくない。

「お館さま」

道利《みちとし》の声に、目を開いた。

「誰も、立ち去る者などおりませんぞ。ここにいる全員が、お館さまに最後まで従う覚悟じゃ。のう、皆の衆？」

「そうじゃ。去れと命じられても、そればかりは従えん」

才蔵の言葉に、他の兵たちも口々に賛同した。

「お館さまが無謀なのは、いつものことではないか。わしらが付き合わずに、誰が付き合うんじゃ」

組頭のひとりが言うと、大きな笑い声が上がった。

「そうか。わかった」

龍興は、ゆっくりとひとりひとりの顔を見渡しながら、下知を告げた。

「皆に申しておく。これから我らが行う戦は、敵を道連れにするためのものでも、死に花を咲かせるためのものでもない。ゆえに、事が成らなかった場合はすぐに戦場から離れろ。逃げ切れないと悟ったら、得物《えもの》を捨てて敵に降れ。己が生き延びることを、第一に考えるのだ」

全員が頷くのを確かめ、空を仰ぐ。

祖父道三《どうさん》が考案した、二頭立波《にとうたつなみ》の旗が、風を受けて翻っていた。寄せては返し、自在に形を変える波は、用兵の極意を示している。この旗に恥じぬように兵法を学び、この旗の下で数えきれないほどの敵を殺してきた。そんな日々も、これで終わりだ。

「旗は全て捨てよ。我らにはもう、必要のない物だ」

二

木々の生い茂る急な斜面を、幹に摑まりながら這《は》うようにして登った。

邪魔にならないよう、刀は下げ緒で背中に括りつけている。馬も兵糧も、水の入った竹筒も置いてきた。それでも、龍興の息は上がり、足は萎《な》えそうになる。

空は白みはじめているが、まだ日の光はここまで届かない。深い闇の中で、兵たちの喘ぐような息遣いだけが聞こえていた。

十町ほど登り続けたところで、龍興は軍を止めた。身を低くしながら森の途切れる手前まで進み、眼下の山道を見下ろす。つい先刻、龍興たちが通った道だ。

敵の姿はない。先手はすでに通り過ぎているが、信長のいる中軍は、まだここまで達してはいなかった。

幅十間にも満たない隘路《あいろ》である。両側は切り立った急斜面で、前後は曲がりくねっていて視界も悪い。待ち伏せには格好の場所だ。

疋田の方角から、喊声が聞こえてきた。敵の先鋒が景健たちとぶつかったのだろう。

「お館さま」

どこからともなく、九右衛門が現れた。体を寄せ、耳打ちしてくる。

「信長は、中軍のさらに中ほどです。白馬に、銀色の南蛮胴。二十騎ほどが周囲を固めております」

「わかった。これまでよく働いてくれたな、礼を申す」

「何を仰せられます。これが、我らの役目にござる」

「では、もうお役御免だ。戦がはじまる前に、立ち去るがよい」

突き放すように言ったが、九右衛門はその場を動こうとしない。

「配下の者にはすでに、戦場を離れるよう命じました。されど、それがしは立ち去るつもりはありません」

「なぜだ。そなたに払った銭の分は、いや、そなたはそれ以上に働いてくれた。もうよいのだ。これ以上、私に付き合う必要はない」

九右衛門は唇を噛み、搾り出すような声で答えた。

「それがしは、幼い頃より図体ばかり大きく、愚鈍にござった。修業中には仲間の足を引っ張り、何度も死にかけたものです。身内からは一族の恥と罵られ、仲間にも蔑まれる。そんな役にも立たぬ忍びを、お館さまは人として扱うてくださいました」

龍興は、軽い驚きを覚えた。九右衛門は、普段は必要最低限のことしか口にしない。

「それ以来、ひたすら忍びの技に磨きをかけてまいりました。下賤《げせん》の身なれど、心の中では、主君はお館さまただひとりと思い定めております。ご迷惑でなければ、どうかこのまま側に置いてください」

頭を下げられ、龍興は小さく息を吐いた。思えば、龍興が堺で再挙した時、供を従えて真っ先に馳せ参じてきたのが九右衛門だった。

「わかった。好きにいたせ」

苦笑混じりに言った刹那、無数の足音が耳朶《じだ》を打った。物具《もののぐ》の擦れる音に、馬の嘶《いなな》きも聞こえる。

「やっと来たな」

木々の陰に身を隠し、先頭の敵をやり過ごした。息を殺し、眼下を窺《うかが》う。空はだいぶ明るくなっている。敵の様子ははっきりと見て取ることができた。

やがて、信長の馬廻衆らしき隊が見えてきた。永楽銭の旗印を掲げ、整然と行軍している。見えた。二十騎ほどに譲られた、白馬の将。南蛮胴と呼ばれる、銀色の派手な鎧《よろい》。

龍興はそっと右手を上げた。鉄砲の火縄に火が点じられ、焦げた臭《にお》いが漂う。時が経つのが、異様に長く感じられる。叫び出したい衝動を堪《こら》えながら、息を殺してじっと待つ。

騎馬の一団が、正面まで来た。信長までは、およそ十五間（約二十七メートル）。

「放てぇっ！」

筒音が湧き起こった。立て続けに放たれた玉が、信長を護る騎馬武者たちを薙《な》ぎ倒していく。

九右衛門が、焙烙玉《ほうろくだま》を投げつけた。方々で爆発が起こり、敵をさらに混乱に陥れる。

射手が一発放つと、すぐに玉込め役が次を手渡す。途切れることのない射撃を浴び、敵は陣を組むこともままならない。硝煙が視界を遮る中、信長の白馬が棹立《さおだ》ちになるのを、龍興は確かに見た。

「斬り込む。続け！」

背中の刀を抜き放ち、木陰から飛び出した。急な斜面を、滑るように駆け下りる。射手も玉込め役も鉄砲を捨て、刀を抜いて続いてくる。

「狙うは信長が首ただひとつ。他の者に目をくれるな！」

立ちはだかる敵兵を斬り払いながら、ひたすら前を目指す。背後から襲いかかる敵は、九右衛門が打ち倒した。

「お館さま、お急ぎくだされ」

悲鳴のように、道利が叫ぶ。すぐに、襲撃に気づいた敵が前後から駆けつけてくるだろう。時はない。それでも、信長の首さえ奪《と》れば戦は勝ちだ。目を凝らし、信長の姿を探す。

正面で、数十人が壁を作っていた。信長がいたあたりだ。壁のわずかな隙間から、倒れた白馬が見える。

「才蔵、突き破れ！」

「承知！」

嬉々《きき》とした表情で、才蔵が馬廻衆を率いて駆け出す。

「どけ、どけぇ。串刺しにされたくなければ道を空けろ！」

源太が乗り移ったかのような、見事な槍捌《さば》きだった。他の馬廻衆も、疲れを感じさせない戦いぶりで敵を圧倒している。

見る間に、敵兵の壁が突き崩されていく。龍興は屍《しかばね》を飛び越え、前に向かって駆けた。

倒れた白馬の傍らで、南蛮胴をつけた武者がよろよろと立ち上がろうとしている。

「信長ーっ！」

刀を振り上げ、駆ける勢いのまま跳躍する。

喧騒が遠くなり、何も聞こえなくなった。時の流れが止まったかと思うほど、全てがよく見える。

信長。恐怖に顔を引き攣《つ》らせながら、腰の刀に手を伸ばす。遅い。首筋に、刀を叩きつけた。

刃が肩口に食い込む。骨を断つ重い手応えとともに、血飛沫《ちしぶき》が上がった。普通の人間と何ら変わりない、熱く赤い血が、視界を染め上げた。


不意に、喧騒が戻ってきた。

「お館さま。早う、首を奪られませ！」

道利の声。足元には、血溜まりに顔を埋めた信長。

鼓動が速まるのを感じた。刀を地面に突き立て、片膝をつく。血に染まったその顔を見て、龍興は脇差に伸ばした手を止めた。

「お館さま、敵が迫っておりますぞ！」

駆けつけた道利が、息を切らしながら叫ぶ。

「……違う」

似てはいるが、信長ではない。肌に粟が生じた。この襲撃は、最初から読まれていた。

「これは影武者だ。退くぞ、道利。山中に逃げ込め！」

その下知を掻き消すように、馬蹄の響きが迫ってきた。たちまち、敵味方が入り乱れる白兵戦《はくへいせん》になった。

「散れ。散らばって山に逃れよ！」

下知が届いているのかどうかもわからない。それでも、目の前の敵を薙ぎ払いながら叫び続ける。すでに、視界のほとんどを占めるのは敵兵の姿だった。

どれほどの間、刀を振るい続けたのか。全体の戦況はわからない。道利や才蔵、九右衛門の姿も見失った。

向かってくる相手を倒す。それ以外のことは考えられない。何人斬ったのか、いくつの傷を受けたのかもわからない。

目の前に、槍の穂先が迫ってきた。首を捻《ひね》る。頬に痛みが走ったが、そのまま前に出た。懐に飛び込み、喉を掻き切る。次の相手に向かって、刀を振り下ろす。受け止められた。鍔迫《つばぜ》り合《あ》いの形になる。

「やはり、来たか」

龍興を真っ直ぐに見据え、相手が言った。聞き覚えのある声。押し合いながら、相手の顔に目を凝らす。

竹中重治。全てが腑に落ちた。待ち伏せを見抜いて影武者を仕立てさせたのは、この男か。

「もうよせ。刀を捨てろ」

「何？」

「勝負はついた。刀を捨て、信長公に降るのだ。過去は全て水に流して取り立てると、信長公も仰せぞ」

「そなたこそ、いつまで信長の下で働くつもりだ。それほど、民が血を流すところが見たいか？」

意外なほどの膂力《りょりょく》で、重治が押し返してくる。龍興は歯を食い縛り、踏みとどまった。

「無駄な血を流させているのは、織田家に従わぬ朝倉や本願寺ではないか。武をもって臨まねば、この乱世は終わらん！」

「どんな理屈を並べたところで、残るのは織田家への恨みしかないぞ。信長は、生きているべきではないのだ」

「恨みを恐れて、戦などできるか！」

話し合ったところで、歩み寄れるはずなどない。互いの立つ場所はあまりにも違い過ぎる。

残る力を振り絞って、腕を突き出した。たたらを踏んだ重治は、数歩下がって構えを取る。龍興は間を置かず、前に踏み出した。

直後、全身を衝撃が貫いた。

横合いから突き出された槍の穂先が、左肩を抉《えぐ》っている。

「軍師殿、無事か？」

顔の下半分が髭に覆われた大柄な男。見覚えがある。確か、蜂須賀小六《ころく》とかいった。

激痛に顔を歪めながら、刃毀《はこぼ》れだらけの刀を薙いだ。小六が後ろに跳んでかわすと同時に穂先が抜け、夥《おびただ》しい血が溢れ出す。

「竹中さま！」

「軍師殿！」

さらに数人が駆けつけ、龍興を取り巻く。

ここまでか。覚悟を決めた時、龍興を囲む敵の足元で何かが炸裂した。地を揺さぶるような破裂音とともに炎と煙が巻き起こり、敵を薙ぎ倒す。

「お館さま、こちらへ！」

囲みの外で、声がした。

「九右衛門！」

隣には、道利の姿もある。兜《かぶと》を失い、いくつか手傷も負っているようだが、どうやら無事らしい。

「おのれっ！」

向かってきた小六に刀を投げつけ、その隙に駆け出した。

背中を槍で突かれた。膝が折れかけたが、それほど深くはない。振り返ることもせずにひたすら走った。追いすがる敵に向け、九右衛門がまた焙烙玉を投げつける。

背中に爆発音を聞きながら、道利に導かれて森の中に飛び込んだ。肩の激痛を堪え、急な斜面をよじ登る。唸《うな》りを上げる矢が耳元を掠《かす》め、地面や木の幹に突き刺さる。

斜面を登りきり道は平坦になったが、休むことなく足を動かし続けた。かなりの血を失い、気を抜くと意識が遠のきそうになる。

「お館さま、いま少しの辛抱にございますぞ」

必死に呼びかける道利の声が、やけに遠くに聞こえた。夜は明けたはずだが、日の光は鬱蒼《うっそう》と茂る木々に遮られて届かない。左腕は痺《しび》れて、もう痛みすら感じない。自分がしっかりと歩けているのか、それさえ判然としなかった。

才蔵は、他の兵たちはどうなっただろう。何人が生き残ったのか。自分は、死ななくてもいい者たちを死なせただけではないのか。

また、背後から足音が近づいてきた。敵の追っ手だろう。いっそ、名乗りを上げて派手に斬り死にするか。そんなことを朦朧《もうろう》とする頭で考えていると、前を行く九右衛門が足を止め、振り返った。自分の胴丸を外すと、今度は龍興の具足に手をかける。

「おい、何のつもりだ？」

「動かれますな」

意図を察して、道利も手伝いはじめた。

龍興の鎧兜を身につけ終えると、九右衛門は刀を抜いた。

「追っ手はそれがしが引きつけます。長井さまは、お館さまを」

「すまぬ、九右衛門」

待て。余計な真似をするな。駆け出す九右衛門を引き止めようとするが、思うように声が出ない。

道利に促されるまま、ともすれば萎えそうになる足を前に進める。

背後から、斬り合いの音が聞こえてきた。途切れ途切れに悲鳴が上がる。やがて大きな爆発音が立て続けに響き、それからは何も聞こえなくなった。

「ようやったぞ、九右衛門」

ほんの束の間足を止め、道利が呟《つぶや》いた。

日が高くなっている。ここがどこなのか、戦場からどれだけ離れたのかもわからないまま、ただひたすら歩き続けた。

渇きで喉がひりつく。血を失い過ぎたのか、全身が凍てつくほどの寒気を覚えた。何のために歩いているのか、それすらわからなくなる。もう、全てが面倒だった。どうせ、越前まで逃げきれるはずなどない。

脳裏に、様々な顔が浮かんでは消えていく。源太や、死んでいった家臣たち。干戈《かんか》を交えた、重治や信長。父も、祖父もいた。ふたりは、美濃を失ったことを嘆いているだろうか。それとも、よく戦ったと褒めてくれるだろうか。

最後に、りつの顔が見えた。ひどく不機嫌そうな顔で、こちらを見ている。無理もない。龍興のせいで戦に巻き込まれ、命を落としたのだ。

まだ、怒っているのか？　訊ねると、りつは表情を変えず、無言で首を振る。

違う。りつではない。

「……加代」

気づくと、仰向けに倒れていた。目の前で、道利が何か叫んでいる。涙と泥、返り血で、その顔はひどい有り様になっていた。

「お館さま、しっかりなされませ。美濃国主ともあろうお方が、このようなところに屍を晒《さら》されるおつもりか！」

　そうだ。戦は負け、信長の首も奪れなかった。それでもまだ、加代は生きて、龍興の帰りを待っている。勝手に諦めれば、怒るのも当然だ。

「道利、肩を貸してくれ。こんなところで、寝ている暇はない」

「そうじゃ、それでこそ、お館さまじゃ」

　道利の手を借り、体を起こした。全身の傷が悲鳴を上げるが、歯を食い縛って堪える。

　道利に支えられながら、ゆっくりと立ち上がる。一乗谷まであとどれだけ歩くのか、考えることはしない。今はただ、歩き続ければいい。

「一乗谷へ、帰りましょうぞ。それから加代殿を連れて、誰もお館さまを知らぬ遠い場所で、畑を耕して暮らすのじゃ」

　歩きながら、道利は喋《しゃべ》り続けた。龍興が再び気を失わないようにしているのだろう。心の中で苦笑しながら、道利の声に耳を傾ける。

「無論、それがしもご一緒いたしますぞ。お館さまは不精ゆえ、それがしがおらねば……」

　不意に、道利が口を噤《つぐ》んだ。

　どうした？　そう訊ねる前に、龍興の目は脇の茂みから伸びた竹槍を捉えた。その穂先は、道利の脇腹に深々と突き刺さっている。

　竹槍が抜かれた。龍興を支える腕から力が消え、膝をついて前のめりに崩れ落ちる。その直後、茂みから男が飛び出してきた。

　龍興は咄嗟《とっさ》に脇差を抜き、横に薙いだ。首筋を斬り裂かれた男が、血を噴き出しながら倒れる。

身なりは粗末で、ろくな鎧もつけていない。落武者狩りの野伏せりだった。茂みの向こうには、まだ数人が潜んでいるのだろう。

構わず、道利の傍らに膝をついた。

「何をしている、道利。寝ている場合ではないぞ」

龍興は道利を仰向けにして抱きかかえる。

顔をわずかに上げ、道利は小さく笑った。

「お供できるのは、ここまでにござる。早う、加代殿のもとへ……」

「ならん。そなたもともに来るのだ。私ひとりでは、道もわからぬではないか」

勝手に、声が震え出した。道利が側にいるのは当たり前で、死ぬことなど、考えたこともない。

「童《わらべ》でもあるまいに、我儘《わがまま》を仰せられますな。それがしも、後からまいりますゆえ……」

その言葉を最後に、道利は首を折った。龍興は唇を噛み、道利の刀を鞘ごと抜く。

茂みから、人影が湧き出してきた。

走ったところで、逃げきれはしない。視線を走らせ、数を数える。六人。素早く龍興を囲み、刀や竹槍を向けてくる。

「すまんが、道を空けてはくれぬか。行かねばならぬところがあるのだ」

自分でも意外なほど、殺気の籠った声になった。

男たちは一瞬たじろぎを見せたが、動こうとはしない。

「そうか。ならば、押し通るしかあるまい」

左腕は、もう指一本動かない。足で鞘を押さえ、右手で刀を抜いた。

「おいおい。こいつ、片手で俺たちとやり合う気かよ」

「誰かは知らねえが、あの刀はなかなかいい値で売れそうだな」

「そいつはいいな。売り飛ばして、女郎屋にでも繰り出すか」

男たちの下卑た笑い声を聞きながら、龍興は前に一歩進み出た。誘いに乗って飛び出したひとりが振り下ろす刀を弾き返し、片手で突きを放つ。

喉元を貫いた切っ先が後ろに突き抜ける。刀を引き抜いた刹那、脇腹を浅く斬られた。同時に、肩の傷口から止まっていた血が流れ出す。

気を抜けば遠のきそうになる意識の中で、どこかで聞いた言葉を思い出す。剣を取る者は皆、剣に滅ぶ。確か、堺で出会ったバテレンが言っていた。

確かにその通りだった。それでも、自分で選んだ道だ。後悔はない。剣を取らなければ、加代に出会うこともなかった。

とうに日は昇っているはずだが、なぜか視界は暗い。足音のしたほうへ向け、闇雲に刀を振るう。柄《つか》を通して、肉を斬る手応えが伝わってきた。

男たちが口々に喚《わめ》いている。その声は遠く、耳に届かない。背中に何かが突き刺さる。痛みは感じない。

加代。口にしたが、声にはならなかった。

三

朝倉滅亡の翌年、越前全土で石山本願寺に使嗾《しそう》された一向《いっこう》門徒が蜂起し、越前の統治を任された前波《まえば》吉継をはじめ、信長に降った朝倉旧臣は次々と滅ぼされた。

当初、一揆持ちとなった越前に対し、信長は傍観を決め込んでいた。信玄の跡を継いだ武田勝頼との戦を前に、越前に軍を向ける余裕はなかったのだ。

伊勢長島で二万の一向門徒を焼き殺し、長篠設楽原《したらがはら》で武田軍を打ち破った信長は天正三年（一五七五）八月、満を持して越前攻めを下知した。

門徒軍は七万の大軍になす術《すべ》もなく敗退し、越前は再び織田軍に蹂躙《じゅうりん》されている。徹底した山狩りが行われ、捕まれば男女の別なく引き立てられた。村々からは人の姿が消え、そこかしこで処刑が行われている。越前はまさに、この世の地獄と化していた。

「まったく、ひどい戦よ。のう、軍師殿」

水を向けられ、竹中重治は曖昧に頷いた。

一乗谷郊外、羽柴隊の陣である。旧浅井領を拝領し晴れて大名となった秀吉は、姓を羽柴と改めていた。

普段は何かと騒がしい羽柴隊の陣だが、さすがに今回ばかりは重く沈んでいた。羽柴秀長や蜂須賀小六といった諸将も言葉は少なく、疲れの滲んだ顔を俯《うつむ》けている。

「討ち取った首は一万二千。捕虜は三万とも四万とも言われておる。手籠《てご》めにされた女子や、逆らって殺された民は、どれだけの数になるのやら」

　そこまでの殺戮《さつりく》を行う必要があるのか、秀吉が疑問に思っているのは明らかだ。陣の外では今も、狩り出された門徒が首を討たれていた。生け捕られた女子供は戦利品として、人買い商人に売り飛ばされる。荒廃しきった越前の復興にどれほどの時がかかるのか、重治には見当もつかない。

「伊勢長島が落ちたとはいえ、石山では今も頑強な抵抗が続いております。本願寺に与《くみ》すればいかなる目に遭うか、全国の門徒どもに知らしめるための見せしめが必要なのです」

　言いながら、重治は自分の言葉の空虚さを内心で嗤《わら》った。見せしめのため比叡山を焼き討ちし、長島で二万の男女を焼き殺した。それでも、信長に敵対する者は跡を絶たない。

　だが、自分にも秀吉にも、信長を批難する資格はない。実際に兵たちを指揮して殺戮に駆り立てているのは、他ならぬ自分たちなのだ。

「明日には出陣じゃ。今日のところはゆっくりと休むがよい」

　秀吉は、信長から加賀攻めの下知を受けていた。加賀は、いわば北陸門徒の本拠地であり、越前から逃げ込んだ門徒も多い。信長は、この機会に徹底した掃討を行うつもりだった。

　重い足取りで陣を出ると、けたたましい声が耳朶を打った。またどこかの陣で、誰かが首を刎《は》ねられたのだろう。無感動に思った。悲鳴も鼻を衝く死臭も、もう慣れている。

　信長は、いや、自分はこれから先、どれだけの民を殺し続けるのだろう。〝天下布武〟が完成したとして、夥しい死骸の上に築いた天下にどれほどの意味があるのか。

　朝倉、浅井を滅ぼした年には、妻の悠が待望の男子を産んだ。織田家中では、重治の軍略家としての声望も高まっている。それでも重治はこの数年を、鬱々とした思いを抱えて生きていた。金ヶ崎《かねさき》での撤退を成功に導き、秀吉を織田家の重臣にまで押し上げた名軍師。欲は薄く、立身出世を望まない高潔の士。唐土《もろこし》の諸葛孔明《しょかつこうめい》と並べて称する者までいる。

そうした自身に対する評価を、重治は鼻白む思いで聞き流していた。あれほど望んだ軍師としての名声も、今となっては虚《うつ》ろなものにしか思えない。

自分の陣屋に戻る途中、重治はふと足を止めた。何の変哲もないただの焼け跡。そこはかつて、斎藤龍興が屋敷を構えていた場所だという。

龍興は、刀根山での合戦で討ち死にしていた。もしあの時、信長に影武者を立てるよう進言していなければ、おそらく信長は討たれ、その後の天下の情勢はまるで別のものとなっていただろう。

今になって思い悩んだところで、どうにもならないことだった。あの男は、二度にわたって越前が蹂躙されるところを見ることなく死んだ。それはそれで、幸福なことなのかもしれない。

再び歩きはじめた時、数名の捕虜が連行されるところに行き合った。数珠繋《じゅずつな》ぎにされた、粗末な身なりの男女である。

いくつかの目が、重治に向けられる。救いを求めるでも、憐れみを乞うでもない、ただ深い憎しみだけを湛《たた》えた目だった。

捕虜たちの目から逃れるように足を速める。信長は、生きているべきではない。龍興の最後の言葉が、耳に蘇《よみがえ》った。

加賀に攻め入っても、さしたる抵抗はなかった。羽柴隊をはじめとして、加賀攻めを命じられた明智、稲葉、細川、梁田《やなだ》の諸隊は順調に加賀南部の平定を進めている。

羽柴隊は江沼郡の小城に腰を据え、周辺の地侍の恭順工作に当たっていた。

加賀や能登、越中の情勢を探らせていた間者からその噂を聞いたのは、八月も半ばを過ぎた、秋の匂いも色濃いある日のことだ。

取り立てて重大な話でもない。それでも、気にかかるところがあった。確かめたい。確かめるなら、今この時を措《お》いて他にない。何かに衝き動かされるように立ち上がり、重治は従者を呼んだ。

「私は三日ほど、病に臥《ふ》せる。その間、誰が来ても通すな」

戸惑う従者をよそに、重治は旅装を調えはじめた。

四

中秋の空は高く、どこまでも晴れ渡っていた。

道の両脇には田園が広がり、長閑《のどか》な牛の鳴き声が聞こえてくる。

材木を積んだ荷車を曳《ひ》きながら、九右衛門は手の甲で額の汗を拭った。開墾のために多くの木を伐《き》ったので家を建てる材料には事欠かないが、材木置き場から運んでくるという作業はなかなかに辛い。朝早くからはじめて、これでもう五往復目だった。

「もう駄目だ。ちょっと休もう」

喘ぎながら言うと、後ろで荷車を押す義弟《おとうと》の新十郎が窘《たしな》めた。

「何を言っているのです、あと少しではありませんか」

「お前はまだ若いからいいが、この歳になるとこうした仕事は体にこたえるのだ」

「義兄上《あにうえ》はまだ二十八でしょう」

「そうも言っておれん。腰でも痛めたら、子をもうけるのに支障が出てしまうではないか」

「知りませんよ、そんなこと」

「お前ももう十五だろう。好いた女子のひとりやふたり、おらんのか？」

「つまらないことを言っていないで、ちゃんと体を動かしてください」

そんなやり取りをしながら、何とか普請場《ふしんば》まで辿《たど》り着いた。

ちょうど昼餉《ひるげ》がはじまったところで、普請場では十数人の男女が車座を作って、握り飯を頬張っている。

「どうだ、これだけあれば十分だろう」

「お疲れさまです。さあ、どうぞ」

荷車にもたれてへたり込んだ九右衛門に、ふみが笹の葉に載せた握り飯と水の入った木椀を差し出した。十二歳になる、新十郎の妹だ。

冷たい井戸水で喉を潤したところで、ようやく人心地がついた。

「義兄上にしては、よくお働きですね」

「口の利き方は、新十郎を見習わなくてもいいのだぞ」

「義兄上が、もう少し村長《むらおさ》らしい威厳を身につければよろしいのです」

「そういう偉そうなことは、握り飯がちゃんと握れるようになってから言え」

固さも大きさもまちまちの握り飯を摑んで言うと、ふみは膨れ面を作った。違《ちげ》ぇねぇ、と村人たちが声を上げて笑う。

この在所に移り住んで、二年近くが経っていた。

はじめは二十人に満たない少人数だったが、開墾した土地が広がるにつれて人が増え、今では百人近くになっている。家の数も二十軒を超えていた。住人の多くは、織田家の版図《はんと》から逃れてきた一向門徒や、戦で敗れて行き場を失くした者たちである。農民も職人も武士も、この村では分け隔てなく暮らしている。

来る者は拒まずというのが、一応は村長である九右衛門の方針だった。今回建てる家も、越前や加賀から逃れてきた一向門徒の一家が住むためのものだ。

困っている者がいれば、手の空いている者が助ける。九右衛門が定めたいくつかの掟《おきて》のひとつだ。大雑把過ぎると言われることもあるが、掟など少ないにこしたことはない。

「さあ、そろそろはじめるとするか」

全員が握り飯を腹に収めると、今日の普請を仕切る棟梁が腰を上げた。ここに移る前は、越前一乗谷で番匠《ばんしょう》をしていたという。

村人たちが、それぞれの作業をはじめる。

「村長。すまねえが、この柱を運ぶのを手伝ってくれ」

「九右衛門殿。ちと、そこの鋸《のこぎり》を取ってもらえぬか」

「村長、ここの鉋《かんな》くずを片付けるから手伝って！」

元々手先が器用ではない九右衛門に与えられるのは、力仕事か、少し教えれば猿にでもできそうな単純作業ばかりだった。

飽くずを掻き集めながら威厳というものについて考えていると、新十郎が声をかけてきた。

「義兄上、ふみと一緒に、山へ山菜を採りに行ってきます」

「そうか、気をつけろよ。このところ、近くにまた野伏せりが住み着いているらしいからな」

「はい。それほど遠くには行きませんので」

背に籠を負ったふたりを見送ると、入れ違いに村の若い衆が駆けてきた。

「村長、ちょっと来てくれ」

村の様子を窺っていた怪しい連中を、村の警護に当たる若衆が取り囲んでいるという。その連中は、名乗りもせず、村長に会わせろと言っているらしい。

「やれやれ、面倒なことだ」

渋々村の入り口まで足を運ぶと、十人ほどの若衆が三人の男を取り囲み、何やら押し問答をしていた。

「村長、わざわざ申し訳ねえ。こいつらだ」

若衆を束ねる才蔵が、槍の穂先を男たちに向けながら言った。もう二十二歳になるが、血の気の多さは相変わらずだ。

九右衛門は、囲まれた男たちに目をやった。行商人風の身なりだが、槍を突きつけられても焦るそぶりは見えない。その発する気は、明らかに商人のものではなかった。

ひとりが、編み笠を上げて言った。

「お久しゅうございます。斎藤龍興殿」

「これは、驚いたな」

その名で呼ばれるのは、実に久しぶりだった。

「私も、また貴殿と会うことがあるとは夢にも思わなかった」

答えると、竹中重治は端整と言ってもいい細面に笑みを浮かべた。

訝《いぶか》る才蔵たちを宥《なだ》め、龍興は自分の家に重治を案内した。

害意があるようには思えなかった。ふたりの供も、ただの護衛だろう。ここは織田家の版図の外である。護衛がつくのも当然だ。

板敷きの座敷に褥《しとね》を置き、向かい合って座った。聞かれたくない話もあるのだろう、重治は供に、外で待つよう命じていた。

「ご覧の通りのわび住まいで、こんなものしか出せないが」

「なんの。十分なおもてなし、かたじけない」

白湯《さゆ》の入った木椀を受け取り、重治は微笑する。

「それにしても、よくこの場所がわかったものだ」

「役目柄、忍びを使うことも多うござってな。諸国の噂はだいたい耳に入りまする。朝倉の遺臣や織田家の版図を逃れた一向門徒を集めて村を作っているという、変わった御仁のことも」

「なるほど」

「九右衛門という名にも、聞き覚えがござった。あの戦の折、囲まれた貴殿を救いに現れた者にござろう。斎藤龍興を名乗って死んだのも、その九右衛門なのでは？」

答えず、龍興は白湯を啜《すす》った。肯定と受け取ったのか、重治は先を続ける。

「九右衛門の首は、顔も見分けがつかないほど損傷が激しかった。やむなく兜と具足から、これは斎藤龍興の首であると判断いたしました。六尺近い長身も、貴殿と一致しております」

「しかし重治殿は、私が死んだとは考えていなかった」

「はじめは、貴殿は討ち死にされたものと思うておりました。例の首を実際に見たわけではありませんでしたので。しかし、九右衛門という名を耳にして、もしやと考えた次第です」

重治は木椀を置いた。

「よろしければ、どうやってあの戦場から生きて逃れたのか、お聞かせ願いたい」


龍興は、すでに遠くなった戦場の記憶を呼び起こした。

後から聞いた話だが、あの合戦では朝倉家の名のある部将が悉《ことごと》く討ち取られていた。死者は三千を超え、義景が一乗谷に辿り着いた時にはわずか十数人の手勢のみだったという。

落武者狩りの野伏せりに囲まれてからの記憶は曖昧だった。気づくと、野伏せりたちの屍があたりに転がっていたのだ。そして龍興は、数人の織田兵に囲まれていた。

「やはり、貴殿であったか」

侍大将らしき男が、龍興の顔を見て言った。面頬《めんぼお》をつけていて、顔はわからない。どこかで聞いた声のような気がしたが、思い出せない。

男の腰には、首がひとつ括りつけられていた。顔の半分以上が焼けただれている。たぶん、焙烙玉を抱いて死んだ、九右衛門の首だろう。

「貴殿の首は、すでに奪った。斎藤龍興は、もうこの世にはおりません」

男が何を言っているのか理解できないまま、龍興の意識はまた深い闇に吸い込まれていった。

次に目を覚ました時、龍興は見知らぬ家で横たわっていた。

聞けば、戦場から一里ほど離れた山中の、炭焼きを生計《たつき》とする老人の家だという。老人は、織田軍の侍から銭を渡され、龍興の世話を頼まれたらしい。

老人が言うには、生きているのが不思議なほどの傷だったという。三日間眠り続け、それから十日ほどは、目覚めて水や重湯を口にし、また眠ることを繰り返したそうだが、まるで記憶はない。

立って歩けるようになるまで、半月以上かかった。その間に、一乗谷の町は焼き払われ、義景も家臣の裏切りに遭って自刃した。信長はすぐさま近江に取って返して小谷城を攻め落とし、浅井家も滅ぼしたという。

結局、何ひとつ守ることはできなかった。越前は戦場となり、朝倉は滅びた。道利は死に、ともに戦った兵たちもどれだけ生き残ったかわからない。なぜ、自分ひとりが生きながらえているのか。そうした思いは繰り返し、波のように襲ってきた。

体力がある程度回復すると、老人の家を出た。

「礼などいらん。銭はたんまり貰うとるからの」

無愛想に言う老人に頭を下げ、北へ足を向けた。やるべきことは、まだひとつだけ残っている。

ふた月ぶりに訪れた一乗谷は、早くも復興がはじまっていた。焼け跡はきれいに取り払われ、そこかしこで槌音が響いている。

人の集まる場所に足を運んで加代の居場所を訊ねて回ったが、手がかりらしいものは何ひとつ得られなかった。

途方に暮れた龍興は、かつて自分の屋敷があった場所に向かった。そこには、誰のものかわからない新しい屋敷が建てられつつある。

全てを失った。これから、自分はどう生きればいいのか。生き続ける理由があるのか。その思いに押し潰されそうになり、龍興は呆然とその場に佇んだ。

どれだけの間、そこにいたのだろう。いつの間にか暮れかかった日が、長い影を作っている。

気づくと、もうひとつの影が寄り添うように立っていた。

「毎日ここに来れば、お目にかかれると思っていました」

その声に、ゆっくりと振り返った。

「お待ち申し上げておりました」

日は、一乗谷を囲む山々の向こうに没しかけている。斜めに差し込む光の眩《まばゆ》さに顔をしかめながら、龍興は答えた。

「すまない。ずいぶんと長く、待たせてしまった」

声が詰まり、上手く言葉になったかどうかわからない。

「お屋敷は焼けてしまったけれど、父も、弟も妹も、皆無事にございます」

「そうか。よかった」

全てを失ったわけではない。その実感が、温かく胸を満たしていく。

「これから、どこへ行こうか」

「斎藤龍興なるお方は、先の戦で討ち死になされたと聞きました。もう、どこへでも行けましょう」

「そうだな。どこか、戦のない場所に行こう。見つからなければ、自分たちで作ればいい。ともに、来てくれるか？」

　頷き、加代は微笑を浮かべた。

五

　目の前で語る斎藤龍興の姿に、かつての武人の面影はなかった。

　これでよかったのかもしれないと、重治は思う。幾度も干戈を交え、命のやり取りをした相手だった。それでもなぜか、この男を心の底から憎んだことはなかった気がする。

「しかしわからぬのは、あの面頰の武者のことだ。なぜ、私を見逃したのか。自分で言うのもなんだが、この首にはそれなりの価値があると思うのだがなあ」

　言いながら自分の首を叩く龍興に、重治は苦笑した。

「おそらくは、氏家直昌《なおまさ》殿でしょう。九右衛門の首を奪り、首実検の場で斎藤龍興殿の首級《しるし》だと報告したのは、氏家殿にござる」

「直昌……そうか。あの時の」

　野田、福島での合戦の折、龍興は捕縛した直昌に「己の命運を、他人に委ねるな」と言い残し、そのまま見逃したのだという。直昌にすれば、その時の借りを返したということなのだろう。

龍興にしても直昌にしても、乱世に生きる武人としては甘過ぎる。だがその甘さが、今の重治にはどこか好ましく感じられた。

「白湯も飽きてきたな。酒にしよう」

いきなり言って、龍興は立ち上がった。

「すぐに探して持ってくる。加代は今、出かけていてな」

「そうですか。どちらへ？」

「今朝方、村の娘が産気づいてな。その手伝いだ」

答えながら台所を漁《あさ》る姿を見れば、かつて一国を領する大名だったなどとは誰も思わないだろう。

酒色に溺れ、美濃を追われた暗愚の当主。時勢を見る目を持たず、信長に逆らい続けた凡将。龍興に対する世の見方は、概《おおむ》ねそんなところだった。重治の得た声望と較べれば、天と地ほどの差がある。

それでも話を聞くうち、重治は龍興に羨望に近い思いを抱いていた。小さな村の村長として、親しい者たちに囲まれながら、戦とは無縁の生を送る。考えてみれば、この乱世でこれほど恵まれた暮らしはない。

「ずいぶんと疲れているな」

徳利を抱えて戻ってきた龍興が、見透かしたように言う。

「まあ、生きていればそんな時期もある。とりあえず呑んで、忘れてしまうことだ」

昼日中から呑めるのがよほど嬉しいのか、龍興は満面の笑みで酒を注ぐ。

ところでと、龍興が話題を変えた。

「先刻、重治殿に槍を突きつけた若造がいただろう？」

「はあ。それが何か？」

「あれは可児才蔵という者で、刀根山での戦いぶりを認めた柴田勝家殿に召し抱えられていた。それが一年ばかり前、重治殿と同じようにこの村の噂を聞きつけてな、柴田殿のもとを飛び出してきてしまったのだ」

そこで、龍興は酒をちょっと口に含んだ。

「あいつは、こんな辺鄙《へんぴ》な村で埋もれるには惜しい。本人も心のどこかで、槍を極めたいという思いを捨てきれずにいる」

「それで？」

「どこかで、槍を学ばせたい。重治殿は、どこかに伝手《つて》がないだろうか。あいつはもっと、日の当たる場所に出たほうがいい」

今まで見せたことのない真剣な面持ちだった。

いい加減なようでいて、周囲の人間にしっかりと心を配っている。そんなところは、秀吉とよく似ていた。村の人間から慕われるのもわかる。

「そういうことならば、奈良興福寺の宝蔵院に、胤栄《いんえい》という当代随一の遣い手がおられます。直接の知己というわけではありませんが、紹介の書状を認《したた》めてみましょう」

「かたじけない」

龍興が頭を下げた時、玄関で物音がした。

「まあ、お客さまでしたか」

龍興の妻だった。村娘のお産は無事に終わったらしい。

「もう、駄目でしょう。何も食べずに召し上がっては、悪酔いしてしまいます」

「ああ。すまん、すまん」

龍興が頭を掻いて謝る。

「今朝、弟が釣った山女《やまめ》がありますので、焼いてお出しいたします。少々お待ちくださいね」

ほがらかな笑顔で言うと、加代は台所に向かった。

「ところで重治殿は、何用があってここまで来られた。まさか、昔話がしたくなったわけでもあるまい？」

注がれた酒をひと口啜り、碗を置いた。

「実は、今一度兵を挙げるおつもりはないか、お訊ねしにまいりました」

「ほう。誰に対し、兵を挙げると？」

「無論、織田信長公に候」

笑うでも怒るでもなく、龍興は無言で先を促す。

「信長公は血を流し過ぎる。貴殿の言葉は、まさしくその通りにござった。これからも、多くの血が流れましょう。そして信長公は、天下統一の暁には海の外に兵を出すおつもりです。民のためを思えば、かの御仁は生きているべきではない」

秀吉から聞いた話だった。〝天下布武〟が完成した後は朝鮮に攻め入り、明《みん》までも征服するつもりだという。

「なるほど、信長が考えそうなことだ。しかし、どうやってあの信長を討つ？」

「京を追放された足利義昭公が、再び織田家包囲網を画策しております。此度《こたび》は本願寺、武田に加え、毛利と上杉も名を連ねる見込みです。この機に乗じて龍興殿が美濃で兵を挙げられれば、かつての斎藤家家臣の中には呼応する者も出てまいりましょう。織田家にも、信長公に不満や恐れを抱く者は多くおります。美濃衆の調略は、それがしにお任せいただければよい」

語りながら、言葉が上滑りしていくのを感じた。龍興には、再び戦に関わるつもりなど微塵《みじん》もないだろう。そして重治自身も、龍興を戦場に引きずり出そうという気は失せていた。

「なかなかに面白き話を聞かせてもらった。ただ残念なのは、斎藤龍興なる男はもう、この世のどこにもいないという点だ」

「そうですな。それがしも、そう思います」

「だが、龍興という男ならば、きっとこう言うであろうな。信長の世は、長くは続かぬ。織田家は近い将来、音を立てて崩れ去る。その時、誰が天下人の座に躍り出るかで、この国の民の幸、不幸が決まるのではないか、と」

次の天下。目を開かれるような思いだった。

信長が流血の巷《ちまた》へと変えたこの国を、新しく生まれ変わらせる。秀吉ならば、それができるだろうか。

「せっかくまいられたのだ、今宵は泊まっていかれるとよい」

「では、お言葉に甘えさせていただくとしましょう」

「そうか。そろそろ肴も出てくるだろう。手前味噌だが、あれの作る料理はなかなかのものでな」

恥ずかしげもなく妻の自慢をする龍興を、やけに眩しく感じた。天下を語る時よりも、ずっと生き生きとした目をしている。

魚の焼ける香ばしい匂いを嗅ぎながら、ふと、妻と子の顔が見たくなった。このところ、役目に追われて妻子と過ごす時間などまるでない。

天下を語る前に、やるべきことが他にあったな。自身を省みながら酒を呷《あお》った時、玄関でまた物音がした。

何とも人の出入りが多い家だ。そう思っていると、籠を背負った若者が血相を変えて飛び込んできた。後ろには同じ格好の娘もいる。

「義兄上、大変です！」

「どうした、新十郎。珍しい茸《きのこ》でも見つけたか？　あまり派手な色のものは、食わんほうが身のためだぞ」

「そんなことではありません。野伏せりの集団が、こちらに向かってくるのです！」

「ほう。何人だ？」

慌てた素振りも見せず、龍興は訊ねた。

「たぶん、四十人近くはいるかと」

「よし。合図の鉦《かね》を打て」

「はい！」

若者と娘が飛び出していく。

「加代」

龍興が声をかけると、加代は奥の部屋から一振りの刀を捧げ持ってきた。

「ご武運を」

「すぐに戻る。魚は取っておいてくれよ」

戯言《ざれごと》めかして言うと、受け取った刀を腰に差す。

「剣は捨てるつもりだったのだが、このご時世だ。一振りくらいは持っていないと、誰も守ることができん」

そう言って何かを諦めるように笑うが、その顔つきは、かつての斎藤龍興のものに戻っている。

「こんなこともあるので時々、若い衆を二十人ばかり集めて戦稽古はしていた。相手が四十人程度なら、大して時もかけずに追い返せるだろう」

「それがしも、お供いたします」

思わず言っていた。天下だの民の幸福だのと言ったところで、戦になれば血が騒ぐ。弓矢の家に生まれた者のどうにもならない性《さが》、あるいは業といったところか。

「これはいい。天下の名軍師が、こんな小さな村を守るために戦ってくれるか」

声を上げて笑う龍興に頷きを返し、立ち上がった。

鉦が打ち鳴らされ、龍興の家の前に二十数人が集まってきた。

可児才蔵がてきぱきと指示を出し、素早く整列する。粗末だが、それぞれ胴丸や刀、槍や弓を携えていた。その中には、新十郎と呼ばれた先ほどの若者の姿もある。

「敵は、たかだか四十人程度の野伏せりだ」

平服に胴丸をつけただけの龍興が、若衆たちへ向けて声を張り上げる。重治は、ふたりの供を連れて龍興の隣に立った。

「そう硬い顔をするな。稽古の通りにやれば、ひとりも欠けることなく勝てる。加えて」

こちらを見て、悪戯《いたずら》っぽい笑みを作る。

「わけあって名は明かせぬが、ここにおられる御仁はたいそう名の知れた軍師殿であられる。この御仁がおられる限り、我らが負けるようなことはないぞ」

若者たちの目が、一斉にこちらへ注がれる。面映《おもはゆ》いような気分で、軽く頭を下げた。

重治に注がれる視線には、一点の疑念も窺えない。それだけ、龍興への信頼が厚いということだろう。今さらながら、龍興麾下の兵たちの強さが理解できた気がする。

「可児才蔵」

「はっ！」

「この戦が終わったら、お前はこの御仁とともに上方へ行け」

「何を言われるのじゃ。俺は……」

「奈良興福寺に、槍の達人がおられる。そのお方に師事し、槍術を学ぶのだ」

有無を言わさぬ口調に、才蔵は俯いた。その肩が、かすかに震えている。

「この村は私の夢だ。お前は、お前自身の夢を追え」

顔を上げ、才蔵が強く頷いた。その目には、かすかに光るものが見える。龍興は満足そうな笑みを見せると、再び一同に檄を飛ばす。

「いいか、皆の衆。守るものがあれば、人は強くなれる。そのことを野伏せりどもに、存分に教えてやれ！」

おおっ、と声が上がった。才蔵も、洟《はな》を啜りながら槍を突き上げている。

たった二十数人の軍勢。鉄砲どころか、馬の一頭もいなければ、旗すらない。それでも、これまで見てきたどこの軍よりも士気は高かった。どんな敵にも負けないのではないか。そんな気さえしてくる。

「いざ、出陣！」

心地よい秋空の下、龍興の下知が響いた。

【参考文献】

『斎藤道三』横山住雄・著（濃尾歴史研究所）
『竹中半兵衛のすべて』池内昭一・著（新人物往来社）
『越前朝倉一族』松原信之・著（新人物往来社）
『岐阜県史　通史編　中世』岐阜県・編集
『信長公記』太田牛一・著　奥野高広／岩沢愿彦・校注（角川文庫）

装画・装幀　遠藤拓人

本書は「小説すばる」（二〇〇九年十二月号〜二〇一一年二月号）に
掲載された作品を加筆・修正したものです。

〈著者紹介〉
天野純希（あまの すみき） 1979年愛知県生まれ。愛知大学文学部史学科卒業。2007年「桃山ビート・トライブ」で第20回小説すばる新人賞を受賞しデビュー。13年『破天の剣』で第19回中山義秀文学賞を受賞。他に『覇道の槍』『衝天の剣 島津義弘伝(上)』『回天の剣 島津義弘伝(下)』など著書多数。

GENTOSHA

蝮の孫
2016年12月15日 第1刷発行

著 者 天野純希
発行者 見城 徹

発行所 株式会社 幻冬舎
〒151-0051 東京都渋谷区千駄ヶ谷4-9-7

電話:03(5411)6211(編集)
03(5411)6222(営業)
振替:00120-8-767643
印刷・製本所:図書印刷株式会社

検印廃止

Printed in Japan
ISBN978-4-344-03045-9 C0093
幻冬舎ホームページアドレス http://www.gentosha.co.jp/

この本に関するご意見・ご感想をメールでお寄せいただく場合は、
comment@gentosha.co.jpまで。